Copyright © Magali Moura
Copyright desta edição © 2019 Editora Filocalia

Editor | Edson Manoel de Oliveira Filho
Produção editorial | Editora Filocalia
Capa, projeto gráfico e diagramação | Nine Design Gráfico/Mauricio Nisi Gonçalves
Preparação de texto | Thayane Verçosa / Mariana Cardoso
Revisão | Juliana de A. Rodrigues
Tradução e organização | Magali Moura

Reservados todos os direitos desta obra. Proibida toda e qualquer reprodução desta edição por qualquer meio ou forma, seja ela eletrônica ou mecânica, fotocópia, gravação ou qualquer outro meio de reprodução, sem permissão expressa do editor.

O presente trabalho foi realizado com apoio da Coordenação de Aperfeiçoamento de Pessoal de Nível Superior – Brasil (CAPES) – Código de Financiamento 001 – e também com fomento da Fundação de Amparo à Pesquisa do Estado do Rio de Janeiro (FAPERJ).

CIP-Brasil. Catalogação na Publicação
Sindicato Nacional dos Editores de Livros, RJ

H58

História do doutor Johann Fausto / tradução Magali Moura. - 1. ed. - São Paulo : Filocalia, 2019.
272 p. ; 23 cm.

Tradução de: Historia von d. Johann Fausten
ISBN 978-85-69677-26-0

1. Fausto, Johann, -1540 [aproximadamente] - Ficção. 2. Ficção alemã. I. Moura, Magali.

19-55360	CDD: 833
	CDU: 82-3(430)

Meri Gleice Rodrigues de Souza - Bibliotecária CRB-7/6439
22/02/2019   26/02/2019

Editora Filocalia Ltda.
Rua França Pinto, 509 • São Paulo • SP • 04016-032 • Telefone: (5511) 5572 5363
atendimento@editorafilocalia.com.br • www.editorafilocalia.com.br

Este livro foi impresso pela Mundial Gráfica em maio de 2019. Os tipos são da família Bembo e DTL Elzevir. O papel do miolo é o Lux Cream 70 g e o da capa, cartão Ningbo C2 250 g.

TRADUÇÃO, NOTAS E ENSAIO
MAGALI MOURA

HISTÓRIA DO DOUTOR JOHANN FAUSTO

FI
LO
CA
LIA

Agradecimentos

Gostaria de agradecer à Fundação de Amparo à Pesquisa do Estado do Rio de Janeiro (FAPERJ) cuja bolsa do Programa Jovem Cientista do Nosso Estado possibilitou a realização das pesquisas referentes à obra e sua tradução, assim como o custeio da presente edição. Os subsídios recebidos da Coordenação de Aperfeiçoamento de Pessoal de Nível Superior (Capes) através do Programa Unibral possibilitaram viagens de pesquisa ao Arquivo Fausto em Knittlingen, ao Museu Goethe em Frankfurt e à Biblioteca Anna Amália em Weimar.

Esta tradução contou ainda com a inestimável ajuda de Rainer Bettermann e Ebal Bolacio, amigos e colegas, que me auxiliaram a encontrar a direção nas várias encruzilhadas do caminho que percorri em busca pelas palavras mais acertadas. Espero ter chegado em bom lugar.

HISTORIA

Von D. Johañ Fausten/ dem weitbeschreyten Zauberer vnnd Schwartzkünstler/

Wie er sich gegen dem Teuffel auff eine benandte zeit verschrieben / Was er hierzwischen für seltzame Abentheuwer gesehen / selbs angerichtet vnd getrieben / biß er endtlich seinen wol verdienten Lohn empfangen.

Mehrertheils auß seinen eygenen hinderlassenen Schrifften / allen hochtragenden / fürwitzigen vnd Gottlosen Menschen zum schrecklichen Beyspiel / abscheuwlichen Exempel / vnd treuwhertziger Warnung zusammen gezogen / vnd in den Druck verfertiget.

IACOBI IIII.

Seyt Gott vnterthänig / widerstehet dem Teuffel / so fleuhet er von euch.

CVM GRATIA ET PRIVILEGIO.

Gedruckt zu Franckfurt am Mayn/

durch Johann Spies.

M. D. LXXXVIII.

Frontispício da edição original

História[1] *do Doutor*[2] *Johann Fausto,*[3] *do mui famoso mago e nigromante*

De como ele empenhou a si mesmo ao Diabo,

a partir de uma determinada data;

dos tipos de aventuras bizarras que ele testemunhou nesse meio tempo;

por ele mesmo provocadas e praticadas,

até que, finalmente, recebeu sua bem merecida paga.

Coletadas e impressas,

em grande parte, a partir dos próprios escritos que deixou[4]

para servir como terrível exemplo, modelo abominável e sincera advertência

a todos os homens que se acham orgulhosamente superiores[5],

aos pretensiosamente curiosos[6] e aos ateus.

Epístola de Tiago 4,7[7]
"Sede submissos a Deus, Resisti ao Diabo, E ele fugirá de vós."

CUM GRATIA ET PRIVILEGIO[8]

Impresso em Frankfurt do Meno

Por Johann Spies[9]

———

MDLXXXVII[10]

[1] A designação "história", proveniente do latim e com forma homônima em língua alemã, vale-se de uma palavra empregada com frequência no início da era moderna para designar o tipo de publicação que reunia uma série de textos recolhidos de narrativas orais ou que continha relatos de aventuras vividas, como, por exemplo, o livro de Hans Staden publicado em 1557, *História Verdadeira e Descrição de uma Terra de Selvagens, Nus e Cruéis Comedores de Seres Humanos* (*Warhaftige Historia und Beschreibung eyner Landtschafft der Wilden, Nacketen, Grimmigen Menschfresser Leuthen*), que narra os episódios de sua estada no Brasil. Cabe ressaltar que essa designação era uma das maneiras pelas quais se tentava auferir uma certa veracidade aos escritos, valendo tanto para narrativas exemplares de modelos de conduta, como para textos que tinham por finalidade apenas divertir e, com isso, serem bem vendidos. Desde a edição em 1807 do livro de Joseph von Görres, *Die teutschen volksbücher*, no qual é tematizada a saga de Fausto, o termo "história" é suprimido, associando-se o título ao termo "*Volksbuch*"(livro popular). Dessa forma, a narrativa passa a valer como exemplo de literatura popular, em conformidade com o conceito idealizado por Johann Gottfried von Herder no século XVIII. Após a disseminação do ideário iluminista, o caráter exemplar e condenatório da narrativa deixa de ter importância, sobretudo após a obra de Goethe. Com o passar do tempo, passou-se a referir ao livro de Spies apenas como o *Livro popular de Fausto* (*Volksbuch vom Doctor Faust*) e contemporaneamente, de forma ainda mais resumida, como *Faustbuch* [Livro de Fausto].

[2] No original encontra-se a abreviatura "D." que corresponde a "*Doktor*" na língua alemã. Optou-se pelo termo correlato em português para tal, "Dr.".

[3] Optou-se por fazer a tradução do nome próprio composto mantendo uma parte em alemão e outra parte em português por dois motivos. Em razão da popularização do nome *Fausto*, relacionado à saga do pactário, achou-se por bem mantê-lo na língua vernácula. O mesmo não se fez para o nome *Johannes*, pela conotação corriqueira e anedotária que o nome João possui em português. Nas anedotas sobre Fausto, conhecidas como as *Histórias de Fausto na época de Nuremberg* (*Nürnberger Faustgeschichten*, 1586), publicadas antes da edição de Spies por Christopher Rosshirt, é atribuído a Fausto o prenome de *Georgius*.

[4] Na *Crônica de Zimmer* (*Zimmerische Chronik*), um manuscrito de Froben Christoph von Zimmer (1519-1556), conde de Zimmer, encontra-se a informação da existência de escritos da lavra de Fausto que, após sua morte, teriam sido entregues ao dirigente da cidade de Staufen. Entretanto, na presente narrativa, é informado ao leitor que os textos de Fausto foram entregues por ele mesmo, como herança, para seu fâmulo, Wagner (vide capítulos 61 e 68). As *Crônicas de Zimmer*, publicadas pela primeira vez em 1869, tinham como objetivo apresentar a genealogia da família dos Zimmer, tornando-se uma preciosa fonte histórica da época, assim como fonte para textos literários, já que nelas são descritos episódios da vida de várias personalidades envoltas em uma esfera fantástica e anedotária. Nelas também foram inseridas várias lendas e crendices da época, tornando-se, segundo Gerhard Wolf, uma enciclopédia da "condição humana" do século XVI (KILLY, 1998, p. 501).

[5] Aqui se lança mão de vários epítetos com amplos significados para caracterizar o que se constituiria paradigmaticamente ao longo do tempo como o tipo fáustico. A primeira caracterização em alemão, *hochtragend*, possui o significado estendido a outros dois vocábulos: *hochmütig* [altivo;

soberbo] e übermütig [atrevido; petulante], segundo a edição da *Bibliothek Deutscher Klassiker* (BDK). No *Dicionário dos Irmãos Grimm* (DIG 1971), o termo é explicado como "aquele que se encontra cheio de orgulho" e a seguir são mencionados alguns termos em latim para complementar o sentido da palavra: *elatus et inflatus*; *gloriabundus*; *insolens*, cujas traduções para a língua portuguesa são, "exultante e inflado"; "gloriabundo" e "insolente". Fixa-se, assim, a imagem de alguém pleno de soberba que se acha em situação superior. Decidiu-se por uma tradução da palavra com o uso de dois vocábulos para um mesmo termo a fim de abranger os amplos significados da palavra em língua alemã, já que esta é caracterização da personagem de suma importância.

[6] O segundo vocábulo usado para definir Fausto, *fürwitzig*, é mais complexo. Segundo a edição da BDK, significa *vermessen* [atrevido]; *neugierig* [curioso]. No *DIG*, o termo em latim, *curiosus*, encontra-se relacionado ao vocábulo em alemão. Por isso, mais uma vez se optou pelo emprego de um termo composto para abranger o amplo significado em alemão, já que, também em português, o termo "curioso" possui um significado positivo, mas também negativo. Encontra-se em *Dicionário Caldas Aulete*: "1. Que se interessa por saber ou aprender coisas novas. 2. Pej. que procura insinuar-se na vida alheia, no que não lhe diz respeito". Já no *Dicionário Houaiss da Língua Portuguesa*, encontra-se: "1. Que ou quem manifesta desejo de ver, ouvir, experimentar, ficar conhecendo. 2. Que ou quem mostra vontade de aprender, pesquisar, saber. 2.1 Que ou aquele que é presa do desejo de se inteirar de segredos ou particularidades alheias; indiscreto, bisbilhoteiro. 3. Que ou aquele que não tem interesse particular em qualquer fato, mas circunstancialmente, e ger. por ociosidade, os acompanha com atenção. 4. (1959) Que ou quem se ocupa de uma atividade ou profissão sem formação regular e/ou sem experiência no assunto; amador, prático. 4.1 B. Informal – que ou quem procura fazer curas através de práticas não profissionais, utilizando-se de simpatias, feitiços, benzeduras etc.". Segundo Füssel; Kreutzer (2006, p. 182-83), com o uso dessa palavra há a indicação de que a curiosidade do homem estava mais voltada para o conhecimento do mundo enquanto existência material, revelando um afastamento do mundo espiritual. Nesse sentido, o homem curioso incorria em grave pecado por privilegiar o interesse pelo material e experimental em vez de se preocupar e agir pela salvação de sua alma. Além disso, a curiosidade deixava os limites do conhecimento abalados e o homem voltava-se para conteúdos que lhe eram proibidos.

[7] Vide indicação na referência bibliográfica da tradução.

[8] Escrito originalmente em latim e, como típico na época, era parte integrante do frontispício, significando: "Com autorização imperial para impressão e protegido contra cópia", o que, contudo, não era suficiente para regular os direitos autorais, dado o grande número de cópias não autorizadas que essa edição obteve.

[9] Johann Spies nasceu em cerca de 1540, na pequena cidade de Oberursel, nas cercanias de Frankfurt do Meno, no atual Estado de Hesse. Na pequena cidade, frequentou a escola de latim e de tipografia. Mudou-se para Frankfurt, onde adquiriu o direito de residência em 1572. Inicialmente começou a trabalhar como diarista em tipografias e, mais tarde, estabeleceu-se autonomamente como editor e impressor de livros. Entre 1582-1585, atuou em Heidelberg e lá publicou, como em Frankfurt, livros de franca tendência reformista luterana, voltando a viver, entre os anos de 1585–1607, novamente em Frankfurt, época na qual editou sua obra de

maior sucesso comercial, esta *História do Dr. Johann Fausto*, lançada na Feira do Livro de Frankfurt de 1587. Em 1610, Spies se fixou em Gera, cidade na qual veio a falecer no ano de 1623, onde morava seu filho Martin Spies, estabelecendo a primeira tipografia da cidade.

[10] No catálogo de livros da Feira de Frankfurt do ano de 1587, consta essa publicação, inserida no assunto "Livros alemães de história" (*Teutsche Historische Bücher*). No mesmo ano, surgem quatro impressões não autorizadas e o próprio Spies publica uma segunda edição, só que na editora de Wendel Homm.

Dedicatória

Aos mui honoráveis, estimadíssimos e digníssimos Caspar Kolln, escrivão oficial do príncipe-eleitor de Mainz[1], e Hieronymo Hoff, tesoureiro do Condado de Königstein[2], meus deveras devotados e caros senhores e amigos.[3]

Com a Graça de Deus, antes de tudo, recebais, mui honoráveis e estimadíssimos senhores, afetuosos e caros amigos, as saudações daquele que se encontra a vosso serviço.

Por toda a Alemanha, já há um bom número de anos, se continua a falar da extraordinária e popular lenda do doutor Johann Fausto, das mais variadas aventuras do mui famoso mago e nigromante. Por toda parte, por ocasião de reuniões e festividades, nota-se um grande interesse pela citada história de Fausto. Como, aqui e ali, alguns novos cronistas[4] mencionam as histórias sobre esse mago, assim como sobre suas artes diabólicas e seu terrível final, muitas vezes me surpreendi com o fato de ninguém haver redigido essa terrível história de forma ordenada, por meio de um livro impresso, com o propósito de advertir a toda cristandade. Também não deixei de perguntar a eruditos e a pessoas esclarecidas se essa história já não havia sido escrita por alguém, mas nunca pude apurar nada em relação a isso, até que, recentemente, um bom amigo de Speyer[5] me deu informações e enviou a história, com a intenção de que eu a publicasse em forma de livro impresso e, assim, a divulgasse como advertência a todos os cristãos, como um terrível exemplo da trapaça diabólica, do assassinato do corpo e da alma. Pelo fato de ser um exemplo evidente e terrível, no qual não se vê apenas a inveja, a crueldade e o ardil do Diabo para com o gênero humano, mas também de nele se poder comprovar, de modo evidente, como a soberba, a temeridade e a pretensiosa curiosidade podem impelir um homem ao rompimento com Deus, à associação com Espíritos malévolos e à perdição do corpo e da alma. Com esse intuito, assumi, com muito empenho, o trabalho e os custos para prestar um bom serviço e, assim, servir a todos aqueles que desejem ser advertidos em relação a isso.

Mas, meus mui honoráveis e estimadíssimos senhores, devotados e caros amigos, eu quis dedicar essa *História* a V. Exas., não com a ideia de que ela vos deva, mais do que a outros, servir de advertência – pois me são suficientemente conhecidos, honoráveis e digníssimos, por meio de cotidiana experiência e convívio regular, graças a Deus, vosso zelo e vossa especial subserviência perante Deus, a verdadeira religião e a fé cristã[6] –, mas sim para dar um testemunho público do especial afeto e amizade surgidos entre nós, em parte, na escola de Ursel[7] e, em parte, por nosso convívio social, que perdura até os dias de hoje e, queira Deus, haverá de perdurar até o tempo posterior a nossas vidas aqui na Terra, continuando na pátria eterna. Como eu, por minha pessoa, estou bastante inclinado a isso, sei que, V. Exas., também sois partidários de que não se deve deixar passar nada que possa servir para a permanência dessa nossa mui venturosa amizade. De minha parte, reconheço ser meu dever bem servir e agradar a V. Exas., dando meu melhor, em muitas outras oportunidades, fazendo tudo que estiver a meu alcance. Por não ter, no momento, nada melhor a oferecer a V. Exas., e sabendo que, graças a Deus, vos achais mui bem providos e dotados de alimentos terrestres e de bens temporais, de modo que não necessitam de mim nesse sentido, quis homenagear a V. Exas. com esse pequeno livrinho de minha gráfica. Especialmente porque, V. Exas., em meio a conversas anteriores, haveis inquirido bastante acerca dessa história. Peço, por este motivo, que vos contentais, desta vez, com esse parco artigo de feira[8] que vos ofereço, que sejais e permaneçais meus bons senhores e amigos. Mui honrados e digníssimos, que vossos lares estejam sob a graciosa proteção e amparo do Todo-poderoso.

Em Frankfurt do Meno, na segunda, 4 de setembro do ano de 1587.

A V. Exas., do fiel servidor, Johann Spies,
impressor de livros nesta mesma cidade.

[1] O imperador do Sacro Império Romano-Germânico era eleito por uma série de príncipes que, por isso, detinham o título de príncipes eleitores (*Kurfürsten*).

[2] Parte integrante do Sacro Império Romano-Germânico na região do então chamado Círculo Superior do Reno (1500), elevado a condado em 1505 pelo imperador Maximiliano I de Habsburgo e integrado ao Arcebispado de Mainz em 1581. Cumpre salientar a diferença desta região onde se encontrava a cidade natal de Spies com a cidade de Frankfurt, na qual ele se estabeleceu e exerceu, durante a maior parte de sua vida, seu ofício de editor. Por ser esta uma cidade imperial livre, respondia diretamente ao imperador e era onde os reformistas poderiam ter uma maior liberdade religiosa, já que a região em torno de Frankfurt permaneceu de maioria católica após a Reforma.

[3] Kaspar Kolln e Hieronymo Hoff são declarados aqui como amigos de escola de Johann Spies. Comprovado por registros, ambos atuavam como servidores do condado de Königstein. Segundo Jan-Dirk Müller (1990, p. 1.363), a dedicatória a funcionários de um Estado católico seria de certa forma vantajosa, já que a cidade de Frankfurt era de predomínio protestante e a *História* possuía uma acentuada tendência luterana. Dessa forma, esse recurso de alusão a católicos poderia evitar conflitos.

[4] Spies demonstra ter conhecimento de certas fontes que foram resgatadas pela crítica, nas quais se encontram registros da existência real de Fausto, o chamado "Fausto histórico", escritas antes da edição do livro e que serviram de base para a construção desta narrativa, pois foram tomadas por base em algumas das aventuras descritas aqui.

[5] Apesar de se encontrar registrada a presença de um morador nesta cidade com o mesmo sobrenome, Philipp Spies (2006, p. 183), não existem fontes que comprovem a existência de tal amigo, podendo ser interpretado como uma forma de Spies adjudicar a outrem a autoria do texto e, por meio esse artifício, se isentar de processos religiosos. A cidade de Speyer (hoje localizada no Estado da Renânia Palatinado), fundada como Spira (Espira) pelos romanos, era uma cidade independente e uma das mais importantes no período medieval por ter sido a sede de diversas Dietas Imperiais do Sacro Império Romano-Germânico até 1570. A Dieta de 1526 foi bastante significativa para os protestantes por ter tornado mais flexível a aplicação do Édito de Worms, no qual Carlos V havia proibido os escritos de Lutero, tornando então possível que cada regente acolhesse ou não, em seu território, a prática da religião protestante.

[6] Segundo Lefebvre (1970, p. 189) e Müller (1990, p. 1.364), estas designações fazem referência à religião protestante, segundo a qual este livro foi redigido.

[7] Refere-se aqui à cidade de Oberursel (vide nota 10 da "Dedicattória").

[8] Esta passagem se refere ao fato de que o livro foi preparado para a Feira do Livro de Frankfurt de 1587. Como mencionado anteriormente, alguns títulos que se inserem na categoria de "histórias" eram compostos por narrativas de cunho popular e, por meio desse artifício, pretendiam alcançar uma boa rentabilidade no mercado livreiro da época. Pelo tom dado ao livro, o intuito do editor nesta obra ultrapassa o objetivo de que a publicação fosse considerada um simples "livro de feira", destinada apenas a um ganho financeiro. Intentava torná-la uma espécie de manual de conduta para o público em geral ao fazer uma interpretação bastante rígida do novo credo cristão, como se pode observar na leitura da parte seguinte do livro, "Prefácio dirigido ao leitor cristão".

Prefácio dirigido ao leitor cristão[1]

Ainda que todos os pecados sejam, por sua natureza, condenáveis e que recaiam sobre eles a justa cólera e o castigo de Deus, existe, contudo, em razão de distintas circunstâncias, um pecado sempre maior e mais sério que será, tanto na Terra como no Céu, no dia do Juízo Final, punido por Deus mais seriamente do que os outros. Como disse o próprio Nosso Senhor Jesus Cristo (Mateus 11), no dia do Juízo será menos penoso para Tiro, Sidônia e Sodoma do que para Corozaim, Betsaida e Cafarnaum.[2] Sem sombra de dúvida, a feitiçaria e a prática da magia negra são os maiores e mais graves pecados perante Deus e todo o mundo. Por isso, Samuel também considera o pecado grosseiro e múltiplo do rei Saul[3] como um pecado de feitiçaria, paganismo e de culto aos ídolos do lar[4] (Samuel 1,15); e o Espírito Santo não soube como classificar todos os pecados de Saul, a não ser com aquelas duas palavras: idolatria e feitiçaria; desta maneira, um homem se afasta de todas as coisas de Deus e se entrega aos ídolos e aos Diabos com toda sua vontade e seriedade, e serve a estes no lugar de servir a Deus. Prova disso é Saul, que renegou totalmente a Deus e, voluntariamente, contrário à Sua palavra e a Seu mandamento, resolveu e agiu contra sua própria consciência, até que, por fim, perdeu inteiramente a confiança em Deus e pediu conselho ao próprio Diabo, na figura da adivinha de Endor[5] (Samuel 1,28).

Mas não é uma ação terrível e espantosa que um homem sensato, criado por Deus à Sua imagem e semelhança, por seu corpo e alma tão altamente honrado e ricamente dotado, abandone, de forma tão vergonhosa, seu único e verdadeiro Deus e Criador, a quem, durante toda sua vida, deveria prestar honra e obediência, para entregar-se a um Espírito criado; e com isso prestar serviço não a um Espírito bom e santo, como são os santos e queridos anjos no Céu que perseveram com justiça e pureza inatas, mas sim a um malévolo e maldito Espírito de morte e mentira que não perseverou na verdade e na justiça e que, por causa de seus pecados, foi banido do Céu para os precipícios do Inferno, homem que se entregou de corpo e alma para a danação eterna? O que se poderia então dizer de mais tenebroso e horrível sobre um ser humano? Pois não apenas por si mesmo, mas também por sua soberba e apostasia que o Diabo se tornou um Espírito renegado, falso e maldito; e também por ser um Espírito invejoso, traiçoeiro e sedutor, um deliberado e declarado inimigo de Deus e do gênero humano,[6] que inveja a Deus pela honra que possui entre os homens, e aos homens pela felicidade e benevolência que Deus lhes concedeu. Por isso, ele atrapalha, com os melhores meios que dispõe, afastando os homens de Deus. Prova disso deu, logo após sua queda, ao tentar nossos primeiros pais, não só à medida que induziu a interpretar falsamente o mandamento expresso de Deus,[7] acusando-O de negar aos homens, por Ele criados, a suprema felicidade, como também incitou Eva a desobedecer a Deus; mentindo e enganando tanto e tantas vezes que levou à queda não só Eva, como também, pela mulher, o próprio Adão. E não somente a eles dois, como também, sempre que tem a chance, leva todo o gênero humano a cair na perdição temporal e eterna. E ainda que mais tarde Deus volte a se apiedar dos homens e os ajude com a semente da Mulher[8] e tenha colocado entre ela e a serpente diabólica uma inimizade,[9] o Diabo não deixa de perseguir o gênero humano, de seduzi-lo e incitá-lo a cometer todo tipo de pecados, sujeitos a castigo temporal e eterno, como se lê em Pedro 1,5: "Sede sóbrios e vigilantes. O Diabo, vosso adversário, anda em derredor, como leão que ruge procurando alguém para devorar".[10] Sim, mesmo que ele, em uma determinada vez, logo fracasse em relação a um homem, sendo rechaçado ou, em oposição, exorcizado, ainda assim, ele não desiste; pelo contrário, ataca novamente e, onde ele encontra um homem confiante em si mesmo, chama para junto de si sete Espíritos mais malvados do que ele mesmo, aloja-se nele e faz lá morada, e o estado desse homem se torna pior do que era antes (Lucas 11).[11] Por isso o bom Deus nos põe tão leal e seriamente em guarda contra os enganos e espertezas do Diabo e, sobretudo, contra suas artes mágicas e de magias negras, e nos proíbe de nos valermos delas, sob pena de duríssimos castigos para que não haja magos no meio de Seu povo, nem que alguém se consulte com eles. Levítico 19: "Não vos voltareis para os necromantes, nem para os adivinhos; não os procureis para serdes contaminados por eles. Eu sou o *Senhor*, vosso Deus". Deuteronômio 18,9-12: "9: Quando entrares na terra que o *Senhor*, teu Deus, te der, não aprenderás a fazer conforme as abominações daqueles povos. 10: Não se achará entre ti quem faça passar pelo fogo o seu filho ou a sua filha, nem adivinhador, nem prognosticador, nem agoureiro, nem feiticeiro; 11: nem encantador, nem necromante, nem mágico, nem quem consulte os mortos; 12: pois todo aquele que faz tal coisa é abominação ao *Senhor*; e por estas abominações o *Senhor*, teu Deus, os lança de diante de ti". Deus ameaça com o castigo supremo também os feiticeiros e nigromantes, assim como a seus seguidores, ordenando às autoridades junto a eles executar Suas ordens (Levítico 20,27): "O homem ou a mulher que sejam necromantes ou sejam feiticeiros serão mortos; serão apedrejados; o seu sangue cairá sobre eles". Quem alguma vez houver lido *Histórias*[12] saberá por elas que, em tais casos, quando as autoridades[13] não exerciam suas funções, o próprio Diabo acabava tornando-se o carrasco dos nigromantes. Zoroastro,[14] que era tomado por Mizraim, o filho de Caim, foi queimado pelo próprio Diabo. Um outro mago, que teve a ousadia de representar para um príncipe pretensiosamente curioso e expor diante de seus olhos a destruição de Troia, foi levado pelo Diabo, ainda vivo, pelo ar afora: Johannes Franciscus Picus.[15] Da mesma forma, ele também recompensou um conde em Matiscona: Hugo Cluniacensis.[16] Um outro feiticeiro de Salzburgo quis conjurar todas as serpentes em um fosso, mas foi arrastado para o fosso e morto por uma serpente grande e velha (Wierus *de pærstigijs Dæmonum*, liv. 2. cap. 4).[17] Em suma, o Diabo recompensa seus servidores como o algoz a seu criado e raramente aqueles que o invocam têm um bom fim, como também se verá com o Doutor Johann Fausto. Aquele que ainda vive na memória das pessoas, que fez um contrato e aliança com o Diabo, que viveu muitas aventuras estranhas e se entregou com terrível vergonha a vícios, como os da comilança, da bebida, da fornicação e a todo tipo de excessos, até que, por fim, o Diabo lhe deu a merecida paga e, de forma pavorosa, lhe torceu o pescoço. Mas isso ainda não foi suficiente. A isso se seguiu a eterna pena e condenação, de modo que tais conjuradores do Diabo finalmente viajam em direção a seu ídolo, o Diabo, para o abismo do Inferno e têm de ser eternamente condenados. Assim como em Paulo[18] Gálatas[19] se diz: "Eu vos declaro, como já, outrora, vos preveni, que não herdarão o reino de Deus os que tais coisas praticam". Em Apocalipse 21:[20] "Quanto, porém, aos covardes, aos incrédulos, aos abomináveis, aos assassinos, aos impuros, aos feiticeiros, aos idólatras e a todos os mentirosos, a parte que lhes cabe será no lago que arde com fogo e enxofre, a saber, a segunda morte". Isso é, então, o resultado de suas brincadeiras e diversões com o Diabo. Isso é o que procura aquele que sente prazer com o mal, o Maligno, que intenta, através de sua feitiçaria, macular e arruinar o corpo e a alma dos homens. Como poderia e deveria acontecer de outra forma se, quando um homem abandona seu Deus e Criador, nega a Cristo, seu Redentor, arruína a aliança que fora feita com a Santíssima Trindade no santo batismo, pondo em perigo todas as graças e benefícios recebidos de Deus, assim como sua própria salvação e bem-estar de seu corpo e alma, ao convidar o Diabo para ser seu hóspede, assim estabelece com ele uma aliança e passa, então, a procurar verdade e fé em meio a mentiras e junto ao Espírito da morte, a procurar bons conselhos e ensinamentos junto a um consciente e declarado inimigo, como também procura, junto ao maldito dragão do Inferno,[21] por alguma esperança, felicidade e bênção. Isso não é nenhuma fraqueza, tolice ou esquecimento humanos, ou, como São Paulo denomina, uma tentação humana, mas, sim, uma maldade diabólica bem típica, uma insensatez temerária e obstinação terrível, que nunca poderão ser explicadas por meio de pensamentos, menos ainda ser expressas por palavras. Por isso, um homem cristão, ao ouvir alguém falar disso, deve, do fundo de seu coração, se horrorizar e se aterrorizar.

Piedosos cristãos, entretanto, saberão se proteger de tais tentações e perturbações do Diabo e, por meio desta história, refletirão sobre a advertência como se encontra em Tiago 4:[22] "Sujeitai-vos, portanto, a Deus; mas resisti ao Diabo, e ele fugirá de vós". E em Efésios 6,10-11: "Quanto ao mais, sede fortalecidos no Senhor e na força do seu poder. Revesti-vos de toda a armadura de Deus para poderdes ficar firmes contra as ciladas do Diabo". Também deve ser apresentado o exemplo de Cristo, que afastou de si o Diabo com palavras de Deus e superou todas as tentações.

Mas a fim de que todos os cristãos, ou seja, de que todos os homens sensatos e de bem possam, dessa forma, conhecer melhor o Diabo e suas intenções, e aprendam a se proteger dele, segui o conselho de algumas pessoas sábias e eruditas e intentei expor à vista o terrível exemplo do Doutor Johann Fausto e o tipo de fim execrável que teve por causa de sua feitiçaria. Com a intenção de que, através dessa história, ninguém venha a ser estimulado à pretensiosa curiosidade e à imitação, foram omitidas, cuidadosamente, a *formae coniurationum*[23] e tudo que poderia ser prejudicial, deixando somente aquilo que a qualquer pessoa possa servir de advertência e melhoramento. Espero que tu, leitor cristão, a entendas para seu bem e a use de forma cristã, também na edição em latim que em breve será por mim editada.[24] Pela vontade de Deus.

¹ Segundo Füssel; Kreutzer (2006, p. 183), esta parte do livro se destaca pelo tom de prédica, típico da época. Em termos de conteúdo, aproxima-se de um trecho do livro de Johannes Aurifaber (*Conversas à mesa*, 1566) que se dedica a narrar diversas conversas entabuladas com Lutero e que é umas das fontes para algumas das aventuras desta *História*.
² Mateus 11,22.
³ Rei Saul foi feito o primeiro rei do povo de Israel, mas, por sua desobediência às ordens que havia recebido de Deus, acabou por perder o trono. Na citada passagem da Bíblia, 1 Samuel 15,22-23 ("A desobediência de Saul e a sua rejeição"), encontra-se: "[22] Porém Samuel disse: 'Tem porventura o *Senhor* tanto prazer em holocaustos e sacrifícios, como em que se obedeça à palavra do *Senhor*? Eis que o obedecer é melhor do que o sacrificar; e o atender melhor é do que a gordura de carneiros'. [23] 'Porque a rebelião é como o pecado de feitiçaria, e o porfiar é como iniquidade e idolatria. Portanto tu rejeitaste a palavra do *Senhor*, ele também te rejeitou a ti, para que não sejas rei'". Por esta relação dos pecados de Samuel com as artes da feitiçaria, o autor da *História* a menciona aqui. Além disso, há uma pretendida similaridade entre a atitude de Saul, tida como arrogante, com a de Fausto. A questão da obediência ao que se supõe ser uma determinação divina é o ponto central para o desenvolvimento da fé como referência para o agir.
⁴ Refere-se aqui à passagem bíblica citada anteriormente, 1 Samuel 15,23, na qual se menciona o culto aos ídolos do lar (*Götzendienst*) ou terafins (conforme tradução de João Ferreira de Almeida). Em diversas passagens do Antigo Testamento, os terafins, ou ídolos do lar, são descritos como entidades de proteção das casas, similares aos penates romanos, aos quais se atribuíam os poderes de proteção e de adivinhação, estando associados a elementos sobrenaturais, característicos das crenças de diversos povos não monoteístas, correspondendo na Bíblia ao pecado de idolatria.
⁵ Episódio descrito na Bíblia em 1 Samuel 28,7 [Saul consulta a feiticeira de Endor], no qual se relata que após Saul ter invocado a presença de Deus e Este não ter-se-lhe feito presente, busca pelos conselhos dos mortos, valendo-se da feiticeira de Endor para que ela possa invocar, do seio da Terra, os Espíritos dos mortos que podem fazer adivinhações relacionadas ao futuro e, assim, obter deles aconselhamento: "7: Então disse Saul aos seus criados: 'Buscai-me uma mulher que tenha o Espírito de feiticeira, para que vá a ela e consulte por ela'. E os seus criados lhe disseram: 'Eis que em Endor há uma mulher que tem o Espírito de adivinhar'".
⁶ Segundo aponta Müller (1990, p. 1.365), a recusa em se aceitar a vontade de Deus equivale a uma declaração aberta de confronto e inimizade, o que iguala a situação do Diabo a de Fausto, tornando ambos irremediavelmente desmerecedores do perdão.
⁷ Aqui se deve referir ao caso de Adão e Eva no Paraíso e à proibição de comer frutos da árvore do conhecimento.
⁸ Descendência do gênero humano a partir de Eva (*Weibs Samen*).
⁹ Vide Gênesis 3,15.
¹⁰ 1 Pedro 5,8.
¹¹ Lucas 11,24 ss.
¹² Aqui deve estar se referindo às várias edições de livros com título de "História", cf. nota 2 do capítulo "História do Dr. Johann Fausto, do Mui Famoso Mago e Nigromante".

[13] Pode-se interpretar a referência às "autoridades" como menção aos inquisidores que combatiam os crimes de feitiçaria, processo descrito no livro *Malleus Maleficarum*; (Speyer, 1486; Kramer; Sprenger, 2015), uma espécie de manual redigido pelo dominicano Heinrich Kramer, designado por Roma para o combate à bruxaria na Alemanha, tornando-se por lá bastante conhecido e temido. Segundo Müller (1990, p. 1.365), a Igreja protestante também assumiu esse papel de repressora. Com essa finalidade, o discurso protestante se valia de diversos trechos da Bíblia (Êxodo 22; Levítico 20), e era uma atitude defendida como necessária em várias obras de pensadores protestantes da época como: *O Diabo feiticeiro* (*Der Zauber Teuffel*; Frankfurt, 1566), de Ludwig (Ludovicus) Milichius; *Reflexões cristãs e lembranças de feitiçarias* (*Christlich Bedencken und Erinnerung an Zauberey*; Heidelberg, 1585), de Augustin Lercheimer (pseudônimo de Hermann Wilken); e no livro do jurista francês, Jean Bodin, *A mania demoníaca dos feiticeiros* (*De Magorum Daemonomania*; Paris, 1580; em alemão Strasburg, 1581).

[14] Aqui se utiliza a versão grega do nome de Zaratustra, sacerdote persa que viveu entre o primeiro século e 880 a.C. A referência advém dos escritos do médico neerlandês Johann Weyer (também chamado Wierus; 1515-1588), um ocultista e demonologista, discípulo e seguidor de Heinrich Cornelius Agrippa von Nettesheim. Em sua obra *Sobre os truques dos Demônios* (*De Praestigiis Daemonum*, Ed. Nicolaum Basseum, Frankfurt do Meno, 1563), Weyer apresenta uma interpretação da história de Zoroastro segundo a qual este foi queimado pelo Diabo. De acordo com as pesquisas de Carl Kiesewetter (1893) e de Alexander Tille (1900), este é um dos livros usados como fundamentação para a existência do Fausto histórico. Nele são relatados três episódios da vida de Fausto, acontecidos em Cracóvia, Batenburg e em Goslar, além de informar que ele teria morrido em uma aldeia no Estado de Württemberg.

[15] Trata-se de Giovanni Francesco Pico della Mirandola (1469-1553; humanista italiano) e a fonte é a mesma da menção anterior, o livro de Johann Weyer.

[16] Na verdade, trata-se aqui, segundo Füssel; Kreutzer (2006, p. 184), de uma menção a Pedro de Cluny (Pedro, o Venerável; 1092/1094-1156) que, em sua obra *O livro das maravilhas* (*De miraculis libri duo*), narra a história do conde de Mascon, um ateu que some pelos ares com seu cavalo preto.

[17] Para a referência à obra, vide nota 13 deste capítulo.

[18] Segundo Müller (1990, p. 1.366) e Füssel; Kreutzer (2006, p. 184), é uma referência a 1 Coríntios 10,13: "Não vos sobreveio tentação que não fosse humana; mas Deus é fiel e não permitirá que sejais tentados além das vossas forças; pelo contrário, juntamente à tentação, vos proverá livramento, de sorte que a possais suportar".

[19] Gálatas 5,21; nessa passagem (Gálatas 5, 19 ss.) são enumerados todos os vícios que afastam o homem de Deus.

[20] Apocalipse 21,8.

[21] A figura do dragão, mencionada várias vezes ao longo narrativa, incorpora o sentido do que está descrito em Apocalipse 12,9: "E foi expulso o grande dragão, a antiga serpente, que se chama Diabo e Satanás, o sedutor de todo o mundo; sim, foi atirado para a terra, com ele, os seus anjos".

[22] Tiago 4,7, esta é a mesma citação usada no frontispício.

[23] Em português: "fórmulas de conjuração".

[24] Não foi comprovada pela crítica a existência de tal edição em latim.

História do
Doutor Johann Fausto

História do Doutor Johann Fausto. Nascimento e estudos, do mui famoso mago e nigromante

Doutor Fausto nasceu em Roda,¹ nas cercanias de Weimar,² e era filho de um camponês que tinha muitos parentes em Wittenberg.³ Seus pais eram pessoas cristãs tementes a Deus, assim como seu primo, um burguês de boa situação que residia em Wittenberg, que o criou e o tratou como seu próprio filho. Por ele não ter herdeiros, tomou Fausto para si como seu filho e herdeiro e o enviou à escola para estudar Teologia. Mas Fausto se afastou das pessoas de bem e usou a palavra de Deus em falso. Por isso, devemos evitar de criticar seus pais e amigos e de incluí-los nessa história, já que queriam tudo de bom e melhor, como o fazem de bom grado todos os pais piedosos e sensatos. Seus pais nunca presenciaram nem viram os horrores dessa criança ateísta.

Uma coisa é certa: os pais do Doutor Fausto (como é por todos sabido em Wittenberg) ficaram muito felizes por aquele primo o adotar como filho. E, mais tarde, quando os pais notaram sua excelente inteligência e memória,⁴ preocuparam-se muito com ele, assim como o fez Jó, conforme descrito no capítulo 1 da Bíblia,[5] que teve receio por seus filhos, para que eles nunca pecassem contra o Senhor. Isso segue o costume frequente de que pais piedosos tenham filhos descrentes em Deus e degenerados, como se deu com Caim (Gênesis 4), com Rúben (Gênesis 49) e com Absalão 2 Reis 15;18.[6] Estou aqui a contar tais coisas, pelo fato de haver muitas pessoas que reputam culpa e injúria aos pais, os quais quero aqui desculpar, daí que tais embaucadores não apenas haviam depreciado aos pais, como também insinuado que Fausto teria herdado deles cada uma das coisas de que o acusam. Na verdade, dizem que eles teriam permitido a Fausto, na juventude, todo tipo de caprichos e que não o puseram a estudar com afinco, o que também denigre os pais. Além disso, seus amigos logo reconheceram seu raciocínio rápido e sua pouca vontade para o estudo da Teologia. A isso se junta o fato de que também era conhecida sua inclinação para feitiçaria; de tempos e tempos era advertido de que isso lhe seria prejudicial, devendo afastar-se disso. Mas tais coisas são apenas especulações, pois eles não devem ser amesquinhados, já que não lhes pesa qualquer culpa. Mas agora, vamos ao assunto.

Como Doutor Fausto demonstrava possuir um raciocínio bem rápido para aprender, mostrando-se qualificado e inclinado aos estudos, e, logo após ter avançado bastante em seus exames diante dos reitores, foi posto à prova para haurir o grau de mestre junto a outros dezesseis candidatos, os quais superou e venceu na prova oral, na escrita e na de habilidades. Então, como ele havia estudado sua parte de forma suficiente, foi promovido a doutor em Teologia. Paralelamente demonstrava ter uma mentalidade estúpida, insensata e arrogante, motivo pelo qual o chamavam naquela época de "especulador".[7] Começou a andar em más companhias, fez pouco caso das Escrituras Sagradas, colocando-as atrás de portas e embaixo de bancos,[8] levando uma vida de infâmia e impiedade (como, pois, se mostrará, de modo suficiente, ao longo dessa *História*). Mas é verdadeiro o dito: Não tem quem detenha, nem quem impeça, quando alguém quer ir ter com o Diabo.

Assim, Doutor Fausto encontrou seus iguais que se valiam de palavras caldeias, persas, árabes e gregas: *figuris, characteribus, coniurationibus, incantationibus*[9] e coisas tais. Trata-se de pura arte dardânica,[10] *Nigromantiæ, carmina, veneficium, vaticinium, incantatio*[11] ou como queiram ser chamados tais livros, palavras e nomes. Isso agradou tanto ao Doutor Fausto que ele começou a estudar e a especular dia e noite. Não quis mais ser chamado de teólogo, tornou-se um homem do mundo, chamou a si mesmo de *doctor medicinae*, tornou-se astrólogo e matemático e passou livremente a se considerar um médico. No começo ajudou muitas pessoas com medicamentos, ervas, raízes, águas, poções, receitas e seringas. Além disso, era bom orador e conhecia bem as Sagradas Escrituras. Ele sabia as regras cristãs muito bem: aquele que conhece a vontade do Senhor e não a cumpre será punido duplamente. Da mesma forma: ninguém pode servir a dois senhores. Idem: não deveis colocar o Senhor à prova. Tudo isso ele jogou ao vento, não cuidou de sua alma e, por isso, não se deve dar a ele qualquer desculpa.

---

[1] Roda, situada entre as cidades de Weimar e Gera, chama-se hoje Stadtroda.

[2] Atualmente, tem-se como o mais provável local de nascimento do Fausto histórico a cidade de Knittlingen, no Estado de Baden-Württemberg.

[3] Cidade no Estado da Turíngia, conhecida hoje como Cidade de Lutero Wittenberg.

[4] Em alemão, "*ingenium vnnd memoriam*", essas duas capacidades adjudicam a Fausto instrumentos importantes para o desenvolvimento científico em uma concepção moderna, mas é relacionado aqui como capacidades perniciosas e degenerativas do Espírito. No moderno dicionário alemão *Duden*, a palavra *ingenium* é considerada extremamente positiva, pois a ela se relacionam o talento artístico, a inventividade e se designa um homem com capacidades especiais ligadas à criatividade. Em português significa "inteligência" e deu origem à palavra "engenho", que possui um significado positivo e outro negativo. Segundo consta no *Dicionário Caldas Aulete*, tanto designa a capacidade de criar, de inventar, indicando uma pessoa inteligente e talentosa, como significa astúcia e ardil, correlata às palavras habilidade, imaginação, inteligência e astúcia. Além disso, a palavra se relaciona àquele que possui um gênio, o que, neste livro, indica um perigo e, séculos mais tarde, será de vital importância para o desenvolvimento do homem iluminista, além de ser o marco determinante para o artista do *Sturm und Drang* [Tempestade e Ímpeto], movimento literário alemão baseado na figura do gênio. Vale lembrar o grande número de versões literárias da história do pactário nesse período, época na qual Goethe inicia a gestação de sua portentosa obra que se estenderá por mais de sessenta anos. Já a palavra *memoriam*, estabelece um vínculo direto com a capacidade de se reter conhecimentos adquiridos e também designa a qualidade de se relacionar com o passado, tornando Fausto um homem capaz de ter consciência histórica, algo que nasce somente com a concepção moderna de desenvolvimento, o que o torna um homem moderno, acentuando o caráter retrógrado da *História*.

[5] Livro de Jó 1,3 ss., onde se descrevem os sacrifícios oferecidos por Jó a Deus como forma de atrair o bem para seus filhos.

[6] Trechos da Bíblia nos quais são descritas ações criminosas de filhos: o assassinato por Caim de seu irmão (Gênesis 4,8); Rúben que dormiu com a esposa de seu pai, Jó (Gênesis 35,22); a rebeldia e insurreição de Absalão contra seu pai, Davi, rei de Israel (2 Sam. 15;18).

[7] Em alemão *Speculierer*, toma por base a palavra latina *speculāri*, (*Dicionário Houaiss da Língua Portuguesa*. Disponível em: <https://houaiss.uol.com.br>; "observar de lugar alto, estar de sentinela, de atalaia; observar, seguir com os olhos, considerar"). O sentido que nos interessa, ressaltado no texto, é a atividade de observação, de considerar, ou seja, ressaltar a capacidade reflexiva de Fausto, reputada aqui negativamente. Segundo Müller (1990, p. 1.369), adeptos da Reforma que, por sua vez, se baseavam em Lutero, tinham a especulação como atividade negativa quando direcionada a uma investigação sobre a obra divina, pois se tomaria a materialidade do fenômeno como aspecto principal da reflexão: "Não podemos especular acerca da majestade divina, devemos, contudo, concentrar nossos pensamentos descontínuos e vagantes no tesouro da palavra. Pois, aquele que se alegra em especular, pega em nuvens, cai no precipício. Daí que devemos permanecer na palavra pura" (Lutero, *Preleção sobre Isaías*, apud: Müller (1990). Esta atitude de refletir sobre os fenômenos do mundo a partir de uma observação do objeto investigado será a base da ciência moderna, conforme praticada, anos mais tarde, por Galileu Galilei.

[8] Mais uma expressão tomada das *Conversas à mesa* de Aurifaber (Prefácio). Na interpretação de Müller (1990), da qual aqui se compartilha, Fausto é descrito na *História* como um antípoda de Lutero, caracterizando a rigorosa posição assumida na obra como representante de uma ortodoxia protestante, característica da segunda metade do século XVI. Segundo essa acepção ortodoxa, colocar em segundo plano os escritos sagrados e lançar mão de outras formas de conhecimento significava um primeiro passo para a recusa dos preceitos de Deus e, por conseguinte, seria merecedor do castigo divino.

[9] Palavras latinas que significam: "figuras, símbolos, conjurações, encantamentos". A menção a conhecimentos do Oriente está em relação com a alusão anterior a Zoroastro, em tom condenatório, por ele representar um saber ligado ao esoterismo. Vale ressaltar que muitas dessas fórmulas ou símbolos eram típicos dos textos dos alquimistas, como os de Paracelso e Agrippa de Nettesheim, figuras associadas pela crítica a Fausto, o que torna a personagem um paradigma desse modo de investigar o mundo, também rejeitado pelo conceito moderno de ciência.

[10] Refere-se aqui ao que Johann Weyer, em *Sobre os truques dos Demônios* (*De Praestigiis Daemonum*), menciona relacionando aos escritos de um mago egípcio chamado Dardano (da cidade do mesmo nome na região do Dardanelos, estreito no Noroeste da Turquia que liga o Mar Egeu ao Mar de Mármara, separando a Europa da Ásia). Este mago antigo é também citado por Apuleio em *Apologias* (90,6) como um dos magos mais famosos desde Zoroastro (Cf. Müller, 1990, p. 1.370; Füssel; Kreutzer, 2006, p. 186).

[11] Em português: "Nigromancia, fórmulas mágicas, venenos, vaticínios, encantamentos".

2
Doutor Fausto, um médico, e como conjurou o Diabo

Como já foi mencionado, Doutor Fausto tendia a amar aquilo que não se deveria amar e, tomando para si asas de águia,[1] empenhou-se dia e noite, com a intenção de investigar todos os fundamentos do Céu e da Terra. Então, sua pretensiosa curiosidade, liberdade e inconsequência o estimularam e incitaram de tal maneira que, durante um tempo, pôs em prática algumas palavras mágicas, figuras, caracteres e conjurações, a fim de fazer o Diabo surgir diante de si. Como algumas pessoas e, posteriormente, também o próprio Doutor Fausto relataram, ele se dirigiu a uma densa floresta que existia nas cercanias de Wittenberg, chamada de Floresta Espessa.[2] Nesta floresta, ao cair da noite, em uma encruzilhada,[3] ele traçou um círculo em torno de si com um bastão[4] e, depois, vários outros em volta daquele primeiro. Conjurou ali o Diabo entre nove e dez horas da noite. O Diabo, rindo-se, com certeza, de Fausto e mostrando-lhe o traseiro, deve ter pensado: "Muito bem, vou refrescar teu coração e teu ânimo, te colocar no banquinho dos macacos[5] para que me seja dada como parte não apenas teu corpo, mas também tua alma, e serás para mim a pessoa adequada, serás mandado como meu mensageiro para os lugares onde não gostaria de ir". Assim aconteceu e o Diabo enganou extraordinariamente a Fausto, colocando-o no cabresto. Pois, quando Doutor Fausto conjurou o Diabo, este agiu como se não fosse cumprir de bom grado o intento e entrar no círculo. O Diabo começou a fazer um tal tumulto na floresta, como se quisesse destruir tudo, e as árvores se curvaram até o chão. Depois disso, o Diabo fez a floresta parecer cheia de Diabos[6] que, a toda hora, surgiam no meio e ao lado dos círculos traçados pelo Doutor Fausto, como se lá tivessem carroças barulhentas a rodar pelos círculos. Depois, dos quatro cantos da floresta, vinham, em direção aos círculos, coisas como flechas de metal e de fogo e, logo depois de um barulho como um forte tiro de uma arma de fogo, surgiu um clarão e se fez ouvir na floresta instrumentos mui agradáveis, como música e também cantos. Também houve algumas danças e alguns torneios com lanças e espadas. Isso durou por tanto tempo que o Doutor Fausto achou que estivesse indo para fora do círculo. Por fim, ele retornou ao seu propósito ateísta e temerário e insistiu em sua primeira intenção, fosse o que Deus quisesse. Imediatamente conjurou o Diabo novamente, como o fizera antes, ao que o Diabo reagiu fazendo surgir diante de seus olhos tamanha balbúrdia: fez-se aparecer algo como um grifo ou dragão, batendo as asas e deslizando por cima do círculo. Quando o Doutor Fausto fez sua conjuração, o animal gemeu lamentosamente. Logo a seguir, caiu uma estrela de fogo de duas ou três braças que se transformou em uma bola de fogo, o que fez Doutor Fausto se assustar bastante. Contudo ele estava tão obcecado com seu propósito que o Diabo teve de se subjugar a ele. Como o próprio Doutor Fausto gostava de se vangloriar em uma roda de conversa, a maior autoridade da Terra lhe era servil e obediente.[7] A isso os estudantes responderam que desconheciam autoridade maior do que o imperador, o papa ou o rei. Doutor Fausto logo retrucou: "A autoridade que me é servil é maior do que eles", tomando como prova disso a Epístola de Paulo aos Efésios: "O Príncipe deste mundo, na Terra e sob o Céu", etc.[8] Conjurou, então, essa estrela uma, duas e três vezes, ao que surgiu uma bola de fogo do tamanho de um homem, que logo diminuiu e daí seis luzinhas foram vistas. Uma delas pulou nas alturas; a outra, para baixo até que se transformou e se modelou a figura de um homem de fogo que deu voltas em torno do círculo durante um quarto de hora. Logo a seguir, o Diabo e Espírito tomou a forma de um monge em traje cinza e veio falar com Fausto, perguntando o que ele desejava. O desejo do Doutor Fausto era de que o Diabo aparecesse em sua casa no dia seguinte, à meia-noite, ao que o Diabo, a princípio, se negou. Entretanto Doutor Fausto o conjurou em nome de seu senhor[9] para que seu desejo fosse atendido e posto em prática. Ao que, por fim, o Espírito aceitou e concordou.

---

[1] Confira Provérbios 23,5: "Porventura, fitarás os olhos naquilo que não é nada? Pois, certamente, a riqueza fará para si asas, como a águia que voa pelos Céus". A passagem bíblica refere-se ao desejo por riqueza, mas na *História* ela se relaciona com o desejo por conhecimento do mundo. Essa nova correlação estabelece uma ligação direta à característica temerária de Fausto de ousar saber e voltar-se para o mundo enquanto materialidade. Isso, segundo o ponto de vista defendido na obra, significa um ato de renegação do estudo das Escrituras, o que implica, ao final, a condenação de Fausto por sua ousada curiosidade.

[2] Müller (1990, p. 1.372), relaciona essa menção às *Conversas à mesa* em uma passagem na qual Lutero se refere a esse local nas cercanias de Wittenberg como um "lugar de delitos sexuais e de adultério", "de perigo e sedução".

[3] Conforme Ezequiel 21,21: "Porque o rei da Babilônia para na encruzilhada, na entrada dos dois caminhos, para consultar os oráculos: sacode as flechas, interroga os ídolos do lar, examina o fígado".

[4] Traçar um círculo no momento da conjuração é um ato de proteção contra os poderes dos Espíritos malignos que serão invocados, conforme mencionado por Agrippa de Nettesheim em sua obra *A filosofia oculta* (Livro 2, cap. 23; Müller, 1990, p. 1.373).

[5] Segundo Füssel; Kreutzer (2006, p. 187), "banco dos tolos", em alusão ao Salmo 1,1.

[6] Como havia uma hierarquia de seres celestes, parecia haver também uma legião de Diabos.

[7] Segundo observa Müller (1990, p. 1.373), a força de conjuração de Fausto parece ser superior à vontade do Diabo que, for fim, se submete a ela aparecendo. Entretanto, como se verá, a força do Diabo é muito superior à de Fausto.

[8] Efésios 6,12.

[9] Segundo a tradução inglesa, em nome de Belzebu (sobre este, ver nota 4 do capítulo 13).

3
Segue a disputa do Doutor Fausto com o Espírito[1]

Doutor Fausto, após ter chegado a sua casa, chamou o Espírito até seu quarto. Este apareceu para ouvir o que Fausto desejava. É de se admirar que um Espírito, do qual Deus retirara sua mão, possa causar no homem tal alvoroço. Mas como diz o ditado: "Quem quer o Diabo como companheiro, acaba finalmente por encontrá-lo". Doutor Fausto começou a fazer suas mágicas ilusionistas, invocando novamente o Espírito, e apresentou a ele algumas condições para o contrato:

I. Em primeiro lugar, o Espírito deveria lhe servir e ser obediente em relação a tudo aquilo que ele pedir, perguntar ou exigir, durante toda a vida, até a morte de Fausto.
II. Segundo, não se opor a nada que Fausto quiser saber.
III. E também não responder falsamente a qualquer pergunta de Fausto.

O Espírito negou-se a concordar, fundamentando-se no fato de que ele não tinha autonomia para fazer tais acordos enquanto não lhe fosse permitido pelo senhor que acima dele domina, dizendo então: "Caro Fausto, realizar teu intento não está em meu domínio, nem em meu poder, somente o pode o deus infernal". A isso respondeu Fausto: "Como devo entender isso? Não és poderoso o suficiente para ter esse poder?". Ao que o Diabo respondeu: "Não". Fausto dirige-se novamente a ele: "Caro, diz-me o motivo!", "Fausto, tu deves saber", falou o Espírito, "que entre nós existe um governo e uma autoridade, assim como na Terra. Nós temos então nossos dirigentes e regentes, e também servos, sendo eu um deles. E chamamos nosso reino de Legião.[2] Pois ainda que Lúcifer tenha levado a si mesmo à queda por soberba e insolência, ele formou uma Legião e um governo de muitos Diabos e o chamamos de Príncipe do Oriente, pois ele tem seu domínio onde o Sol se levanta.[3] Também possui outros domínios na região Meridional, Setentrional e no Ocidente. E como Lúcifer, o anjo caído, tem seus domínios e reino também sob o Céu, temos de nos transformar, dirigir-nos aos homens e nos submetermos a eles. Pois, senão, o homem com todo seu poder e artes não poderia fazer a ele, Lúcifer, submisso, a não ser que ele envie um Espírito, como enviou a mim. Na verdade, nós nunca revelamos ao homem o verdadeiro fundamento de nossa morada, nem de nosso governo, nem domínio, a não ser na morte de um homem condenado, que toma conhecimento e se inteira disso. Doutor Fausto assustou-se com isso e falou: "Eu não quero ser condenado por isso, por tua causa." Ao que responde o Espírito:

"Caso que não queiras, não faça um pedido,
Se não pedires, então tens de vir comigo,

Se vão te buscar, isso não te é sabido,
Contudo tens de vir, não ajuda um pedido,
Teu coração desesperado fez-te de joguete."

A isso Fausto disse: "Que o mal de S. Veltin caia sobre ti,[4] vá embora daqui!" Quando então o Espírito quis se esvair dali, Doutor Fausto mudou repentinamente de ideia e o mandou aparecer novamente ali à noitinha para escutar o que ainda haveria de propor. O Espírito concordou e desapareceu. Pode-se ver aqui quais eram os sentimentos e opiniões do ateísta Doutor Fausto quando o Diabo, como se diz, cantou a canção do pobre Judas,[5] de como ele deveria estar no Inferno. Contudo Fausto permaneceu firme em seu intento.

---

[1] Do latim *disputatio*, refere-se à forma usada pela escolástica medieval para os debates acerca de temas teológicos e científicos, submetida a rígidas regras metodológicas, mas que é aqui na *História* um simples jogo de perguntas e respostas entre Fausto e o representante do mal.

[2] Cf. Marcus 5,9: "E perguntou-lhe: 'Qual é o teu nome?'. Respondeu ele: 'Legião é o meu nome, porque somos muitos'".

[3] Para a origem do nome, cf. Isaías 14,12: "Como caíste do Céu, ó estrela da manhã, filho da alva! Como foste lançado por terra, tu que debilitavas as nações!". Segundo Lurker (1993, p. 124), neste trecho é relatada "a condenação do rei da Babilônia ao Inferno (que) é comparada à queda da resplandecente estrela da manhã (em hebraico, *helal*). O nome Lúcifer surge na tradução para o latim da Bíblia, na *Vulgata*, passando assim a significar o anjo caído, o príncipe das trevas e a personificação do mal (cf. Lucas 10,18; a queda é também relatada em Jó 4,18; 2 Pedro 2,4).

[4] A expressão original é "[...] hab dir S. Veltins Grieß vnd Crisam". O nome de São Veltin se fez a partir de um trocadilho com o nome de São Valentim, que era o protetor dos epilépticos antes de se tornar o patrono dos namorados, como é conhecido nos dias de hoje.

[5] Segundo consta no *Lexikon der sprichwörtlichen Redensarten* (Röhrich, 2000, p. 3.114) em referência ao verbete sobre "Judas", "cantar a canção de Judas para alguém" significava fazer troça de alguém com palavras em tom de música; dessa forma, o Espírito parece zombar de Fausto.

4

Outra disputa de Fausto com o Espírito, chamado Mefostófiles[1]

Ao anoitecer, no final da tarde, entre três e quatro horas, apareceu novamente a Fausto o Espírito alado que se mostrou disposto a lhe obedecer e servir totalmente, porque seu senhor superior assim o permitiu e disse ao Doutor Fausto: "Te trago a resposta e a tua me deves dar. Mas antes quero ouvir qual é teu desejo, já que me obrigaste a aparecer aqui a esta hora".

Doutor Fausto deu-lhe a resposta, mas plena de dúvida e maculando sua alma, pois seu desejo intenso consistia, por fim, em abdicar de ser homem e tornar-se um Diabo de carne e osso, ou um membro da comunidade de Diabos. Ele exigiu do Espírito o seguinte:

> Primeiro: ser dotado das mesmas habilidades de um Espírito, assim como de sua forma e aspecto.
> Segundo: que o Espírito fizesse tudo aquilo que ele demandasse e lhe desse o que quisesse ter.

Terceiro: que o Espírito se submetesse a ele e lhe fosse subordinado de modo diligente, como um servo.
Quarto: que o Espírito se apresentasse em sua casa sempre que o exigisse ou chamasse.
Quinto: que deveria governar invisível em sua casa e não se deixasse ver por ninguém, a não ser que ele assim o ordenasse.
Por último: que o Espírito deveria aparecer na forma que ele mandasse, tantas vezes quanto assim o exigisse.

Em relação a essas seis cláusulas, o Espírito respondeu a Fausto que ele seria fiel e obediente a todas elas à medida que, por sua vez, reconhecesse a validade dos seguintes termos e, caso o fizesse, não teria mais qualquer necessidade. Esses foram alguns dos artigos do Espírito:

Primeiro: que ele, Fausto, prometesse e jurasse que queria ser propriedade sua, quer dizer, do Espírito.
Segundo: que, para um maior reforço, deveria atestar com seu próprio sangue e então transmitir, dessa forma, a propriedade de si mesmo a ele.
Terceiro: que se fizesse inimigo de todos os homens de credo cristão.
Quarto: que abjurasse a fé cristã.
Quinto: que não se deixasse seduzir, quando alguém quisesse convertê-lo.

Em troca, o Espírito serviria a Fausto por um prazo de alguns anos e, depois de transcorridos esses anos, ele viria para levá-lo. Caso ele se mantiver firme nessas cláusulas, terá tudo o que seu coração puder desejar e cobiçar e ele logo deverá notar que será capaz de assumir a forma e o modo de agir de um Espírito.

Doutor Fausto estava tão pleno de orgulho e soberba que, embora tenha hesitado por um instante, não quis pensar na salvação de sua alma, entregou-se ao Espírito do mal, e prometeu se ater a todos os artigos. Ele pensava que o Diabo não seria tão negro como as pessoas o pintavam, nem que o Inferno seria tão quente como se dizia, etc.

¹ A tradução segue o nome usado no original: *Mephostophiles*, do qual não se tem registro de uso anterior em qualquer tipo de texto. O nome foi utilizado pela primeira vez neste livro, e seu significado é incerto. Em Füssel; Kreutzer (2006), se indica sobre a variada composição do nome que justapõe vários prefixos gregos, forjando o significado: "o que não ama a luz" ou "o que não ama os homens". Henning (1963, p. 182) oferece variadas possibilidades de interpretação do nome: "origem hebreia: *mephir* + *tophel* = destruidor – mentiroso; origem grega: *mephostophiles* = o que evita a luz; origem latina = *mefitis* + *philos* = aquele que aprecia a expansão venenosa". Segundo Butler (*Ritual Magic*. Cambridge, University Press, 1949, p. 164), esta variante inaugurada na *História* perdurará até o ano de 1765, quando passam a surgir outras formas do nome com a variação da vogal *o* para *a*, assim como por alterações nas terminações compondo outros nomes: *Mephistophilis*, *Mephistophilus* e *Mephistophiel*.

A terceira conversa do Doutor Fausto com o Espírito sobre sua promessa

Depois que o Doutor Fausto selou a promessa, ele fez o Espírito lhe aparecer no dia seguinte, de manhã bem cedo, e lhe impôs a condição de que ele, sempre que assim Doutor Fausto o exigisse, surgisse na forma de um monge franciscano, com um sininho e que, antes disso, lhe desse alguns sinais a fim de reconhecer, pelo som, que ele estava chegando. A seguir, perguntou ao Espírito pelo seu nome e como ele queria ser chamado; ao que o Espírito respondeu que ele se chamava Mefostófiles.

Bem nessa hora, esse homem ateu se apartou de seu Deus e Senhor Criador e se tornou um membro da legião diabólica. Essa separação não teve outra causa senão a sua orgulhosa soberba, seu desespero, temeridade e presunção, como aconteceu com os gigantes, conforme cantam os poetas, de como eles empilharam as montanhas para guerrear com Deus,[1] e também de como o anjo mau[2] se colocou contra Deus e que, por sua soberba e presunção, foi expulso por Ele. Em suma, quem quer subir muito alto também terá uma queda maior.

Depois disso, Doutor Fausto, movido por sua grande soberba e presunção, preparou para o Espírito do mal seu certificado, reconhecimento, contrato escrito e confissão. Isso foi uma obra abominável e assustadora. E tal obrigação[3] foi encontrada em sua casa, após sua triste despedida. Quero informar sobre tal ação, para que sirva de advertência e exemplo a todos os cristãos piedosos, a fim de que não acedam ao Diabo, nem queiram causar danos ao corpo e à alma, como o fez Doutor Fausto logo depois, ao seduzir seu pobre fâmulo e servo por meio dessa obra diabólica. A fim de que ambas as partes se unissem uma com a outra, Doutor Fausto tomou uma faca de ponta e cravou-a em uma veia da mão esquerda; se sabe de fonte segura que nessa mão se podia ver uma inscrição gravada com letras de sangue: "*O Homo fuge*", isto é, "Ó Homem, fuja dele e faça o bem!", etc.

---

[1] Menção à disputa pelo Olimpo entre Zeus e os Gigantes.
[2] Lúcifer.
[3] Documento que registra uma dívida.

Doutor Fausto deixa cair seu sangue em um cadinho, coloca-o sobre carvões em brasa e escreve o seguinte

Eu, Johann Fausto, doutor, declaro publicamente de meu próprio punho e confirmo, por força desta carta, que, após ter intencionado especular sobre os elementos,[1] constatei que não possuo em minha mente capacidade suficiente para tal, apesar das dádivas concedidas a mim por clemência pelo alto, e não podendo aprendê-lo com os homens, então me submeti ao presente Espírito que me foi enviado e que se chama Mefostófiles, um servo do infernal Príncipe do Oriente, por mim mesmo escolhido para me ensinar e instruir nessas artes, o qual prometeu a mim se submeter e obedecer em todas as coisas. Em troca disso prometi e jurei que, passados 24 anos a contar da data desta carta, ele poderá, a seu modo e da forma que melhor lhe agradar, dispor de mim, se apoderar, reger, conduzir todo meu corpo, alma, carne, sangue e bens e assim até a eternidade. Aqui também renego a todos os seres viventes, a toda falange celestial e a todos os homens, pois assim o deve ser. Para firmemente atestar e mais fortemente corroborar este contrato, escrevi com minha própria mão, assinei e, para esse fim, com a marca de meu próprio sangue, de plena posse de meu juízo e sensatez, pensamentos e vontade, selando-o e dando-lhe fé, etc.

Assinado:
Johann Fausto,
Mestre dos Elementos e doutor em Teologia.[2]

---

[1] Pode-se interpretar de duas formas os objetivos de Fausto para estabelecer o pacto. De um lado, vislumbra-se uma intenção de tê-lo feito por almejar o conhecimento, saber da essência das coisas; por outro, pode significar apenas uma vontade de dominar a natureza a partir do conhecimento de seus elementos.

[2] Com essa autodeclaração, o autor da *História* atribui a Fausto uma duplicidade de saber. O pactário deteria não só um extenso conhecimento sobre a natureza, como também possuiria um profundo saber teológico. Dessa forma, corrobora-se a crítica que perpassa todo o livro tanto em relação ao conhecimento escolástico, como ao moderno, que se voltava para o estudo da natureza por meio de experiências (interpretando-se a alquimia como um período que antecede ao desenvolvimento da química moderna). Cabe registrar uma duplicidade nessa crítica, pois assim como se condenam as práticas do passado, também se condenam as que se delineiam como as do futuro. Desta forma, Fausto estaria duplamente condenado: tanto pela ortodoxia, quanto pela modernidade.

Contra a desobediência do Doutor Fausto, que sejam ditos os seguintes versos

Quem age por orgulho e presunção
E nisso procura sua alegria e valoração
E do Diabo a tudo procura imitar
Sua própria sina está a preparar,
E por fim alma, corpo e bens lhe irão escapar.

Idem:

Quem quiser somente deste mundo gozar
E para a Eternidade não atentar
Ao Diabo dia e noite se entregar
Terá de sua alma muito cuidar.

Idem:

Quem por intenção deixa o fogo a queimar,
Ou quem quer em uma fonte pular,
A este bem acontece, de não poder daí escapar.[1]

---

[1] Segundo Füssel, Kreutzer (2006) e Müller (1990), esses versos estão relacionados a episódios do livro de Sebastian Brandt, *A nau dos insensatos* (1494), tido como uma das fontes para a *História*.

Sobre as diversas formas com as quais o Diabo aparece a Fausto

Na terceira conversa, aparece a Fausto seu Espírito e fâmulo bem contente, fazendo os seguintes gestos e atitudes: ele dava voltas na casa como um homem em chamas, do qual saíam rios e raios de fogo. A isso se seguiu um rumor e burburinho, como se os monges cantassem e ninguém soubesse que tipo de canção era.[1] A fantasmagoria agradou bastante ao Doutor Fausto,[2] mas ele não permitiu que o Espírito penetrasse em seus alojamentos, até que visse o que resultaria daquilo. Logo depois se fez ouvir um barulho de lanças, espadas e outros instrumentos, parecendo-lhe que alguém queria tomar a casa de assalto. A seguir ouviu um barulho de cães e caçadores como se estivessem a caçar. Os cães estavam atrás de um cervo e o perseguiram até a sala do Doutor Fausto, onde os cães derrubaram o animal.[3]

Depois apareceram na sala do Doutor Fausto um leão e um dragão, que brigaram um com o outro. Por mais que o leão lutasse, foi, contudo, vencido e devorado pelo dragão.[4] O fâmulo do Doutor Fausto disse que tinha visto algo semelhante a um dragão-serpente, a um *Lindwurm*:[5] com uma barriga rajada amarela e branca, as asas e os membros superiores pretos, com meio rabo enrolado como uma casa de caracol, ocupando toda a sala, etc.

Novamente foi visto um belo pavão brigando com sua fêmea, mas logo se entenderam. Depois se viu um touro furioso entrar e correr até onde estava o Doutor Fausto, que não se assustou nem um pouco. Ele correu até o Doutor Fausto, caiu diante dele e desapareceu. A seguir viu-se um macaco grande e velho que ofereceu a mão ao Doutor Fausto, pulou nele, fez-lhe um agrado e correu pelo salão afora. Em seguida, apareceu na sala uma névoa tão densa que Doutor Fausto não conseguia enxergar nada. Tão logo a névoa se dissipou, se puseram diante dele dois sacos – um era de ouro; o outro, de prata. Por fim, se fez ouvir uma doce música de órgão positivo, depois harpas, alaúdes, violinos, trompetes, pífanos, cromornos,[6] flautas transversais e outros instrumentos similares (cada um a quatro vozes), de maneira que Doutor Fausto nada mais pensou acerca do que havia no Céu, já que ele estava, na verdade, na companhia do Diabo. Aquilo durou uma hora inteira e, ao final, Doutor Fausto estava tão encantado que imaginou que nunca poderia arrepender-se disso. Aqui se pode constatar como o Diabo foi capaz de fazer sons tão belos, a fim de que o Doutor Fausto não se arrependesse de seu trato; muito pelo contrário, que desejasse até mais, de modo a sentir mais prazer ainda em fazer valer sua intenção e pensar: "Bom, não vi nada de mal nem horroroso, mas sim muita alegria e prazer". A seguir, Mefostófiles, o Espírito, adentrou no salão e foi até Doutor Fausto na forma e no aspecto de um monge. Doutor Fausto falou para ele: "Realizaste um começo maravilhoso por meio de teus gestos e transformações, o que me deu muita alegria. Se continuares assim, conseguirás de mim o que quiseres". Responde Mefostófiles: "Oh, isso não foi nada, eu devo te servir de outras formas, de modo que saibas que sou capaz de efeitos e atuações mais fortes e maiores, além de fazer tudo aquilo que exigires de mim, com a condição de que cumpras a promessa e a confirmação do teu contrato". Fausto lhe entrega o contrato e diz: "Aqui tens a escritura". Mefostófiles a tomou, mas quis que o Doutor Fausto ficasse com uma cópia, o que fez o ateísta Fausto.

[1] Em vários momentos da narrativa, o canto coral deixa de ser um elemento de louvor às obras divinas para se tornar fantasmagoria diabólica; o que, de certa forma, chama a atenção do leitor para que este não se deixe encantar pelos belos efeitos, estabelecendo, quase exclusivamente, a relação direta e pessoal com o texto bíblico como a única forma segura de relação com o divino e de manutenção da integridade da fé.

[2] O fato de as fantasmagorias feitas pelo Espírito serem do agrado de Fausto torna-o simpático às "artes dardânicas", ou seja, aproxima-o do mal por sua própria natureza. Assim, vai-se paulatinamente construindo um caráter fáustico, que, podendo ser o de qualquer leitor, aproxima este do anti-herói, reforçando o caráter ortodoxo do texto. Sua intenção é de advertir os leitores contra seus desejos e paixões, considerados aqui como próximos do elemento do mal, conferindo ao texto um caráter anti-humanista e reacionário.

[3] Alusão significativa por ser esse animal, o cervo, um símbolo da alma com fé. Em várias religiões do mundo, considera-se o cervo um animal sagrado. Assim como no Fausto de Goethe, a figura do cão é associada ao elemento do mal.

[4] O significado do leão aproxima-se ao do cervo como criatura próxima de Deus. Em Apocalipse (4,7), o leão é apresentado como um dos guardiões do trono de Deus e está próximo da descrição dos "seres viventes", Serafins (Isaías 6) ou Querubins (Ezequiel 1,5-14). Já o significado de dragão é o de um animal que representa o mal. Por essa associação, Fausto vê com simpatia uma luta na qual o mal vence o bem.

[5] O termo em alemão é *"Lindwurm"* e por ser bastante significativo da cultura alemã, resolveu-se manter também a forma original. No *Wörterbuch der Mythologie* (Binder, 1999, p. 172), indica-se uma proximidade de sentido entre essa criatura imaginária, misto de serpente, crocodilo, morcego e peixe, e a concepção grega e romana de *"draco"* (dragão).

[6] Instrumento de sopro medieval e renascentista de palheta dupla.

9
Dos serviços prestados pelo Espírito ao Doutor Fausto

Quando Doutor Fausto ofereceu ao Espírito do mal tal horror com sua própria letra e sangue, pode-se certamente presumir que Deus e também todas as Forças Celestes se afastaram dele. A partir de então, passou a agir, não como um pai de família devotado a Deus, mas sim como o Diabo. Como Cristo, o Senhor, mesmo disse, o Diabo tem uma morada ou tabernáculo, quando habita no interior do homem. O Diabo se instalou dentro dele e, como diz o ditado, Doutor Fausto foi quem o convidou.[1]

Doutor Fausto vivia na casa de seu piedoso primo, conforme este determinou em seu testamento. Diariamente ia até lá um jovem estudante, seu fâmulo, um audacioso parasita, chamado Christoph Wagner,[2] a quem muito agradava esse jogo. Seu senhor o consolava, dizendo-lhe que almejava transformá-lo em um homem bem experiente e habilidoso e, como a juventude tende mais para o mal do que para o bem, assim também era o que acontecia com esse jovem. Desta forma, como dito antes, Doutor Fausto não tinha mais ninguém em sua casa além de seu fâmulo e de seu Espírito do mal, Mefostófiles, que sempre assumia a forma de um monge diante dele e a quem ele sempre invocava em seu quartinho de trabalho, que mantinha trancado o tempo todo.[3]

Alimentação e víveres tinha Doutor Fausto em demasia. Quando queria, por exemplo, ter um bom vinho, o Espírito lhe trazia da adega o que quisesse. Como o próprio Doutor Fausto contou, ele causou bastante prejuízo nas adegas do seu Senhor Príncipe Eleitor, nas do duque da Baviera e também nas do bispo de Salzburg. Assim ele tinha, todo dia, o que cozinhar, pois, por dominar tais artes mágicas, logo que abria as janelas, chamava por um pássaro que lhe apetecesse, e este prontamente entrava pela janela adentro. Da mesma forma lhe trazia seu Espírito de todos os reinos vizinhos, de principados ou de ducados, as melhores delícias, tudo muito principesco. Ele e seu jovem estudante andavam muito bem vestidos, com roupas que seu Espírito comprava ou roubava de noite em Nuremberg, Augsburg ou Frankfurt, já que os comerciantes não cuidavam de ficar à noite em suas lojas. Do mesmo modo, também os curtidores de couro e sapateiros tiveram prejuízos.

Em suma, era tudo mercadoria roubada ou extraviada, e que casa distinta! Era, sim, uma morada e uma alimentação não abençoada! Como Cristo, nosso Senhor, através de João chamou, o Diabo é também um assassino e ladrão, e como é!

O Diabo ainda prometeu que lhe daria 25 coroas semanalmente, isso faz 1.300 coroas por ano: essa era sua renda anual.

---

[1] Este trecho faz referência às *Conversas à Mesa*, de Aurifaber: "Não se deve convidar o Diabo como hóspede / ele bem chega como um intruso" (apud. Müller 1990, p. 1.380). Diversas menções a ditados populares da época intentam aproximar os leitores do texto, contribuindo para a difusão da mensagem pretendida pelo autor exposta no "Prefácio".

[2] Em 1593 surge no mercado livreiro alemão o *Livro de Wagner* (*Wagnerbuch*), intitulado *Outra parte da História do Dr. Johann Fausto* (*Ander Theil D. Johan Fausti Historie*) que se destina a narrar episódios da vida de Wagner após a morte de Fausto, como um novo pactário; vide Mahal; Ehrenfeuchter, (2005).

[3] Sobre Mefostófiles surgir em forma de monge, parece ser uma alusão aos frades franciscanos que faziam voto de pobreza, o que ironiza essa atitude dos religiosos.

10
Doutor Fausto quis se casar

Doutor Fausto levava, dia e noite, uma vida epicurista.¹ Não acreditava que houvesse um Deus, Inferno, nem Diabo, e pensava que a alma morria junto com o corpo. Dia e noite, assolava-lhe um impulso afrodisíaco,² de modo que resolveu casar-se e tomar para si uma mulher pelos laços do matrimônio. Então perguntou ao Espírito, o qual era um inimigo do casamento conforme Deus ordenou e instituiu, se ele poderia se casar.³ O Espírito do mal lhe respondeu, perguntando se era isso que ele queria fazer consigo mesmo, se não se havia esquecido do prometido e se queria romper com a promessa, já que havia jurado ser inimigo de Deus e dos homens. Por isso, ele não podia recomendar que se tornasse um homem casado, já que ele não poderia servir a dois senhores, a Deus e a ele, o Diabo – "O casamento é uma obra do Altíssimo e nós nos opomos a ele, já que tudo que provém do adultério e da luxúria nos faz muitíssimo bem. Por isso, Fausto, tome cuidado com o seguinte, se não honrares com o prometido, certamente serás feito em mil pedaços por nós. Caro Fausto, reflita consigo mesmo, quantos tormentos, contrariedades e desavenças não traz consigo o compromisso do casamento?". Doutor Fausto ficou a pensar e a repensar, como o fazem todos os corações ateístas quando estão a se decidir por algo não muito bom, sob o governo e direção do Diabo. Finalmente, após refletir, ordenou a seu monge que aparecesse, e, como casar não é da natureza de monges e freiras, assim também o monge de Fausto o afastou dessa ideia. A seguir, disse Doutor Fausto para ele: "Eu quero me casar, custe o que custar!". No momento em que expressou sua intenção, um vento forte se fez em sua casa, como se quisesse derrubar tudo. Todas as portas desprenderam-se das dobradiças e a casa se tornou um grande fogaréu, como se tudo fosse virar cinzas. Doutor Fausto se pôs a correr pelas escadas abaixo quando um homem o agarrou e o jogou de volta no quarto, de tal modo que Fausto não conseguia mexer nem mãos, nem pernas. Por todo lado havia fogo como se quisesse queimar tudo. Fausto chamou por seu Espírito aos gritos, pedindo-lhe ajuda – ele lhe disse que queria viver, viver tão-somente de acordo com os desejos, conselhos e ações dele. Então lhe surge o próprio Diabo, mas de uma forma tão horrenda e assustadora, que ele não queria olhar. Como resposta, disse-lhe o Diabo: "Então, diga, o que ainda tens em mente?". Doutor Fausto lhe respondeu brevemente que ele não teria cumprido sua promessa como havia se comprometido e que não tinha contado em ir tão longe, pedindo por clemência e perdão. Satanás[4] disse-lhe em palavras curtas: "Muito bem, que a partir de então se atenha ao combinado. Isso te digo: mantenha-te!". E desapareceu.

Após isso, o Espírito, Mefostófiles, veio até ele e disse: "Como pretendes permanecer em teu juramento, quero realizar tua volúpia de uma tal forma, que durante teus dias não desejarás outra coisa. E da seguinte maneira: como não podes viver em castidade, então vou te levar à cama todos os dias e noites uma mulher que tenhas visto nesta cidade ou em outra e com a qual satisfaças teu desejo e tua impudência. Em tal forma e aparência ela deve vir a morar com você".

Isto pareceu ao Doutor Fausto tão bom que seu coração começou a tremer de alegria e se arrependeu do que queria no começo. Caiu em tal cio e lascívia, dia e noite ficava tão intensamente à procura por belas mulheres, que, se ele hoje se entregava à luxúria com um Diabo, de manhã já tinha um outro em mente.[5]

¹ Refere-se aqui a uma interpretação dos escritos do filósofo grego Epicuro (342-371 a.C.), segundo a qual o pensador defenderia um modo de vida hedonista que levaria o homem à procura pelo prazer absoluto. Esta visão, entretanto, deixa de lado os preceitos de Epicuro, que propunham, segundo os intérpretes atuais, a realização de ações cujo objetivo era o alcance do estado de felicidade, entendido como ato de convivência fraterno, fundamentado em uma atitude autônoma do indivíduo. Essa observação se presta justamente a criticar essa autonomia do indivíduo e também a ideia defendida pelo filósofo do papel relevante das sensações para o conhecimento da natureza e do homem.

² Menção direta e condenatória do desejo sexual.

³ O apreço de Lutero pelo matrimônio pode ser verificado em seu texto de 1522, "Sobre a vida conjugal" (*Vom ehelichen Leben*), no qual se considera que a vida monástica, o culto à virgindade e o impedimento do casamento pela Igreja católica mascarariam impulsos libidinosos (vide Müller, 1990, p. 1.382).

⁴ A figura de Satanás assume várias funções no discurso bíblico. Em Jó 1,6-12, Deus lança a Satanás o desafio de tentar o fiel servo Jó para que ele saia do caminho de adoração e respeito às Suas leis. Em Mateus 4,1-11, Satanás tem por missão afastar Jesus dos desígnios divinos ao lhe oferecer em troca riquezas e poder no mundo terreno. Em Apocalipse 20,1-3, lhe é conferida a representação simbólica do mal.

⁵ Alusão à lenda corrente na Idade Média da figura do súcubo que, etimologicamente, significa aquilo que se deita ou se põe por baixo. É um demônio sexual que surge para o homem no sonho, assumindo uma bela forma feminina e com o qual mantem relações, mas o Espírito, na realidade, tem por objetivo sugar-lhe a energia vital, coletando seu esperma.

11
Pergunta do Doutor Fausto a seu espírito Mefostófiles

Logo depois de ter acontecido o descrito acima, de o Doutor Fausto ter-se entregue à luxúria de forma vergonhosa e horrenda com o Diabo, seu Espírito lhe entregou um livro grande que tratava de todo tipo de magia e nigromancia, com o qual também poderia se deliciar, tanto como em seu casamento diabólico. Essas artes dardânicas[1] foram encontradas posteriormente com seu fâmulo, Christoph Wagner. Logo foi picado pela pretensiosa curiosidade,[2] exigindo então a presença de seu Espírito Mefostófiles, pois queria ter com ele uma conversa: "Meu servo, diga-me, que tipo de Espírito és tu?". Ao que lhe respondeu o Espírito, dizendo: "Meu Senhor Fausto, eu sou um Espírito e um Espírito alado que está a reinar sob o Céu". Como aconteceu a queda de teu Senhor, Lúcifer? O Espírito falou: "Mestre, o meu Senhor, Lúcifer, era um anjo belo criado por Deus, uma criatura destinada à bem-aventurança. Dele só sei que tais anjos são chamados de Hierarquias e que eram três: a dos Serafins, dos Querubins e dos Tronos[3] Os primeiros, príncipes dos anjos, regem o ofício dos anjos, os segundos conservam e regem ou protegem os homens, os terceiros são os que combatem e se põem em guarda contra nosso poder diabólico e são chamados de Principados e Potestades. São chamados também de Anjos de Grandes Obras, Anunciadores de grandes acontecimentos, e de Anjos do Cuidado, Protetores dos homens. Lúcifer também era um dos arcanjos mais belos, chamado Rafael, os outros dois, são Gabriel e Miguel. E este é, de forma breve, meu relato.

¹ Vide nota 2 do capítulo 8.

² Os desejos de Fausto mesclam-se entre terrenos e intelectuais. Ora quer saciar sua vontade de obter conhecimentos, ora almeja obter bens terrenos, como poder, mulheres e dinheiro.

³ Aqui se apresenta uma interpretação bastante peculiar daquilo que Hartmann Schedel (1440 - 1514) relata em seu livro *Livro das crônicas* (*Buch der Chroniken*; em latim: *Liber Chronicarum*, 1493), no qual o autor segue, nesse ponto, as considerações de Pseudo Dionísio Areopagita na obra *Hierarquia celeste*. Nele são apresentadas nove hierarquias de anjos: 1. Serafins; 2. Querubins; 3. Tronos; 4. Dominações; 5. Virtudes; 6. Potestades; 7. Principados; 8. Arcanjos e 9. Anjos. São entidades que se agrupam em três tríades, formando coros. Lúcifer pertenceria à hierarquia dos Querubins e não à dos Arcanjos como os citados no texto. O incunábulo ricamente ilustrado de Schedel, também conhecido como *Crônica de Nuremberg*, *Crônica do mundo* ou, ainda, *Crônica mundial de Schedel*, foi uma das obras mais importantes da época e expressa o empenho de se criar uma disciplina da história em direta relação com os relatos bíblicos. É também uma fonte recorrente para a *História*.

Uma disputa entre o Céu e suas espeluncas[1]

Doutor Fausto, como se diz, sonhou com o Inferno e perguntou a seu Espírito mau sobre o aspecto, a localização e a origem do Inferno, de como ele teria sido criado desse modo. O Espírito deu estas informações. Tão logo seu senhor veio na queda, no mesmo instante lhe estava pronto o Inferno, que é um buraco escuro, no qual Lúcifer estava preso por correntes, abandonado e banido até ser chamado no Juízo Final; lá não tinha nada além de névoa, fogo, enxofre, podridão e outros cheiros ruins. "Nós, Diabos, nunca podemos saber qual a forma, nem como o Inferno foi criado, nem ainda a causa pela qual Deus o construiu, pois ele não tem nem fim, nem chão. E esse é o meu curto relato".

---

[1] Segundo consta no dicionário *Houaiss*, a palavra "espelunca" possui o sentido de: "cavidade profunda no solo; caverna, cova, furna; etimologia: lat. *spelunca, ae* 'caverna, antro, gruta, cova', do gr. *spêlugks, uggos* 'id.'; f.hist. sXV *spelunca*".

13
Uma outra pergunta do Doutor Fausto sobre o governo dos diabos e seu principado

O Espírito também teve de relatar a Fausto sobre a morada do Diabo, seu governo e poder. O Espírito respondeu dizendo: "Meu Senhor Fausto, o Inferno e seus domínios são a morada e abrigo de todos nós, ele abrange o mundo inteiro. Sobre o Inferno e sobre o mundo até o limite do Céu, ele tem dez governos e reinos, os quais são os mais altos hierarquicamente entre nós, e os mais poderosos são seis governos, a saber:[1]

1. *Lacus mortis.*
2. *Stagnum ignis.*
3. *Terra tenebrosa.*
4. *Tartarus.*
5. *Terra obliuionis.*
6. *Gehenna.*
7. *Herebus.*

8. *Barathrum.*
9. *Styx.*
10. *Acheron.*²

Neste último regem os Diabos chamados Flegetonte.³ Os quatro últimos governos abaixo deles são reinos governados por Lúcifer no Oriente, Belzebu⁴ ao Norte, Belial⁵ ao Sul, Astarote⁶ no Ocidente. E este reinado e governo perdurarão até o Juízo Final. Agora tens o relato de como é nosso governo.⁷

---

¹ Esse capítulo tem por base o texto de Honorius Augustodunensis (Honório de Autun, 1080-1154), *Esclarecedor* (*Elucidarium* em alemão *Elucidarius*), escrito teológico redigido em torno de 1100 em Canterbury e logo traduzido para quase todas as línguas europeias, tornando-se uma das obras mais populares da Idade Média. Constitui-se em uma espécie de enciclopédia de crenças europeias interpretadas pelo viés católico-cristão. (Tradução do título da edição em alemão: *Esclarecedor*. De todo tipo de criaturas divinas, dos anjos, do Céu, dos astros, planetas e de como todas as criaturas foram criadas na Terra. E também como a Terra é dividida em três partes, de seus países e de todos os povos nela, das qualidades e dos maravilhosos animais. Frankfurt do Meno, editado por Christ[ian] Egen[olffs], 1544)

² Esses nomes, retirados do *Elucidarium* (vide nota anterior), originam-se, em grande parte, de narrativas contidas na Bíblia e, de outra parte, de narrativas da Antiguidade: 1. Lago da morte (Ezequiel 26,20); 2. Pântano de fogo (Apocalipse 20,14); 3. Terra tenebrosa; 4. Reino dos mortos; 5. País do esquecimento; 6. Inferno (Isaías 66,22-24); 7. Mundo subterrâneo (de Érebo, deus grego da escuridão); 8. Abismo; 9. Estige, nome de um dos rios do Tártaro; 10. Aqueronte, rio pelo qual Caronte levava os mortos.

³ Nome advindo da mitologia grega ("o flamejante"; no texto alemão *Phlegethon*), rio caudaloso de fogo no submundo (Tártaro), afluente do Aqueronte; usado aqui como nome do Diabo. É mencionado na *Eneida* (Livro VI, 265, 551) e na *Divina Comédia* (Canto XIV; no 7° Círculo do Inferno).

⁴ Belzebu, tido como príncipe dos demônios no Novo Testamento (Mateus 12,24-27; Marcos 3,22); o culto é descrito em 1 Reis 18,28.

⁵ Segundo Lurker (1993, p. 35), Belial também é tido como Beliar, "o profano", "o desprezível". No Antigo Testamento, os homens de índole má, por serem próximos dessa figura, são chamados "homens de Belial" (2 Samuel 16,7); em 2 Coríntios 6,15, é apresentado como Satanás, o maior dos Diabos, assim como em trechos do Alcorão surge como o Espírito ou príncipe das trevas. Será mencionado adiante no capítulo 23.

⁶ Astarote, deusa semita da fertilidade cultuada na cidade de Astarte, é mencionada em Gênesis 14,5; 1 Samuel 7,3-4; Juízes 2,13. Em 1 Reis 11,5 e 2 Reis 23,13, alude-se à construção por Salomão de um templo em honra a essa deusa.

⁷ As hierarquias e os nomes de seres diabólicos mencionados pelo narrador da *História* baseiam-se no livro de Johann Weyer, *Sobre os truques dos demônios* (Vide nota 14 do "Prefácio dirigido ao leitor cristão"). Weyer acrescentou a seu livro um apêndice, "Falsa monarquia dos Demônios" (*Pseudomonarchia Daemonum*) em que apresenta uma listagem hierárquica dos vários demônios, acompanhada de uma descrição de cada um e da forma como conjurá-los. Apesar de ser bastante usado na composição da *História*, o livro de Weyer se distingue da posição ortodoxa nele defendida. Considerado bastante influenciado por humanistas, Weyer se coloca contra o proposto no livro *O Martelo das feiticeiras* (Kramer; Spencer, 2015), pois via as mulheres acusadas de bruxaria como doentes, acometidas de melancolia, e que necessitariam de tratamento, não de serem queimadas em fogueiras; de forma distinta, defende que deveria ser dada mais atenção ao combate aos feiticeiros.

14. Pergunta sobre como era a aparência dos anjos caídos

Doutor Fausto resolveu ter novamente uma conversa com seu Espírito que lhe deveria dizer qual aparência tinha seu Senhor, quando este ainda morava no Céu. Para isso, seu Espírito lhe pediu três dias de prazo. No terceiro dia, o Espírito lhe deu essa resposta: "Meu Senhor Lúcifer (que assim é chamado agora por ter sido expulso da clara Luz do Céu) era anteriormente um anjo de Deus e Querubim[1] e havia visto todas as obras e criações de Deus no Céu; e tais eram sua beleza, figura, pompa, autoridade, dignidade e esplendor, que estava acima de todas as outras criações de Deus, bem como do ouro e das pedras preciosas. Era tão iluminado por Deus que superava o brilho do Sol e das Estrelas. Assim que Deus o criou, colocou-o no alto da montanha de Deus[2] e lhe deu o governo de um principado que era perfeito em todas suas formas. Mas tão logo lhe subiu o orgulho e a soberba, quis elevar-se acima do Oriente,[3] e foi expulso da morada do Céu e de sua posição por Deus, arremessado sobre uma pedra de fogo que é eterna e nunca se extinguirá, renovando-se por todo o sempre. Ele estava adornado com a coroa de toda a pompa celeste. E por ele ter-se oposto a Deus, consciente e deliberadamente, Deus se sentou em seu trono de justiça e o julgou, logo condenando-o ao Inferno, do qual ele não poderá escapar por toda a eternidade".

Doutor Fausto, após ter ouvido o Espírito falar essas coisas, começou a especular e a tecer diversas opiniões e ideias a respeito disso; depois, sem dizer uma palavra, deixou o Espírito e recolheu-se em seu quarto, onde, jogando-se ao leito, pôs-se a chorar amargamente, a suspirar e a gritar em seu coração. Considerando esse relato do Espírito, de como o Diabo, o anjo decaído, fora tão magnificamente adornado por Deus e que, se ele não tivesse sido tão teimoso e orgulhoso contra Deus, teria tido vida e morada eternas no Céu, mas agora estava eternamente banido por Deus, Fausto disse: "Ó pobre de mim, pobre para sempre! Assim acontecerá também comigo, pois sou igualmente uma criatura de Deus e minha carne orgulhosa e meu sangue levaram-me à perdição do corpo e da alma. Fui incitado por minha razão e sensação de tal maneira que eu, criatura de Deus, me separei Dele e tenho-me deixado influenciar pelo Diabo, a quem me entreguei de corpo e alma e me vendi. Por isso não posso esperar mais qualquer graça, e serei, como Lúcifer, jogado na miséria e danação eternas. Ah, maldito, maldito para sempre! O que fiz a mim mesmo? Ah, quem dera nunca ter nascido!". Assim se lamentava Doutor Fausto. Ele não queria criar mais qualquer crença nem esperança que lhe permitissem, por meio de arrependimento, recuperar a graça de Deus. Caso ele tivesse pensado: "Agora o Diabo me pintou com cores tais, que eu tenho de olhar para o Céu através delas. Então, agora, vou voltar atrás e suplicar a Deus por graça e clemência, pois nunca mais fazer o mal é já uma grande pena". Se ele tivesse logo em seguida se juntado à comunidade cristã na Igreja e seguido os sagrados mandamentos, de modo que se opusesse ao Diabo, ainda teria podido salvar sua alma, muito embora tivesse de deixar aqui o corpo; mas ele, em todas as suas opiniões e pensamentos, estava hesitante, descrente, e não tinha qualquer esperança.

---

[1] Aqui, diferentemente do mencionado anteriormente (capítulo 11), Lúcifer é apresentado como da ordem dos Querubins.

[2] Em uma posição hierárquica superior à dos outros anjos, indicando preferência a ele.

[3] Refere-se aqui à vontade de Lúcifer de se igualar a Deus.

Nova disputa do Doutor Fausto com seu Espírito Mefostófiles sobre o poder do Diabo

Após sua aflição ter-se amainado um pouco, Doutor Fausto perguntou a seu Espírito Mefostófiles sobre o governo, os conselhos, o poder, os ataques, as tentações e a tirania do Diabo e como ele agiu com tudo isso no início. Em seguida, o Espírito respondeu: "Essa contenda e pergunta que eu tenho a te explicar vai te provocar, meu Senhor Fausto, um pouco de desassossego e reflexão. Além disso, não deves querer saber de mim tais questões, pois dizem respeito a nossos segredos, os quais não posso revelar. Assim deves saber apenas que, tão logo o anjo expulso caiu, tornou-se inimigo de Deus e de todos os homens e, como o faz agora, teve a audácia de exercer junto aos homens toda sorte de tiranias, como ainda se pode ver diariamente pela forma como lhes chega a morte. Um se enforca, o outro se afoga ou se esfaqueia, um terceiro é esfaqueado, cai em desespero ou coisa similar. O que também se pode ver é que, quando o primeiro homem foi criado por Deus de modo perfeito, logo lhe invejou o Diabo; este se aproximou do homem e levou Adão e Eva com todos os seus descendentes ao pecado e à perda da graça de Deus. Estes são, caro Fausto, o ataque e a tirania de Satanás.[1] Assim agiria com Caim e, dessa forma, levou o povo de Israel a orar a deuses estrangeiros, que lhes fizesse sacrifícios e que tivesse relações impuras com mulheres pagãs. Também temos um Espírito que levou Saul à insanidade e o incitou a se matar. Ainda tem um Espírito, chamado de Asmodeu,[2] que matou sete homens em condição impura. Do mesmo modo, o Espírito Dagan[3] levou a uma grande mortandade, na qual 30 mil homens foram abatidos e manteve presa a Arca de Noé.[4] Como também Belial[5] que incitou o coração de Davi a começar uma contagem de seu povo, o que causou a morte de 60 mil homens. Da mesma maneira, também agiria nosso Espírito no íntimo de Salomão, fazendo-o adorar outros deuses, etc. Nós somos, então, um número incalculável de Espíritos que exercem influência nos homens, levando-os a pecar. Nós estamos distribuídos pelo mundo todo, promovemos toda sorte de ardis e maldades, demovemos as pessoas da crença, as incitamos aos pecados e nos fortificamos da melhor maneira que podemos; somos contra Jesus Cristo, perseguimos os seus até a morte, possuímos os corações dos reis e príncipes do mundo, contra a doutrina de Jesus e aqueles que o ouvem. E isso, Senhor Fausto, podes constatar por si mesmo".

Doutor Fausto lhe disse: "Então possuístes a mim também? Caro amigo, diga-me a verdade!". O Espírito respondeu: "Sim, por que não? Pois tão logo examinamos teu coração, vimos quais pensamentos tens em torno de ti e como, para realizar teus propósitos e tua obra, ninguém, senão o Diabo, poderia te ajudar. Então, tornamos teus pensamentos, tuas indagações e tuas buscas ainda mais atrevidos e impertinentes, como também mais ansiosos, de modo que não tivesses um momento qualquer de paz, nem de dia nem de noite, e que todos teus pensamentos e aspirações consistissem em como poderias chegar à magia para realizá-los. E quando tu nos conjuraste tornamos-te tão insolente e temerário, que te seria preferível entregar-te ao Diabo do que desistires de teus empreendimentos. Depois, nós te encorajamos mais ainda, até que plantamos em teu coração a vontade de não renunciar a teus propósitos e ter para isso um Espírito a teu serviço. Por fim, nós te conduzimos a te entregares a nós de corpo e alma. Isto, Senhor Fausto, podes constatar por ti mesmo". "É verdade", disse Fausto, "já não posso fazer nada, eu mesmo me aprisionei, tivesse tido eu pensamentos piedosos e me atido a orações a Deus e não deixasse o Diabo se enraizar tanto em mim, então não teria me acometido tal mal de corpo e alma! Ah! O que fiz?" Responde o Diabo: "Vê tu mesmo!". Então Doutor Fausto se afastou dele cheio de tristeza.[6]

---

[1] Uso pelo autor do livro *Belial* (*Litigatio Christi cum Belial*; em português: *Disputa de Cristo com Belial*; manuscrito; 1461) de Jacobus Palladinus de Teramo, considerado por Füssel; Kreutzer (2006, p. 192) como uma das fontes para a *História*.

[2] Asmodeu é um demônio de origem persa ou hebreia, mencionado na Bíblia em Tobias 3,8; para a teologia judaica, é o líder dos Espíritos maus e possui ligações com o deus iraniano (*Aesma Daeva*) e com o assírio (*Pazuzu*). (cf. Lurker, 1993, p. 23).

[3] Dagan, cuja forma em hebraico é *Dagon*, é tido como um deus semítico dos cereais; no Antigo Testamento (Juízes 16, 23 ss.) é mencionado como "o deus supremo dos filisteus"; também era presente na religião dos maoritas, da cidade de Mari (cf. Lurker, 1993, p. 52).

[4] Vide 1 Samuel 5,1-5, onde se descreve a queda do deus Dagon.

[5] Tem-se em vista a passagem descrita em 2 Samuel 24,15, mas nela Belial não é mencionado.

[6] A atitude resignada de Fausto salienta a consciência de que sua autoimagem como homem altivo e superior não corresponde à realidade, já que se sente fraco por não ter conseguido superar as vozes demoníacas em seu interior. Essa atitude melancólica ressurge ao final do livro.

16

Uma disputa acerca do Inferno, chamado de Geena, de como foi criado e de sua aparência, e também do sofrimento que existe nele¹

Doutor Fausto tinha continuadamente um remorso no coração e um pensamento, o de haver cometido uma falta ao renunciar à felicidade de sua alma, prometendo-se então ao Diabo pela obtenção de bens terrenos. Mas seu remorso era o mesmo da penitência de Caim e de Judas. Embora estivesse com esse sentimento no coração, ele se sentia distante da Graça de Deus e lhe parecia ser algo impossível poder recuperar a clemência divina. Assim como Caim, que se desesperou, pensando que seus pecados seriam grandes demais para ser perdoado, que seria igual como com Judas, etc.,² Doutor Fausto também dirigiu seus olhos ao Céu, mas não pôde perceber nada. Ele sonhou, como se costuma dizer, com o Diabo ou com o Inferno, isto é, ele refletiu no que havia feito e achava sempre que, por meio de muitas e frequentes disputas, perguntas e conversas com o Espírito, ele poderia chegar ao ponto de se tornar melhor, de se arrepender e de se abster de pecar. Mas foi tudo em vão, pois o Diabo o tinha fortemente tomado como prisioneiro. A seguir, Doutor Fausto resolveu ter uma nova conversa e colóquio com o Espírito (pois havia sonhado várias vezes com o Inferno), por isso perguntou em seguida ao Espírito como era o Inferno e como fora criado, em terceiro sobre quais os tipos de sofrimentos e lamentações dos condenados no Inferno e, finalmente, em quarto, se os condenados novamente poderiam obter a benevolência de Deus e ser salvos do Inferno. Mas o Espírito não lhe deu qualquer resposta a essas perguntas e disse: "Senhor Fausto, seria melhor deixar de lado tuas perguntas e questões sobre o Inferno e seus efeitos. Caro amigo, que fazes a ti mesmo? E mesmo que viesses logo a se elevar ao Céu, eu te lançaria outra vez abaixo no Inferno, pois tu és meu e também pertences a este covil. Por isso, caro Fausto, deixe de lado essas questões sobre o Inferno e pergunte-me sobre outras coisas. Pois acho, creia-me, que se te respondo, tu ficarás com tanto arrependimento, pesar, preocupação e angústia que terias preferido nunca ter feito a pergunta. Por isso sou ainda da opinião de que deves deixar ficar assim". Doutor Fausto falou: "Eu quero saber sobre essas coisas ou então não quero viver! Tu tens de me dizer!". "Muito bem", disse o Espírito, "eu te digo. Não é a mim que isso trará arrependimentos. Tu perguntas como seria o Inferno? O Inferno tem variadas formas e significados. Ora é chamado de lugar da aridez e da sede, onde o homem não pode ter nenhum conforto, nem apaziguamento da sede. Outros dizem que o Inferno fica em um vale, não muito distante de Jerusalém. O vale do Inferno tem a mesma largura e profundidade que este, situado longe e do lado oposto a Jerusalém, isto é, longe do trono do Céu, onde estão e residem os habitantes da Jerusalém celeste; de sorte que os condenados têm de morar para sempre naquele vale desolado sem nunca poder alcançar as alturas de Jerusalém. O Inferno também é chamado de um lugar tão distante e amplo, que os condenados, que lá têm de morar, nunca conseguem avistar seu final. Assim, o Inferno também é chamado de Inferno em brasas porque tudo que entra lá se inflama e incendeia, como uma pedra em um forno aceso; apesar de a pedra ficar em brasa por causa do fogo, ela não se queima nem se consome, tornando-se apenas mais dura. Do mesmo modo, ficam as almas dos condenados a queimar eternamente sem se consumirem, sentindo apenas mais dor. Assim, chama-se o Inferno também de Tormento Eterno, o que não tem início, nem esperança, nem fim. Chama-se também a Escuridão de uma torre, da qual não se pode ver a glória de Deus, nem a luz, nem o Sol, nem a Lua. Pois se houvesse ali apenas uma luminosidade ou luz, como no mundo terreno em uma noite bem escura, então ainda se teria esperança de um resplendor. O Inferno tem também um abismo chamado de *Chasma*.[3] E assim como um terremoto origina uma fenda de profundidade imensurável, pois o reino da Terra se entreabre e se sentem, vindos de tais profundezas abismais, ventos como se fossem de tempestade. Assim também é o Inferno, que tem uma saída ora bem larga, ora bem estreita, e novamente larga e assim por diante. O Inferno é também chamado de *Petra*, pedra, e esta toma com as mesmas dimensões outras formas como um *saxum, scopolus, rupes* e *cautes*,[4] e assim é, pois o Inferno está tão consolidado que não tem terra nem pedra em torno de si, como um rochedo; do mesmo modo como Deus consolidou o Céu, ele também colocou um fundamento no Inferno, muito duro, áspero e pontiagudo, como um rochedo muito elevado. Ele também vem a ser chamado de *Carcer*,[5] já que os condenados têm de permanecer presos eternamente. Além disso, é chamado de *Damnatio*,[6] porque as almas no Inferno estão eternamente presas, julgadas e condenadas, pois a sentença foi dada aos malfeitores e culpados, como em um julgamento público. Assim ele também se chama *Pernicies* e *Exitium*,[7] quer dizer uma perdição, pois as almas sofrem tal pesar que se estende até a Eternidade. Também como *Confutatio, Damnatio, Condemnatio*,[8] entre outros nomes do mesmo tipo, uma condenação das almas, pois o homem atirou a si mesmo em tal abismo e profundidade, como aquele que vai até um rochedo ou montanha e olha para o vale lá embaixo e sente vertigens. Mas o homem desesperado não sobe até ali para admirar a paisagem, quão mais alto ele sobe por desejar se atirar lá para baixo, mais profundamente ele haverá de cair. Assim acontece com as almas condenadas que foram jogadas no Inferno: quanto mais pecado tiver, mais profundamente ele deverá cair. Por fim, o Inferno foi criado de tal forma que é impossível saber tudo sobre isso, de compreender como Deus alocou Sua ira em tal lugar, construído e criado para os condenados, que tem muitos nomes tais como Morada dos Desonrados, Abismo, Precipício, Profundezas e Fosso Profundo dos Infernos. Pois as almas dos condenados não só têm de morar ali, queixando-se e lamentando-se do fogo eterno, como também passar vergonha, ser alvo de pilhérias e sarcasmos diante de Deus e Seus santos, pois elas têm de habitar nessa profundeza abissal. E também, o Inferno é um abismo tal, que não se sacia; pelo contrário, abre-se mais e mais à espera de almas que ainda não foram condenadas, mas que querem ser seduzidas e condenadas. Dessa forma tens de entender, Doutor Fausto, pois fostes tu que quiseste saber. E tenhas em conta que o Inferno é o Inferno da morte, um ardor do fogo, uma escuridão da Terra, um esquecimento de todo o bem, cujo fim nunca foi pensado por Deus. Lugar de martírio, de dor e de fogo eterno que nunca se apaga, morada de todos seres infernais: dragões, vermes e monstros, uma morada dos Diabos expulsos, um fedor de água, enxofre e penúria e de todos os metais em brasa. Que este seja meu primeiro e também o segundo relato. E quanto ao terceiro, me conjures e exijas de mim que te relate quais misérias e lamentações os condenados têm ou virão a ter no Inferno. Então, meu Senhor Fausto, tu deves examinar as Escrituras que estão ocultas para mim. Mas como o Inferno é horrível de se ver e causa impressões penosas, assim também estão nele penas e martírios insuportáveis que, por consequência, serão as mesmas que haverei de te relatar: acontece com os condenados, como te contei antes com todos os detalhes, exatamente assim. Pois é verdade o que te digo: O Inferno, o ventre das mulheres e a Terra nunca estarão satisfeitos. Ou seja, lá nunca haverá um fim, nem interrupção; todos tremerão e se lamentarão por seus pecados e maldades, assim como também com gritos e lamentos pelas condenações e um horror pelo fedor do Inferno, por suas próprias fraquezas e impotência. Então se ouvirá um clamor pela presença de Deus em meio a grandes dores, tremores, pavores, urros, clamores, tormentos, aflições, bramidos e choros. Pois, como não deveriam se lamentar, vacilar e tremer de medo ao ver que todas as criaturas e seres de Deus se voltaram contra eles e que terão de suportar desprezo perpétuo, enquanto os Santos gozam de honra e alegrias eternas? Contudo os lamentos e temores serão maiores e mais graves para uns do que para outros, de acordo com os pecados, pois as penas também serão desiguais. Os condenados se queixarão pelo frio insuportável, pelo fogo que nunca se apaga, pela escuridão e pelo fedor insuportáveis, pelos eternos açoites, pelos semblantes dos Diabos, pela desesperança por tudo que há de bom. Eles se queixarão com olhos lacrimejantes, dentes rangentes, fedores nos narizes, vozes dilaceradas, espanto nos ouvidos, tremores nas mãos e pés. Eles comerão suas línguas por suas grandes dores, desejarão por suas mortes e ansiarão com prazer por morrer, mas não conseguirão, pois a morte fugirá deles, seus martírios e penas se tornarão maiores e mais graves a cada dia. E assim, meu Senhor Fausto, aqui tens a resposta para a terceira pergunta, que concorda inteiramente com a primeira e com a segunda.

"Em relação à quarta e última, queres resposta a uma questão que depende somente de Deus: se Ele novamente concederá aos condenados Sua Graça ou não. Mas que seja feita a vontade – responderei tuas perguntas, primeiramente esclarecendo sobre o Inferno e suas criaturas e como elas foram criadas pela ira de Deus e veremos se poderemos fundamentar alguns princípios básicos. Embora, caro Fausto, isso seja contra tua promessa e juramento, que te seja feito o seguinte relato. Por último, perguntaste se os condenados poderiam novamente alcançar a Graça de Deus. A isso respondo: Não! Pois todos que estão no Inferno foram para lá expulsos por Deus, eles têm de queimar eternamente pela cólera e desgraça de Deus, têm de permanecer lá, pois não há mais qualquer esperança. E se pudessem alcançar a Graça de Deus, como nós, Espíritos, que sempre estamos a esperar e ter esperança, muito se alegrariam e suspirariam após este tempo. Tampouco como aos Diabos no Inferno, muito menos os condenados, poderiam ser ajudados a conseguir a Graça em razão de seus pecados e de suas condenações. Assim, nada mais há a esperar, nem seus pedidos e súplicas, tampouco seus anseios, serão ouvidos e todos terão suas consciências despertas e tudo estará diante de seus olhos. Imperadores, reis, príncipes, condes ou outros governantes, que se lamentam, têm de saber que, se não tivessem sido tiranos e satisfeito seus caprichos na vida, eles alcançariam o perdão de Deus. Um homem rico, caso não tivesse sido avarento, um arrogante, se não tivesse vivido com tanta ostentação, um adúltero e conquistador, se não tivesse provocado descaramento, adultério e sem-vergonhice. Um bêbado, um comilão, um jogador, um blasfemo, um perjuro, um ladrão, um salteador, um assassino e gentes dessa estirpe pensarão: 'Se não tivesse enchido tanto minha barriga diariamente com um exagero de comida e bebida, se não tivesse jogado, se não tivesse imprecado contra Deus, se não tivesse cometido perjúrio, roubado, assaltado, assassinado ou feito outras coisas tão ruins, então poderia ainda esperar pela Graça. Mas meus pecados são tão grandes que não podem ser perdoados, por isso eu bem mereci esse castigo infernal e tenho de sofrer esses martírios, tenho de estar eternamente condenado e nunca almejar alcançar qualquer clemência de Deus'.

"Portanto, meu Senhor Fausto, deves saber que os condenados nunca devem esperar por qualquer coisa ou que, em algum tempo, possam ser libertos desses martírios. Poderiam alegrar-se por haver uma esperança de ser redimidos, somente quando pudessem fazer o mar secar totalmente retirando-se dele, a cada dia, apenas uma gota, ou quando um monte de areia fosse tão alto que alcançasse o Céu e quando um passarinho acabasse com esse monte, levando, a cada ano, apenas um grãozinho do tamanho de uma ervilha. Mas não há qualquer esperança de que Deus os tenha na lembrança ou que lhes conceda misericórdia; pelo contrário, eles ficarão no Inferno como os esqueletos dos mortos; a morte e suas consciências lhes corroerão e a firme confiança e esperança que tinham em Deus de nada lhes valerá, porque seu clamor não será escutado. Sim, ainda que pudesses te esconder no Inferno, até que todas as montanhas se tenham fundido formando um só monte, e que possam ser mudadas de um lugar para outro e até que todas as rochas do mar tenham secado! Tampouco como um camelo ou elefante podem passar pelo buraco de uma agulha e que todos os pingos de chuva podem ser contados, assim não resta qualquer esperança de redenção. Bem, em resumo, meu Senhor Fausto, tens o quarto e último relato e deves saber que, caso me perguntes outra vez a respeito de tais assuntos, não te darei ouvidos, pois não sou obrigado a te dar tais informações e me deixes com tais perguntas e questões em paz."

Mais uma vez, Doutor Fausto se afastou do Espírito bastante melancólico, confuso e perplexo.[9] Não sabia o que pensar, e revolvia essas coisas em sua mente dia e noite. Mas, como foi relatado, nada tinha constância nele, o Diabo o tinha duramente possuído, enrijecido, cegado e tornado prisioneiro. Além disso, quando estava sozinho e queria refletir sobre a palavra de Deus, o Diabo lhe aparecia na forma de uma bela mulher, o enlaçava e incitava a cometer todo tipo de obscenidades, de modo que ele logo esquecia as palavras divinas, as jogavas ao vento e persistia em seus propósitos malignos.

[1] No capítulo 13, surge na forma de *Gehenna*, um dos nomes do Inferno. Na versão em português da Bíblia que utilizamos aqui, traduz-se Geena *(Gehenna)* por "fogo do Inferno" (vide Mateus 5,22; 5,29; 10,28; 18,9; 23,15; 23,33; Marcos 9,43; 9,45; 9,47; Lucas 12,5; Tiago 3,6). Versões atuais da Bíblia optam por fazer a transliteração para Geena. A palavra origina-se do hebraico e significa "vale de Hinom", situado a Sudoeste da antiga Jerusalém, lugar onde crianças eram queimadas em sacrifício aos deuses Baal e Moloque (2 Crônicas 28,1; 3; 33,1; 6; Jeremias 7,31; 32; 32,35).

[2] A descrença na misericórdia divina conforme exposta em Mateus 27,3-5. Lutero menciona esses dois episódios bíblicos em *Conversas à mesa*, onde fala da impossibilidade de salvação do que não crê na salvação misericordiosa, o que leva à desgraça. O mesmo motivo surge ao final do livro (Cf. Füssel; Kreutzer, 2006, p. 192).

[3] *Chasma*, do grego: abismo; fenda, rachadura; Lucas 16,26.

[4] Esses nomes foram retirados do livro *Dictionarium latino germanicum et vice-versa germânico latinum*, de Petrus Dasypodius (1536): *saxum* (rocha), *scopolus* (escarpa), *rupes* (penhasco) e *cautes* (desfiladeiro). Na tradução francesa, interpreta-se esta sucessão de vocábulos como pedantismo do autor, como algo típico desta obra.

[5] *Carcer*: Cárcere.

[6] *Damnatio*: Danação.

[7] *Pernicies* e *Exitium*: perdição e ruína.

[8] *Confutatio, Damnatio, Condemnatio*: Refutação, sentença e condenação.

[9] A melancolia é um dos males de Fausto que perturba seu agir e pensar. Baseada em Galeno, a medicina medieval a considerava como uma doença de desequilíbrio dos humores e por Lutero como um dos estados que aproxima o homem do Diabo. A concepção renascentista, sobretudo a defendida por Marsilio Ficino (1433-1499) baseada em uma acepção neoplatônica, propõe que o estado melancólico é típico do homem criador, do artista; um estado de inspiração na busca pelo eterno (Vide capítulo 13, nota 5; capítulo 22, nota 1; capítulo 62, nota 1).

Uma outra pergunta que Doutor Fausto fez ao Espírito

Doutor Fausto invocou seu Espírito novamente e lhe fez uma pergunta que, dessa vez, desejava que fosse respondida. Ao Espírito isso pareceu bastante repugnante, contudo ele queria obedecer a Fausto dessa vez. Apesar de ter dito antes que jamais faria isso, voltou atrás e disse que dessa vez o faria, mas pela última vez. "Então, o que desejas de mim?", disse a Fausto. "Eu quero", disse Fausto, "uma resposta tua à seguinte pergunta: Se estivesses em meu lugar e fosses um homem criado por Deus, o que farias para agradar a Deus e aos homens? O Espírito riu disso e respondeu: "Meu Senhor Fausto, se fosse uma criatura humana, eu me curvaria diante de Deus enquanto tivesse em mim um sopro humano e me esforçaria para que nunca mais incitasse a cólera de Deus contra mim; me ateria a Suas doutrinas, leis e mandamentos; O invocaria, elogiaria, honraria e glorificaria, a fim de Lhe agradar e ser agradável, e saber assim que, depois de minha morte, alcançaria a alegria eterna, a glória e a bem-aventurança". A seguir, Doutor Fausto disse: "Nada disso eu fiz!". "Realmente", disse o Espírito, "nada disso fizeste, pelo contrário, tu renegaste a teu Criador, àquele que te fez e te concedeu a palavra, a visão e a audição para que entendesses a Sua vontade e a empregasses para a obtenção da felicidade eterna; abusaste por demais do dom precioso de tua inteligência e te declaraste inimigo de Deus e dos homens, a isso não deves culpar a ninguém a não ser a tua altivez orgulhosa e atrevida, por isso perdeste tua mais bela joia e adorno: a proteção de Deus". "Sim, infelizmente isso é verdade, mas não querias, caro Mefostófiles, ser um homem em meu lugar?", disse Fausto suspirando. "Sim, e não estaria aqui discutindo tanto contigo, pois se tivesse pecado contra Deus, eu haveria de querer recuperar Sua Graça", disse o Espírito suspirando. A isso respondeu Fausto: "Será então que ainda estaria a tempo de me recuperar?". "Sim, caso pudesses por teus graves pecados recuperar a Graça de Deus, mas agora é tarde demais e a cólera de Deus repousa sobre ti", disse o Espírito. "Deixa-me em paz", disse Doutor Fausto ao Espírito. Respondeu o Espírito: "Então, daqui para frente não me amoles tu também com tuas perguntas!".

Segue agora a segunda parte desta História sobre as aventuras de Fausto e outras questões

Doutor Fausto, um fazedor de calendários e astrólogo[1, 2]

Como não conseguiu mais obter do Espírito respostas a suas perguntas a respeito de questões divinas, Doutor Fausto foi obrigado a se dar por satisfeito. Começou então a elaborar calendários e tornou-se, na mesma época e graças a seu Espírito, um bom astrônomo ou astrólogo,[3] instruído e experiente na arte de interpretar os astros e na de fazer previsões.[4] Como é bem sabido por todos, foi elogiado entre os matemáticos por tudo o que escreveu. Assim, cumpriam-se totalmente os prognósticos que ele oferecia aos príncipes e grandes senhores, pois ele se orientava por seu Espírito ao fazer profecias e presságios de coisas e acontecimentos futuros, os quais, portanto, realmente aconteciam. Assim, ele, mais do que outros, foi elogiado também por seus calendários e almanaques, pois não colocava nada no calendário que não fosse verdadeiro. Portanto, quando ele colocava nevoeiro, ventania, neve, humidade, calor, trovões, granizo, etc., isso realmente acontecia. Seus calendários não eram como aqueles de astrólogos inexperientes, que no inverno anunciavam frio, congelamento ou neve e, nos dias ardentes de verão, calor, trovões ou tempestades.[5] Em suas previsões, ele fornecia o dia e a hora do que estava por vir, avisava a cada soberano em particular sobre as calamidades que lhes poderiam suceder: a um aconteceria a carestia; a outro a guerra; a um terceiro a morte e assim por diante.

---

[1] Almanaque com previsões sobre o tempo. Não só na época de Fausto se registra o interesse por almanaques ou calendários como forma de se ter acesso a previsões acerca da sorte ou do infortúnio. Câmara Cascudo (1962, p.434) nos fornece um testemunho da popularidade desse tipo de publicação ao comentar sobre o *Lunário Perpétuo*, de Jerônimo Cortez (escritor

e matemático espanhol, nascido em meados do século XVI): "Foi durante dois séculos o livro mais lido nos sertões do Nordeste, informador de ciências complicadas de astrologia, dando informações sobre horóscopos, rudimentos de física, remédios estupefaciantes e velhíssimos. Não existia autoridade maior para os olhos dos fazendeiros e os prognósticos meteorológicos, mesmo sem maiores exames pela diferença dos hemisférios, eram acatados como sentença. [...] Registra um pouco de tudo, incluindo astrologia, receitas médicas, calendários, vidas de santos, biografia de papas, conhecimentos agrícolas, ensinos gerais, processo para construir um relógio de sol, conhecer a hora pela posição das estrelas, conselhos de veterinária".

[2] Graças a pesquisas em arquivos, Johann Mayerhofer (1890, p. 177-78) encontrou, no ano de 1890, o primeiro registro documental sobre o chamado Fausto histórico: o manuscrito de tesoureiro do bispo Georg II de Bamberg, Müller. Nele consta que Fausto recebeu a quantia de 10 florins pela elaboração de um horóscopo para o bispo, datado de 12 de fevereiro de 1520.

[3] Augustin Lercheimer (1522-1603), um dos maiores estudiosos de bruxaria do século XVI, menciona em seu livro essa capacidade divinatória das bruxas como um ensinamento do Diabo (Cf. Füssel; Kreutzer, 2006, p. 194; vide nota 13 do "Prefácio dirigido ao leitor cristão").

[4] Em alemão, Fausto é descrito como aquele que escreve *"Practicken"*. Esta palavra designa a atividade de elaboração de calendários com previsões meteorológicas e astrológicas, etc. (vide nota 1 deste capítulo).

[5] Vide Rabelais e sua sátira aos calendários e almanaques astrológicos em "Prognósticos Pantagruélicos para o Ano de 1533" (Cf. Rossi, 2006).

Uma pergunta ou disputa acerca da arte da astronomia ou astrologia

Depois de ter feito, ao longo de dois anos, suas previsões e almanaques, Doutor Fausto perguntou a seu Espírito qual era o tipo de astronomia ou astrologia que os matemáticos costumavam praticar. Ao que o Espírito respondeu: "Existe uma certa opinião de que todos aqueles que leem as estrelas e observam o Céu nada podem prever de especial com certeza, pois são obras secretas de Deus que os homens não podem ver, nem interpretar, nem entender o significado dos desígnios divinos como fazemos nós, Espíritos que pairam no ar sob o Céu, pois somos Espíritos antigos e especialistas nos movimentos celestes. E eu poderia, meu Senhor Fausto, te fornecer previsões astrológicas e calendários ou elaborar mapas astrológicos,[1] fazer registros eternamente, ano após ano, e tu mesmo já viste que nunca menti a ti. É bem verdade que aqueles que viveram por quinhentos ou seiscentos anos nos tempos antigos[2] eram especialistas e profundos conhecedores dessa arte. Então, depois de tantos anos passados, se dará o Grande Ano,[3] de modo que poderiam explicar esses fenômenos e transmitir os conhecimentos a seus descendentes. Porém, todos os astrólogos jovens e inexperientes fazem suas previsões de acordo com suposições e ao que lhes parece ser certo".

---

[1] Em alemão "*Natiuitet*"; "*nativität*": a posição das estrelas na hora do nascimento, o que ajudaria a traçar a linha do destino da pessoa.
[2] Menção ao texto bíblico acerca da idade de Adão (Gênesis 5,8).
[3] Grande ano, em alemão "*das grosse Jahr*"; em latim, "*magnus annus*"; expressão que indica um fenômeno astronômico mencionado por diversos escritores da Antiguidade, como Platão e Cícero, por exemplo, referindo-se a uma conjunção planetária de todos os sete planetas visíveis a olho nu ao se encontrarem em determinada constelação do zodíaco, marco do início de um novo ciclo planetário, com duração aproximada de 26 mil anos. Cada ciclo é denominado de acordo com a constelação estelar onde inicia o novo ciclo; estamos agora na chamada era de aquário. Cf. Cícero, *De natura deorum*; Platão, *Timeu*.

Sobre o inverno e o verão

Parecia estranho a Fausto que Deus houvesse criado nesse mundo inverno e verão. Por isso ele resolveu perguntar a seu Espírito sobre a origem do verão e do inverno. O Espírito lhe respondeu brevemente: "Meu Senhor Fausto, como físico não podes, por ti mesmo, ver e depreender isso pelo Sol? Então deves saber que, a partir da Lua até as estrelas, tudo está em brasa. A Terra, pelo contrário, é fria e gelada. Pois quanto mais baixo o Sol brilha, mais quente se faz, essa é a origem do verão. Se o Sol estiver no alto, então fará frio e trará consigo o inverno".

21
Sobre o movimento do Céu, ornamentos e origem

Doutor Fausto, como já dito antes, não tinha mais permissão para fazer perguntas ao Espírito sobre coisas divinas e relativas ao Céu; isso o fazia sofrer e o deixava dia e noite a pensar em como ele poderia encobrir suas perguntas, como forjaria um pretexto e criaria uma ocasião para melhor saber sobre as criaturas divinas e sua criação, contornando o impedimento. Ele não perguntou mais, como antes, sobre as alegrias da alma, sobre os anjos e nem sobre os sofrimentos no Inferno, pois ele não conseguiria mais ter um encontro com o Espírito para tratar disso. Tinha então de fingir de tal maneira que conseguisse realizar seu propósito. Por isso resolveu perguntar ao Espírito com a habilidosa desculpa de que as respostas seriam úteis para os físicos dedicados à astronomia ou à astrologia e que seriam necessárias para seus estudos. Perguntou ao Espírito, a seguir, sobre o movimento do Céu, ornamentos e origem, e obteve o seguinte relato: "Meu Senhor Fausto", disse o Espírito, "o Deus que o criou, também criou o mundo e todos os elementos sob o Céu. No início dos tempos, Deus fez o Céu em meio às águas, dividiu-as e chamou o firmamento de Céu. Assim, o Céu tem a forma de uma esfera ou parece um disco, é móvel, por ser criado a partir da água; é unido e consolidado como um cristal e nele estão afixados os astros; e por ser o Céu arredondado, o mundo foi dividido em quatro partes, que são: Nascente; Poente; Meio-dia e Meia-noite.[1] E o Céu gira com tal velocidade que o mundo se destroçaria, não fossem os planetas com seu movimento a impedir. O Céu também foi criado com fogo e, se não fossem as nuvens envolvidas com o frio da água, o fogo ou o calor incendiariam os elementos inferiores. No interior do firmamento, onde estão os astros do Céu, estão os sete planetas, a saber: Saturno, Júpiter, Marte, Sol, Vênus, Mercúrio e a Lua. E todos os Céus se movem, somente o que está em brasa permanece quieto; e o mundo também é dividido em quatro partes: a do fogo, do ar, da terra e da água; assim também está formada essa esfera e criatura, e cada Céu toma disso sua matéria e qualidade, a saber: o Céu mais alto é de fogo, o do meio e o inferior são transparentes, como o ar; o primeiro Céu é brilhante, o do meio e o inferior são de ar. No superior tem calor e luz pela proximidade do Sol; no inferior, porém, estas provêm por causa do reflexo do brilho da Terra, e onde a luz desse reflexo não pode alcançar, é frio e escuro. Neste ar escuro, moramos nós, Espíritos e Diabos, que fomos banidos para ele. Nesse ar escuro, onde habitamos, ocorrem tempestades, trovões, raios, geadas, neve e coisas do tipo, de modo que podemos ter conhecimento sobre as épocas do ano e de quando terá mau tempo. Além disso, o Céu tem também doze círculos que circundam a terra e a água, assim tudo pode ser chamado de Céu".

O Espírito também lhe contou como um planeta regia, um após o outro, e quantos graus um planeta possuía em relação ao outro.

---

[1] Leste; Oeste; Norte e Sul

22

Uma pergunta do Doutor Fausto sobre como Deus criou o mundo e sobre o nascimento do primeiro homem, pergunta para a qual o Espírito, seguindo sua natureza, deu uma resposta completamente falsa

Encontrava-se Doutor Fausto imerso em tristeza e melancolia[1] quando lhe apareceu seu Espírito, este o consolou e perguntou quais preocupações e desejos ele teria. Doutor Fausto não lhe deu resposta, de modo que o Espírito insistiu junto a ele com veemência; desejava que o Doutor lhe revelasse detalhadamente seus desejos, queria ser-lhe de ajuda no que fosse possível. Doutor Fausto respondeu: "Eu te tomei como um serviçal e teus serviços me parecem mais caros do que pensei, contudo não posso fazer-te realizar minhas vontades, como é próprio de um serviçal". O Espírito falou: "Meu Senhor Fausto, tu sabes que nunca estive contra ti; pelo contrário, embora por diversas vezes não tivesse obrigação de responder a tuas perguntas, estive a serviço de tuas vontades em todos os instantes e as respondi. Portanto, meu Senhor Fausto, diga-me quais são tuas vontades e preocupações". O Espírito ganhou assim o coração de Fausto; então Doutor Fausto lhe fez uma pergunta, o Espírito deveria fazer um relato de como Deus havia criado o mundo e sobre o primeiro nascimento do homem. Em seguida, o Espírito fez para o doutor Fausto um relato ateísta e falso[2] ao dizer: "O mundo, meu Fausto, não teve origem e é imortal. Assim também é o gênero humano – aqui esteve desde a eternidade e não teve nem início, nem origem. Dessa forma, a Terra teve de nutrir a si mesma e o mar teve de se separar dela. Eles permaneceram amigavelmente em harmonia, como se pudessem falar. O reino da Terra desejava obter do mar aquilo que seria seu domínio: os campos, os prados, as florestas, a relva e a folhagem; por sua vez, a água quis os peixes e tudo que estava no mar. Somente a Deus permitiram que criasse os homens e o Céu, de modo que eles, por fim, devem ser submissos a Deus. Deste domínio surgiram quatro reinos: o ar, o fogo, a água, a terra. Não posso te relatar isso de outro modo ou de forma mais curta".

O doutor Fausto especulou por bastante tempo sobre esse assunto, mas não conseguia entender, pois ele havia lido outra coisa no primeiro capítulo do Gênesis, onde Moisés conta essas coisas de outra maneira. Entretanto isso não levou Fausto a contradizê-lo.

---

[1] A acepção de melancolia nesta narrativa é a mesma concepção apresentada por Lutero, que a interpreta como um estado que afasta o homem de Deus, colocando-o só, ensimesmado e triste. Para o reformador, ser cristão é ter alegria, sentimento que deveria afastar a tristeza, a depressão e o pessimismo, uma forma de negação da vida, bem supremo dado por Deus: "Diz-se e é verdade que *Vbi Melacholicum, Ibi Diabolus habet paratum balneum*. Onde está uma cabeça melancólica e depressiva, que só fica a tratar de seus próprios pensamentos pesados e se consome, é onde o Diabo tem um banho preparado". (Luther, Martin. 1844-1848, p. 132; trad. minha).

[2] A fala do Espírito se ampara inicialmente no exposto por Schedel no *Livro das Crônicas* (1493), mas depois tece considerações distintas das que constam naquele livro (vide nota 3 do capítulo 11).

Ao Doutor Fausto foram apresentados todos os Espíritos infernais em sua própria forma; dentre eles, sete principais que foram chamados por seus próprios nomes

O príncipe e verdadeiro mestre do Doutor Fausto veio até sua casa, querendo visitá-lo. Doutor Fausto não se assustou nem um pouco diante de sua forma horrenda.[1] Pois, sem levar em conta que era verão, emanava um vento tão gelado do Diabo que Doutor Fausto pensou que iria resfriar-se. O Diabo, que se chamava Belial,[2] falou: "Doutor Fausto, à meia-noite, quando despertaste, vi teus pensamentos e eles são esses: você gostaria de ver os verdadeiros Espíritos infernais. Por isso apareci aqui com meus mais importantes conselheiros e serviçais, a fim de que tu possas examiná-los de acordo com o que desejaste". Doutor Fausto respondeu: "Muito bem! Pois onde estão eles?". "Lá fora", disse Belial.

O próprio Belial apareceu ao Doutor Fausto na forma de um urso peludo e negro como carvão, só que tinha as orelhas bem na parte de cima da cabeça. As orelhas e o focinho, como o de um porco, eram de um vermelho reluzente. Tinha dentes grandes e brancos como a neve, um longo rabo de aproximadamente três varas,³ e, em volta do pescoço, ele tinha três asas que ficavam batendo. Então os Espíritos se apresentaram ao Doutor Fausto um após o outro, pois em seu quarto não havia assento para todos. Belial mostrou ao Doutor Fausto um depois do outro, disse quem eles eram e como se chamavam. Primeiramente entraram os sete Espíritos principais. Lúcifer, o verdadeiro senhor do Doutor Fausto, a quem ele havia transmitido a propriedade de si mesmo,⁴ veio na forma de um homem alto, peludo, com os cabelos da cor dos esquilos vermelhos e com o rabo direcionado bem para cima, como os esquilos. Depois dele veio Belzebu,⁵ que tinha cabelos cor da pele, uma cabeça de touro com duas orelhas horrendas e era bem peludo, com duas grandes asas com espinhos, como cardos do campo, meio verdes e meio amarelas, só que, na parte de cima de cada asa, saía um jorro de fogo, e ele tinha um rabo de vaca. Em seguida, Asteroth,⁶ que entrou na forma de um réptil. Vinha empinado, equilibrando-se em cima de seu próprio rabo; não tinha pés, o rabo tinha uma cor parecida com o de uma cobra de vidro, o ventre, um pouco branco e amarelado, era bem farto, e, na parte de cima, ele tinha duas pequenas patas, bem amarelas, as costas eram da cor castanha com espinhos e escamas do tamanho de um dedo, como um porco-espinho. Depois dele veio Satanás,⁷ todo branco e cinza, peludo e com uma cara de burro, mas o rabo era igual ao de um gato, com garras de uma vara de largura.⁸ Anubis,⁹ o próximo, tinha uma cabeça de cachorro, preta e branca, na parte preta, tinha pintas brancas e, na parte branca, eram pretas; de resto, tinha pés e orelhas caídas, como um cachorro, e media cerca de quatro varas.¹⁰

Depois dele veio Dythicanus,¹¹ de cerca de uma vara de comprimento,¹² no mais, tinha a forma de um pássaro, como uma perdiz, e somente o pescoço era verde escuro. O último foi Drachus,¹³ com quatro pequenos pés, ele era amarelo e verde, na parte de cima do corpo, era marrom e azul como uma chama, o rabo avermelhado. Os sete, que com Belial, seu condutor, eram oito, estavam todos vestidos com as cores mencionadas. Os outros apareceram, também da mesma forma, como animais irracionais, como porcos, cervos, renas, ursos, lobos, macacos, castores, búfalos, bodes, cabritos, javalis, burros e outros parecidos. Eram tantos, de tantas cores e formas, que alguns tiveram de sair do quarto. Diante daquilo tudo, Doutor Fausto ficou bastante maravilhado e perguntou aos sete que ficaram por que eles não haviam aparecido de outra forma. Eles lhe responderam ao dizer que, no Inferno, não podiam assumir outra forma. Por isso eles eram animais e seres rastejantes, apesar de serem mais horrendos e amedrontadores. Todavia eles poderiam, caso quisessem, tomar a forma e os gestos dos seres humanos. Após isso, Doutor Fausto disse que seria suficiente se permanecessem apenas sete ali e lhes pediu que dessem licença aos outros para sair, o que foi feito. Depois Fausto quis que eles dessem uma prova para ele ver, o que foi concedido. E assim se transformaram, um após o outro, como o fizeram antes, assumindo várias formas de animais, como grandes pássaros, serpentes e bichos rastejantes de quatro e de duas patas. Tais transformações agradaram bastante ao Doutor Fausto e ele perguntou se também poderia fazer o mesmo. Eles disseram que sim e jogaram para ele um livrinho de magia, com o qual ele também poderia fazer uma prova, o que logo fez. Mas, antes de se despedirem, Doutor Fausto anunciou que lhes queria perguntar quem havia criado esses insetos e bichos peçonhentos. Eles disseram que, após a queda do homem, os bichos começaram a se multiplicar, com o propósito de causar sofrimentos e danos ao homem. "Dessa forma nós podemos nos transformar em diferentes parasitas, assim como em outros animais." Doutor Fausto riu e quis ver isso, o que aconteceu. Quando eles desapareceram de sua vista, apareceu na habitação de Fausto toda sorte de bichos, tais como formigas, sanguessugas, pulgas de gado, grilos, gafanhotos e outros do mesmo tipo, de modo que toda sua casa ficou cheia de insetos. E isso deixou Fausto furioso, de mau humor e indignado, pois os insetos começaram a lhe atormentar bastante, como as formigas que lhe mordiam, as abelhas picavam-no, os mosquitos passavam diante de seu rosto, as pulgas mordiam-no, as mutucas voavam a seu redor, obrigando-o a se proteger, os piolhos subiam-lhe na cabeça e na camisa, as aranhas subiam e as larvas rastejavam nele, as vespas picavam-no. Em suma, ele foi bastante atormentado pelos insetos de todos os modos, ao que ele disse, com razão: "Acho que todos vocês são jovens Diabos". Por isso, Doutor Fausto não pode permanecer em casa. Tão logo ele ficou do lado de fora da casa, não tinha mais nenhum inseto, nem peçonha em cima dele a lhe atormentar e, subitamente, todos eles desapareceram.

[1] Müller (1990) infere que as formas desses Espíritos malignos, uma justaposição de partes de animais, refere-se a cada um dos pecados capitais, de acordo com o animal como representação de um pecado. Sintomático para essa nota de Müller é o fato de que este episódio, na peça de Marlowe, é retratado um pouco diferente. Em vez de surgir o Príncipe do Inferno, aparecem os sete pecados capitais. Mas aqui temos a fórmula sete mais um, o que nos remonta ao monge egípcio Evrágio do Ponto (Euagrios Pontikos, d.C. 346 – 399/400) que, reportando-se, por sua vez, a Orígenes, estabeleceu uma concepção da existência de oito males do corpo, ou doenças espirituais, as quais, tempos depois, o papa Gregório Magno (d.C. 540-604) trouxe para o Ocidente reduzindo-as de oito para sete, transformando-as nos sete pecados capitais. Assim, o urso representaria a luxúria, o esquilo a avareza, o touro a acédia (subtraída e transformada em preguiça por Gregório) ou a soberba; já o dragão e a serpente simbolizariam a inveja; o gato, a gula; o cão, a ira, etc.

[2] Vide nota 5, do capítulo 13, acerca de Belial, o Espírito tido como o maior dos Diabos.

[3] Mais ou menos dois metros e meio; em alemão "*drey Elen lang*" (*Ele> Elle*): medida antiga cuja unidade mede cerca de 55 a 85 cm; em português: vara.

[4] Vide capítulo 53.

[5] Vide nota 4, do capítulo 13.

[6] Müller (1990) considera uma similaridade com Astarote, vide nota 6, do capítulo 13.

[7] Vide nota 4, do capítulo 10.

[8] De meio metro.

[9] Referência ao deus egípcio que possui a forma de um cão.

[10] Dois metros.

[11] Na bibliografia crítica, não há referência do que seja. Provavelmente se trata de uma invenção do autor.

[12] Oitenta centímetros.

[13] Müller (1990) sugere que seria pretensa latinização da palavra grega δράκων (drákōn), dragão, um dos símbolos do Diabo; cf. notas 22, do "Prefácio dirigido ao leitor cristão", 4 e 5, do capítulo 8 e 1 deste capítulo 23.

De como Doutor Fausto viajou até o Inferno

O Doutor Fausto havia chegado ao oitavo ano e aproximava-se do término de sua jornada dia após dia. Passava o tempo em sua grande parte a pesquisar, estudar, perguntar e a participar de disputas.[1] Mas, ao mesmo tempo, sonhava com o Inferno e aterrorizava-se. Por isso ele exigiu de seu servo, o Espírito Mefostófiles que invocasse seus senhores, Belial ou Lúcifer,[2] para que viessem até ele. Porém eles lhe enviaram um Diabo que, sob o Céu, se chamava de Belzebu,[3] e este perguntou ao Doutor Fausto quais seriam seus desejos e anseios. Doutor Fausto lhe perguntou se ele não poderia fazer um Espírito lhe acompanhar até o Inferno na ida e na volta, pois ele queria ver e entender as qualidades, os fundamentos e as características do Inferno. "Sim", respondeu-lhe Belzebu, "venho à meia-noite e te pego". Então, no meio da noite, quando estava completamente escuro, lhe apareceu Belzebu que tinha em suas costas um assento feito de ossos completamente fechado ao seu redor. Doutor Fausto sentou-se nele e eles se foram embora dali. Agora ouça, como o Diabo o enganou e lhe pregou uma peça, de tal maneira que ele acreditou que estivesse realmente no Inferno. Ele o conduziu pelo ar e Doutor Fausto adormeceu como se estivesse sentado, tomando um banho de água quente. Logo depois ele chegou a uma montanha alta em uma grande ilha, da qual efluíam enxofre, pestilência e borbotões de fogo com tanta potência e estrondo que Doutor Fausto acordou. A criatura diabólica rastejante serpenteava com Doutor Fausto nesse abismo adentro. Embora tudo estivesse fortemente a queimar, Fausto não sentia qualquer calor ou ardor; pelo contrário, apenas um leve ar como no mês de maio ou na primavera. Lá ele também ouviu toda sorte de instrumentos cujo som era bem agradável, mas, como o fogo era muito intenso, ele não podia ver instrumento algum, nem saber de que tipo eram. Ele também não tinha permissão de perguntar qual seriam suas formas, pois fora terminantemente proibido de perguntar e de falar. Nesse momento vieram juntar-se a essa criatura diabólica rastejante outras três de mesmo aspecto. Quando Doutor Fausto chegou mais perto do abismo e aquelas três criaturas voavam na frente de Belzebu, veio a seu encontro um grande cervo com enormes chifres e dentes, que queria atirar o Doutor Fausto lá no abismo. Isso o fez se assustar, mas as três criaturas que seguiam adiante espantaram o cervo dali. Então, quando o Doutor Fausto chegou lá embaixo, mais perto da espelunca, ele não conseguiu ver mais nada a sua volta, de tantos insetos e serpentes a voar. As serpentes eram incrivelmente grandes. Logo depois chegaram ursos voadores para ajudá-lo. Eles lutaram com as serpentes e as venceram, de modo que ele pôde prosseguir de maneira mais segura. Aí ele viu irromper de um portão velho, ou de uma abertura, um grande touro alado que vinha, bastante irado, mugindo em sua direção; o animal jogou-se com uma tremenda força contra o assento, derrubando Fausto, sua cadeira e a criatura lá para baixo. Doutor Fausto caiu da cadeira em direção ao abismo, e seguia cada vez mais em queda, quando se desesperou, começou a gritar e, por não conseguir ver mais ver seu Espírito, pensou: "Esse é o meu fim!". Entretanto, quando estava caindo, chegou-lhe perto um macaco velho e cheio de verrugas, que o segurou e o salvou. O Inferno começou a ficar coberto por uma névoa espessa e escura, que não lhe permitiu ver mais nada por um bom período de tempo. Por fim, uma nuvem abriu-se e dela surgiram dois grandes dragões que puxavam um carro, no qual o macaco colocou Doutor Fausto sentado. Durante meia hora, fez-se uma escuridão tão densa que impediu que Doutor Fausto visse ou percebesse tanto o carro como os dragões, prosseguindo assim lá para baixo. Mas tão logo aquela névoa espessa, pestilenta e escura se dissipou, ele viu novamente o carro e a montaria. Do alto caíram sobre ele tantos raios e relâmpagos que até mesmo o ser mais temerário – para não falar do Doutor Fausto – ficaria com medo e começaria a tremer. Logo chegou até uma grande e tempestuosa água, na qual ele e os dragões mergulharam. Mas ele não sentia água alguma; pelo contrário, apenas calor e quentura. As ondas e correntezas chocavam-se contra ele de tal maneira que ele perdeu a carruagem e a montaria e seguiu caindo cada vez mais profundamente nas águas impiedosas, até que, finalmente, em meio à queda, alcançou um cume alto e pontiagudo. Lá ele ficou sentado, sentindo-se meio morto; olhou ao seu redor e não conseguiu ver ninguém, nem ouvir nada. Ele ficava olhando para o abismo lá embaixo, até que sentiu uma brisa e percebeu água em torno de si. Doutor Fausto pensou: "Agora tens de fazer alguma coisa já que te encontras abandonado pelos Espíritos infernais; tens de mergulhar no abismo ou na água, ou então ficas aqui em cima a apodrecer". Isso o deixou encolerizado e, tomado por um medo irracional e fortíssimo, lançou-se para dentro daquela abertura em chamas dizendo: "E agora, ó Espíritos, aceitem então de minha parte esse bem merecido sacrifício, provocado por minha própria alma". No momento em que ele se atirou de cabeça lá para baixo, ouviu-se uma batida e um estrondo tão assombrosos que a montanha e os rochedos estremeceram, foi tão forte que ele pensou serem tiros de canhões. Quando então chegou ao fundo, ele viu, em meio ao fogo, várias pessoas importantes – imperadores, reis, príncipes e senhores. Do mesmo modo, lá estavam milhares de guerreiros em suas vestimentas. Perto do fogo, corria um riacho de água fria da qual alguns bebiam para se refrescarem e também se banhavam; outros, ao contrário, se afastavam do frio e iam para o fogo para se aquecerem. Doutor Fausto entrou no fogo e queria tocar em uma dessas almas condenadas, e, no momento em que ele pensou ter uma ao alcance de sua mão, ela desapareceu. Em razão do calor, porém, ele não pode permanecer muito tempo por lá e quando olhou ao redor, viu que seu Dragão ou Belzebu retornava com sua poltrona. Ele sentou-se nela e seguiu em direção às alturas. Doutor Fausto não podia permanecer muito mais tempo ali, especialmente por conta de trovões, intempéries, névoas, enxofre, fumaça, fogo, frio e calor, ainda mais depois de ter percebido gritos de dor, clamores, vozes exasperadas, lamentos, etc.

Doutor Fausto já estava fora de sua casa por um bom tempo, por isso seu fâmulo não poderia pensar ou supor outra coisa a não ser que, por conta de seu intenso desejo de conhecer o Inferno, ele havia visto mais do que desejava e que, portanto, não voltaria nunca mais. Em meio a esse desvario, Doutor Fausto retornou de madrugada para casa. Por ele ter dormido todo o tempo na poltrona, o Espírito o jogou, ainda adormecido, em sua cama. Ao irromper do dia, Doutor Fausto acordou, viu a luz do dia e pareceu-lhe ter estado sentado por muito tempo em uma torre escura, pois, por todo esse tempo, ele não tinha visto nada do Inferno, a não ser os rios de fogo e as chamas que saíam dali. Ainda deitado na cama, Doutor Fausto começou a pensar sobre o Inferno. Ora ele tinha absoluta certeza de que ele tinha estado lá e visto coisas, ora começava a duvidar disso, tendo a impressão de que tudo havia sido apenas uma ilusão ou uma peça que o Diabo lhe pregara diante de seus olhos, o que era bem verdade. O certo é que ele ainda não havia visto realmente o Inferno; do contrário, ele não teria desejado visitá-lo.

A história dessa aventura, do que ele havia visto no Inferno naquele estado de alucinação, foi escrita pelo próprio Doutor Fausto e, após sua morte, essa anotação foi encontrada em uma folha de papel com sua própria letra, escondida dentro de um livro.[4]

---

[1] Momento em que se ressalta um outro lado de Fausto, como um contraponto àquele em que se entregou por completo à lascívia, conforme descrito no capítulo 10.

[2] Aqui se estabelece uma igualdade entre Lúcifer e Belial. Vide nota 5, do capítulo 13 e capítulo anterior, onde Lúcifer aparece como um dos sete Espíritos que desfilam diante de Fausto.

[3] Vide nota 4, do capítulo 13.

[4] Espelha-se aqui a intenção do autor de dar um caráter de verdade a essas fantasias. Tal alusão, de que o relatado na *História* se baseia em um testemunho histórico do próprio Fausto, encontra-se no frontispício do livro e no capítulo seguinte.

25

Como Doutor Fausto viajou até os astros, pelo espaço afora[1]

Essa história também foi achada em meio a seu espólio, concebida e anotada de próprio punho, a qual ele dedicou a um bom amigo, um tal de Jonas Victor,[2] médico em Leipzig, e tem por conteúdo o seguinte:

"Caríssimo Senhor e Irmão, assim como a vós, também me lembro bem de nossos tempos de juventude, quando estudávamos juntos em Wittenberg e vos dedicastes inicialmente à medicina, astronomia, astrologia, geometria e também como éreis um bom físico. Eu, contudo, não vos igualava e, como bem sabeis, estudei teologia. Entretanto me tornei tão bom nessa arte quanto vós nas demais, o que vos levou a pedir-me conselhos e informações a respeito de alguns assuntos dessa disciplina. Já que eu, como posso depreender de sua carta de agradecimento, nunca me neguei a informar qualquer coisa a vós e me sinto sempre disposto a fazê-lo, podeis procurar-me a qualquer instante e visitar-me aqui em casa. Igualmente agradeço pelo elogio que me fizestes e pelo louvor que me destinastes, pois meus calendários e previsões têm encontrado tão boa acolhida que não apenas pessoas privadas ou cidadãos conhecidos, mas também príncipes, condes e senhores se interessam por minhas previsões, posto que tudo que ali coloquei e escrevi se mostrou como verdadeiro, acontecendo conforme havia dito. Em vossa carta, pedis que vos conte de minha viagem pelos astros no Céu, da qual tivestes conhecimento. Quereis saber se é verdade ou não, pois vos pareceis ser um fato impossível (embora tenha realmente acontecido). Também dizeis na carta que isso só poderia ter acontecido através do Diabo ou de magia. Bom, que seja como quiserdes, a viagem realmente aconteceu e da forma como eu vos contarei a seguir, atendendo a vosso pedido.

Uma vez, quando não conseguia dormir e estava pensando em meus almanaques astrológicos e prognósticos, perguntava-me acerca da constituição do firmamento do Céu e quais características teria, de modo que os homens ou os físicos pudessem observá-lo aqui da Terra, apesar de isso não poder acontecer por meio da simples observação, mas sim segundo pareceres e livros, ou segundo opiniões, suposições e investigações.[3] Vede, nessa hora ouvi uma forte ventania e um vento veio em direção de minha casa, fechando as janelas e a porta do quarto, contudo não me assustei nem um pouco com isso. Nessa hora ouvi uma voz a rugir que disse: 'Muito bem, tu verás o que teu coração anseia, o que desejas e cobiças'. A isso respondi: 'Se for para ver aquilo no que acabo de pensar, e que é, dessa vez, meu maior desejo, então quero ir contigo!'. Ele retrucou: 'Dá uma olhada lá para fora pela janela que então verás a carruagem'. Fiz isso e vi um carro com dois dragões voando para baixo, envolvido em chamas infernais. Mas como dessa vez a Lua brilhava no Céu, pude olhar bem minhas parelhas e o carro. Esses répteis tinham as asas marrons e negras, cheias de pingos brancos, nas costas era verde, salpicado de amarelo e branco, assim como no ventre, na cabeça e no pescoço. A voz gritou novamente: 'Toma assento e parte!'. Eu disse: 'Quero te seguir, contanto que possa fazer perguntas a qualquer instante'. 'Sim', respondeu a voz, dessa vez tens a permissão!' Em seguida subi na janela de meu quarto, pulei na carruagem e parti dali. Os dragões voadores me conduziram para cima[4]; o carro tinha quatro rodas e rangia como se corresse sobre a terra, contudo ao girar saíam labaredas de fogo delas e quanto mais eu subia, mais escuro o mundo ficava; e não conseguia imaginar outra coisa, a não ser que estaria saindo de um dia claro de Sol em direção a um buraco negro. Olhei então lá para baixo em direção ao mundo. Nesse momento, chegou meu Espírito e servo, que tomou assento no carro junto a mim. Disse então a ele: 'Meu Mefostófiles, onde devo descer?'. 'Quanto a isso não te preocupes', disse ele, e continuamos a seguir ainda mais para o alto.

Agora quero vos contar o que vi. Como parti na terça-feira e voltei em uma terça-feira para casa, foram oito dias nos quais eu não dormi, nem tive vontade de dormir, viajando completamente invisível. Nas primeiras horas da manhã, bem cedo ao irromper do dia, disse a meu Espírito Mefostófiles: 'Caro, quanto já percorremos em nossa viagem, tens como saber isso? Pois, pelo que posso depreender da Terra, viajei bastante nessa noite e, durante o tempo que estive fora, não senti fome nem sede' Mefostófiles disse: 'Meu caro Fausto, acredite em mim, até agora tu viajaste em direção às alturas umas 47 milhas'. Depois disso, observei lá de cima a Terra durante o dia; então vi muitos reinos, principados e água, de modo que pude ver bem a Terra por inteiro – Ásia, África e Europa.[5] E naquela altura disse a meu fâmulo: 'Agora, me indique e me mostre então, como estas e aquelas terras e reinos são chamados'. Assim ele fez e disse: 'Vê, essa aqui na direção de minha mão esquerda é a Hungria. Aquela é a Prússia, lá em diagonal é a Sicília, Polônia, Dinamarca, Itália, Alemanha.[6] Mas amanhã verás Ásia, África e também a Pérsia, o Tártaro, a Índia, a Arábia. E como o vento começa a soprar pelo lado de trás, vemos agora a Pomerânia, a Rússia e a Prússia, assim como Polônia, Alemanha, Hungria e Áustria. No terceiro dia, vi a grande e a pequena Turquia,[7] a Pérsia, a Índia e a África. Diante de mim, vi Constantinopla e, no Mar Pérsico, vi muitos navios e exércitos que estavam navegando e movimentando-se de lá para cá. Estava observando Constantinopla, e era como se lá não existissem mais do que três casas e os homens não tivessem mais do que um palmo de altura. Comecei a viagem no mês de julho, estava bastante quente e dirigia meu olhar e atenção ora para aqui, ora para ali, em direção ao Oriente, ao Sul, ao Ocidente e ao Norte.[8] Se chovia em um lugar, então em outro trovejava; lá caia granizo e em outro lugar fazia bom tempo. Enfim, vi todas as coisas que podem acontecer no mundo. E no oitavo dia de minha estada nas alturas, vi lá longe, acima de mim, que o Céu se movia e girava tão rapidamente como se ele fosse se despedaçar em mil pedaços ou que fosse destroçar o mundo.[9] O Céu estava tão claro que eu não podia mais ficar a olhar para cima. Fazia tanto calor que eu me teria queimado, não fosse meu fâmulo me abanar e me dar um pouco de ar. As nuvens que vimos lá embaixo no mundo eram tão sólidas e fortes como se fossem muros de pedra, claras como um cristal; e a chuva, que delas caía até a Terra, era tão clara que se podia ver nelas o próprio reflexo. As nuvens no Céu moviam-se tão fortemente que elas corriam de Leste a Oeste, de modo que levavam os astros, o Sol e a Lua consigo. Disso resulta (como vemos) que eles se movimentam do Oriente em direção ao Ocidente e me pareceu que o Sol não era maior do que a tampa de um tonel; mas ele era, na verdade, maior do que o mundo inteiro, por isso não pude perceber seu final. Assim, então, à noite, quando o Sol se põe, a Lua deve receber dele a luz, por isso ela brilha tanto de noite e, da mesma maneira, também o Céu está claro. Desse modo, de noite é dia no Céu, enquanto na Terra está escuro e é noite. Eu vi, então, muito mais do que desejei. Uma estrela era maior do que metade da Terra; um planeta, tão grande quanto a Terra. E onde havia ar, lá estavam os Espíritos sob o Céu. Na descida olhei para a Terra: ela era como uma gema de ovo[10] e achei que não tivesse mais do que um palmo de altura e que as águas pareciam duas vezes mais largas. Então, no oitavo dia, regressei para casa no meio da noite e dormi por três dias; depois disso, elaborei meus almanaques e prognósticos de acordo com o que tinha visto. Eu não quis, segundo vosso desejo, ocultar-vos nada. Agora consultai vossos livros para ver se eles concordam ou não com o que vi.

Cordialmente vos saúdo,
Doutor Fausto, astrólogo.

---

[1] Segundo indica Lefebvre (1970, p. 201), há uma relação desta história com a descrita em *Icaromenipo ou Um homem acima das nuvens* de Luciano de Samósata. Assim resume Custódio Magueijo o enredo do livro: "Menipo é o famoso filósofo cínico do séc. III a.C., muito admirado por Luciano, que o introduz em diversas das suas obras [...] O segundo título desta obra, *Hüpernéphelos* [Que Anda por sobre as Nuvens], ilustra o sentido do primeiro. Menipo conta ao seu companheiro que acabara de chegar de uma longa viagem espacial, só possível pelo facto de se ter provido de um par de asas [...]. O motivo dessa viagem é de natureza científico-filosófica: Ao observar o Universo, o *kósmos*, com os seus astros (especialmente a Lua e o Sol) e os fenômenos atmosféricos. Menipo deseja ardentemente penetrar em todos esses mistérios, pelo que procura informar-se junto dos mais famosos filósofos das diversas escolas. Não tarda, porém, a ficar desiludido com a diversidade de teorias a respeito dos mesmos assuntos. [...] Por isso, entende que o melhor será subir lá em cima, ao Céu dos deuses olímpicos, e ver com os seus próprios olhos, e diretamente, a verdade" (In: Luciano de Samósata. *Luciano VII*. Coimbra: Imprensa da Universidade de Coimbra, 2013, p. 59-60).

² Esse médico é mencionado no capítulo 6 do *Livro de Wagner* (*Wagnerbuch*) de 1593 e, provavelmente, foi inventado (cf. Füssel; Kreutzer, 2006, p. 196). É de se notar que Fausto se mostra aqui como um grande estudioso e pesquisador, e que, graças a sua parceria com o Diabo, é detentor de vários conhecimentos, superando os doutores das universidades.

³ Eis aqui um momento significativo da narrativa que vai contra a nova ciência, baseada na observação e não mais pela mera especulação ou pela intuição.

⁴ Aqui se segue o livro de Johannes Hartlieb, *Romance de Alexandre* (*Alexanderroman*), em uma versão bastante popular no século XVI, no qual é representada a ascensão aos Céus do imperador Alexandre, o Grande, em um carro puxado por dois grifos. (cf. Füssel ; Kreutzer 2006, p. 197; Müller, 1990, p. 1.400).

⁵ Observe-se aqui que as Américas ainda não são relacionadas em quanto uma parte do mundo, ficando a Terra composta por apenas três continentes.

⁶ A sequência com a qual Fausto observa os países não é linear em correspondência ao real.

⁷ Trata-se do Império Otomano com a Grécia.

⁸ Em alemão temos: "*Auffgang, Mittag, Nidergang vnd Mittnacht*"; significando os quatro pontos cardeais: Norte, Sul, Leste (Oriente), Oeste (Ocidente).

⁹ Neste trecho se percebe um ponto de vista em conformidade com a concepção ptolomaica: a Terra está parada e o Céu a girar.

¹⁰ Essa imagem aparece em *Elucidarium*, em alusão às águas dos oceanos que envolvem as terras. (Vide Füssel; Kreutzer, 2006, p. 197; Müller, 1990, p. 1.402.)

Terceira viagem do Doutor Fausto a diversos reinos e principados, assim como a importantes países e cidades

No 16º ano após a assinatura do contrato, Doutor Fausto decidiu fazer uma viagem ou peregrinação e ordenou a seu Espírito Mefostófiles que o guiasse e conduzisse até onde desejasse ir. Para isso Mefostófiles se transformou em um cavalo, mas com asas de dromedário,[1] disposto a ir aonde Doutor Fausto o conduzisse. Fausto viajou e peregrinou por vários principados e países,[2] como Panônia,[3] Áustria, Germânia, Boêmia, Silésia, Saxônia, Meissen, Turíngia, Francônia, Suábia, Baváría, Lituânia, Letônia, Prússia, Moscóvia, Frísia, Holanda, Vestefália, Zeelândia, Brabante,[4] Flandres, França, Espanha, Portugal, Itália, Polônia, Hungria e então, novamente, Turíngia. Esteve fora por 25 dias, durante os quais ele não pode ver tantas coisas, como era sua vontade. Por isso, ele fez uma segunda viagem e partiu em seu cavalo afora até chegar a Trier, quando lhe deu vontade de ver melhor essa cidade, pois ela parecia ser do tempo dos francos; ainda não havia visto nada de especial até que viu um palácio, uma obra maravilhosa, feito com tijolos maciços e era tão sólido que os que ali habitavam não precisavam temer qualquer tipo de inimigo. Depois disso, ele visitou a igreja na qual estavam enterrados Simeão e o bispo Poppo,[5] construída com pedras incrivelmente grandes e presas por ferros. Depois ele se dirigiu para Paris, na França, e lá lhe agradaram bastante os estudos e as universidades.

Dali por diante, Fausto visitava todas as cidades e lugares que lhe viessem à mente. Dentre outras, Mainz, onde o Meno deságua no Reno. Mas ele não ficou muito tempo por ali e seguiu para a região da Campagna, para a cidade de Nápoles. Lá ele visitou incontáveis mosteiros, igrejas e casas bem grandes, altas e tão maravilhosamente adornadas que se surpreendeu. Lá existe um magnífico castelo ou burgo, construído bem recentemente, o qual supera qualquer outro na Itália, pela sua altura, robustez e tamanho, com diversos adornos nas torres, nas muralhas, nas salas e nos quartos.[6] Fica no pé de uma montanha chamada Vesúvio, que está coberta de vinhedos, de oliveiras e de várias árvores frutíferas e onde tem um tipo de vinho que se chama Vinho Grego, de tão magnífico e bom. Logo chegou a Veneza e se admirou por ver que era toda cercada por água e por ver tantos barcos que traziam toda sorte de mercadorias e gêneros de primeira necessidade para o sustento das pessoas de lá e se admirou de que, embora seja um lugar onde nada cresça, exista uma tal abundância. Ele observou também as amplas casas, as altas torres e os adornos das igrejas e prédios, construídos e erigidos no meio da água. Seguindo viagem, chegou à região italiana de Pádua, a fim de visitar a universidade. Essa cidade está fortificada e circundada por uma muralha tríplice, entremeada com vários fossos cheios de água; em seu interior tem um castelo, uma fortaleza e muitas edificações; lá também tem uma bela catedral, uma Casa do Conselho, tão bela que nenhuma construção no mundo se lhe pode comparar. Uma igreja dedicada a Santo Antônio, que não possui similar em toda Itália.

Seguindo adiante, chegou a Roma, situada à beira do Rio chamado de Tibre, que corre no meio da cidade. Do lado direito da cidade percebem-se as sete colinas em sua volta e onze portões e entradas. Lá está o Vaticano, um monte sobre o qual está a Catedral ou Basílica de São Pedro. Ao lado dela, situa-se o Palácio do Papa, o qual é maravilhosamente cercado por um belo jardim; ao lado, a Basílica de Latrão,⁷ na qual se encontram vários tipos de relíquias; ela é chamada também de Igreja Apostólica e é, certamente, uma das mais preciosas e famosas igrejas do mundo. Ao mesmo tempo, viu também muitos templos pagãos em ruínas, assim como colunas, arcos do triunfo, etc., mas demoraria muito para contar sobre tudo aquilo que Doutor Fausto viu com gosto e prazer.

Ele também visitou, invisível, o Palácio Papal, ali viu muitos criados e cortesãos, assim como muitas delícias, que eram servidas ao papa com tamanha abundância que Fausto disse a seu Espírito: "Caramba! Por que o Diabo não me transformou em um papa também?!". Doutor Fausto reconheceu que eram pessoas como ele, cheias de presunção, orgulho, soberba e temeridade, entregues à gula, ao vício da bebida, à fornicação, ao adultério; era tal a impiedade do papa e daquela gentalha que ele logo disse: "Eu achava que era um porco ou uma porca do Diabo, mas ele ainda tem de me manter por muito tempo na engorda. Esses porcos em Roma já estão no ponto de abate e prontos para serem assados e cozidos⁸". E, como ele tinha ouvido falar muito de Roma, permaneceu, graças a sua feitiçaria, invisível por três dias e noites no Palácio do Papa e, desde então, o bom Senhor Fausto não comeu nem bebeu tão bem. Uma vez, ele estava invisível diante do papa; sempre que este queria comer, fazia antes o sinal da cruz e, quando isso ocorria, Doutor Fausto lhe assoprava no rosto. Certa vez, Doutor Fausto riu tanto que se ouviu por todo o salão; de outra feita, ele chorou como se fosse algo muito sério e os criados não conseguiam identificar de onde vinha. O papa convenceu a criadagem que se tratava de uma alma amaldiçoada que estava a pedir por indulgência e impôs a ela uma penitência. A seguir Doutor Fausto começou a gargalhar e essa fantasmagoria lhe deu muito prazer.⁹ Quando chegaram à mesa do papa as últimas iguarias, Doutor Fausto estava com fome. Assim que ele levantou sua mão, voaram direto em sua direção todas as delícias que estavam nas travessas. Logo a seguir, Doutor Fausto foi-se dali junto a seu Espírito para uma colina de Roma chamada Capitólio, onde comeu à vontade. Ele enviou novamente para Roma seu Espírito que deveria trazer-lhe o melhor vinho da mesa do papa, junto com os cálices e jarros de prata. Como o papa viu que lhe tinham roubado tudo aquilo, mandou que tocassem naquela mesma noite todos os sinos juntos. Também mandou rezar missas pela intenção da alma do condenado, e o papa, tomado de intensa raiva, condenou Doutor Fausto, ou melhor, a alma do defunto, ao fogo do Purgatório. Doutor Fausto, porém, tinha uma boa bênção: as iguarias e as bebidas do papa. Depois de sua morte, encontraram o serviço de prata em sua casa.

Quando então deu meia-noite e Fausto se havia saciado com aquelas iguarias, ele voou com seu Espírito novamente em direção às alturas e chegou a Milão, na Itália, que lhe pareceu ser bem saudável de morar, pois lá não era tão quente, havia água fresca em abundância e sete lagos bastante belos. Também pôde contar e ver por lá muitos outros lagos e mares bonitos. Do mesmo modo, havia lá belas festas e bem construídos templos e casas de reis, apesar do estilo antigo. Agradou-lhe também a fortaleza no alto, o castelo com seus alicerces e o lindo hospital em honra à Nossa Senhora. Ele também visitou Florença e se admirou com o bispado de lá, com os ornamentos artísticos das belas arcadas e abóbodas, com o adornado jardim dedicado à Santa Maria. Gostou também da igreja que tem dentro do castelo, com suas magníficas galerias e com uma torre bem elevada, erigida em mármore, do portal da entrada feito de bronze, onde estão gravadas histórias do Velho e Novo Testamento.[10] A região em seu entorno produz um bom vinho e possui muitos artistas e artífices.[11]

Seguiu depois para Lyon, na França, situada entre duas montanhas, sendo rodeada por dois rios e na qual se encontra um templo de esplêndida dignidade,[12] ao lado de uma maravilhosa coluna com belas imagens esculpidas. De Lyon, ele seguiu para Colônia, às margens do Reno, na qual se encontra uma igreja, chamada de grande catedral, onde estão enterrados os três reis que seguiram a estrela-guia de Cristo.[13] Ao vê-la, disse Doutor Fausto: "Ó, vós, bons homens! Como haveis viajado tanto! Deveríeis ter ido da Palestina até Belém na Judeia e acabardes por vir ter aqui ou talvez teríeis sido jogados ao mar após vossas mortes, caindo no caudaloso Reno e resgatados em Colônia onde fordes enterrados!". Aqui também tem o Diabo de Santa Úrsula com 11 mil virgens.[14] Doutor Fausto se encantou particularmente com a beleza das mulheres de lá. Não muito longe dali, encontra-se a cidade de Aachen, residência do imperador.[15] Nesta cidade tem um templo todo feito de mármore, que pode ter sido construído pelo imperador Carlos Magno, o qual determinou que todos os seus sucessores fossem ali coroados.

Depois de Colônia e Aachen, ele se dirigiu a Genebra, passando pelos Países Baixos, a fim de visitar essa cidade que fica na Saboia, situada na região da Suíça. É uma bela e grande cidade de comércio artesanal, tem vinhas boas e férteis, onde mora um bispo.[16] Ele também chegou até Estrasburgo e lá soube por que a cidade tem esse nome: por causa dos muitos caminhos, entradas e ruas.[17] Lá também é sede de um bispado. De Estrasburgo se dirigiu para Basileia, na Suíça, onde o Reno corre quase pelo meio da cidade. Seu Espírito o informou que a cidade deve seu nome a um basilisco[18] que, diz-se, lá morou. A muralha é feita de tijolos e circundada por um profundo fosso. Em seus arredores, há também muitas terras férteis, onde se podem ver várias construções antigas. Lá tem também uma grande universidade, e as belas igrejas do lugar lhe agradaram bastante, de todas preferiu o prédio do monastério dos Cartuxos. Dali seguiu até Constança, onde se erigiu uma bela ponte na porta da cidade por cima do Reno. "Esse lago", disse o Espírito a Fausto, "tem 20 mil pés de profundidade e 15 mil de largura." A cidade recebeu seu nome de Constantino. De Constança continuou até Ulm. O nome Ulm vem das árvores que crescem por aquela região.[19] Por ali passa o Danúbio, mas atravessa a cidade um outro rio chamado de Blau. Lá existe uma bela catedral e uma igreja paroquial em homenagem à Santa Maria, que começou a ser construída no ano de 1377. É uma construção esplêndida, suntuosa, uma obra de arte, como só raramente se pode ver. Ela possui 52 altares e 52 caixas para esmolas,[20] tem também, dentro dela, uma admirável e artística sacristia. Quando, então, Doutor Fausto quis ir embora de Ulm e seguir adiante, disse-lhe seu Espírito: "Meu Senhor, pense o que quiseres sobre esta cidade, ela possui três condados que fornecem um bom dinheiro, com o qual foram comprados todos os seus privilégios e direitos".

Saindo de Ulm com seu Espírito novamente pelas alturas, ele viu de longe muitas paisagens e cidades, dentre as quais uma grande cidade e, perto dela, um castelo grande e sólido. Seguiu para lá. Era Würzburg, a sede do bispado e capital da Francônia, ao lado da qual corria o rio Meno e onde cresciam parreiras que davam um vinho de excelente sabor, bom e encorpado. Além disso, também se cultivavam muitos cereais. Nesta cidade se encontravam muitas ordens eclesiásticas, como a dos Penitentes, dos Beneditinos, de Santo Estevão, dos Cartuxos,[21] de São João e a Ordem Teutônica. Também possui três igrejas dos Cartuxos, sem contar a catedral episcopal, quatro ordens de mendicantes, cinco conventos para mulheres e dois hospitais em homenagem à Santa Maria, que possui um magnífico prédio na porta da cidade. Depois de ter visitado toda a cidade, Doutor Fausto veio à noite no castelo do bispo e foi, de cômodo em cômodo, encontrando lá toda sorte de provisões. Ao visitar a fortaleza, encontrou lá uma capela à beira do penhasco e, depois de ter provado de todo tipo de vinho, foi-se embora de lá e chegou até Nuremberg. No meio do caminho, disse-lhe o Espírito: "Fausto, sabe que Nuremberg tem seu nome originado de Tibério Claudio Nero[22] e quem lhe deu o nome de Nuremberg foi Nero?". Nela se encontram duas igrejas paroquiais, São Sebaldo, que se encontra lá enterrado, e a igreja de São Lourenço, onde estão penduradas as insígnias imperiais – o manto, a espada, o cetro, o globo e a coroa do imperador Carlos Magno. Lá tem também uma belíssima fonte, toda dourada, situada na praça do mercado, chamada Bela Fonte e onde está, assim o dizem, a lança que Longino introduziu na lateral do corpo de Cristo e um pedaço da Santa Cruz. Essa cidade tem 528 ruelas, 116 fontes, quatro grandes relógios de badalar e dois pequenos, seis grandes portais e dois pequenos portõezinhos, onze pontes de pedra, doze colinas, treze banhos públicos e dez igrejas onde se fazem pregações. Na cidade existem 68 moinhos movidos pela água, 132 distritos, duas grandes muralhas a lhe circundar com profundos fossos, 380 torres, quatro bastiões, dez farmácias, 68 vigias, 24 arqueiros ou atiradores, nove guardas da cidade, dez doutores de Direito e quatorze de medicina.

 De Nuremberg seguiu para Augsburg, onde chegou de manhã cedo, ao raiar do dia. Ao chegar, perguntou a seu criado de onde vinha o nome de Augsburg. Ele disse: "A cidade de Augsburg teve vários nomes, primeiramente, ao ser erigida, foi chamada de Vindelica, depois, de Zizaria, a seguir, de Eisenburg e, finalmente, foi chamada de Augusta pelo imperador Octaviano Augusto". Por já tê-la visitado anteriormente, Doutor Fausto quis seguir adiante e eles chegaram a Regensburg. Por conta de o Doutor Fausto querer continuar a viagem, o Espírito lhe disse: "Meu Senhor Fausto, essa cidade teve sete nomes além dos que ela tem hoje; Tiberia, Quadrada, Hyaspolis, Reginopolis, Imbripolis e Ratisbona. Primeiramente por causa do filho de Augusto, Tibério. O segundo nome significa cidade quadrada, o terceiro por conta do falar grosseiro de uma cidade vizinha, o quarto pelos germanos, teutônicos,[23] o quinto por ser a cidade real, o sexto significa a cidade da chuva e o sétimo em razão de balsas e embarcações que existem na cidade. Essa cidade é sólida, forte e bem construída, por ela corre o Danúbio, no qual desembocam sessenta rios quase todos navegáveis. No ano de 1115, foi erigida uma ponte com arcadas de grande valor artístico, assim como uma igreja digna de ser elogiada, a igreja de São Remígio,[24] uma obra de arte".

Doutor Fausto logo prosseguiu com a viagem, mas não sem antes fazer um roubo no depósito de uma adega chamada "O grande arbusto". Logo partiu para Munique, na Baviera, um Estado bem principesco. A cidade parecia nova, com belas ruelas e casas ricamente adornadas. De Munique foi para Salzburg, sede de um bispado perto da Baviera, e que também teve vários nomes. Nessa região se situa o burgo de Weyer,[25] possui pequenas colinas, lagos e montanhas, onde habitam pássaros e animais de caça. De Salzburg saiu em direção a Viena, na Áustria. Ao avistar a cidade ao longe, o Espírito lhe contou que não seria fácil encontrar uma cidade mais antiga do que aquela. Segundo dizem, seu nome foi dado por Flávio, o governador da província.[26] Essa cidade é bem fortificada: em torno dela existe um muro de trezentos passos, e ela possui um amplo fosso com uma trincheira ao seu redor. As casas são, em geral, todas pintadas e, ao lado da residência do imperador, foi instituída uma grande universidade. Essa cidade é governada por apenas dezoito pessoas e, para a vindima, necessita-se de 1.200 cavalos. Por isso a cidade possui adegas amplas e muito profundas. As pequenas ruas são calçadas com pedras duras, e as casas contam com cômodos e câmaras bem alegres, distantes dos estábulos e enfeitadas com todo tipo de arabescos.

De Viena seguiu viagem pelas alturas e, de lá de cima, viu uma cidade que estava ainda muito longe. Era Praga, a capital da Boemia. Essa cidade é grande e dividida em três partes; a antiga Praga, a nova Praga e a Pequena Praga. Esta última abrange o lado esquerdo e a montanha, onde se acha o palácio real e também São Vito, a catedral do episcopado. A velha Praga situa-se na parte plana, circundada por fossos enormes. Dessa parte da cidade, chega-se até a Pequena Praga por uma ponte, que tem 24 arcos de sustentação. A cidade nova é separada da cidade antiga por um fosso profundo, que a torna segura por um grande muro a seu redor. Lá se encontra a Reitoria da Universidade. Doutor Fausto partiu à meia-noite e foi visitar outra cidade e, quando chegou ao chão, viu que era Cracóvia, a capital da Polônia, com uma escola muito bonita e famosa. Essa cidade é o local de residência da família real na Polônia e recebeu seu nome de Craco, o grão-príncipe polonês.[26] Ao seu redor, existem altas torres e, para sua proteção, fossos, cheios de água com muitos peixes. Ela tem sete portões e muitas igrejas. Na região ao seu redor, existem penhascos e montanhas altas e portentosas. Doutor Fausto quedou-se lá em cima e havia uma montanha tão alta que se pensava sustentar o Céu. De lá ele podia olhar a cidade, mas não chegou a entrar nela, ficando, invisível, somente a andar em seu entorno.

No cume dessa montanha, Doutor Fausto permaneceu por alguns dias até que novamente se lançou aos ares em direção ao Oriente. Viajou por muitos reinos, cidades e lugares, pairando muitos dias sobre o mar sem ver nada além de Céu e água, chegando até Trácia ou Grécia e Constantinopla, chamada agora pelos turcos de Teucros,[27] e onde reside a corte do imperador turco. Lá ele viveu muitas aventuras algumas das quais contaremos a seguir, como a história do imperador turco Solimão.[28] Constantinopla tem seu nome do grande imperador Constantino.[29] Essa cidade tem muitas torres e construções adornadas com zinco, de tal forma que pode ser chamada de nova Roma, e é banhada pelo mar nos dois lados. A cidade tem onze portões e três casas ou residências reais.

Doutor Fausto admirou espantado, durante alguns dias, o poder do imperador turco, sua força, magnificência e sua corte. Em uma noite, quando este estava sentado à mesa a jantar, Doutor Fausto lhe pregou uma peça. Em torno do salão do imperador turco, começaram a correr largos rios de fogo, para onde todos correram com a intenção de apagá-los. Ao mesmo tempo, começou a relampejar e a trovejar. Ele enfeitiçou o imperador turco de tal forma que ele não conseguia levantar-se, nem ninguém conseguia tirá-lo de lá. O salão ficou tão claro como se o Sol lá residisse, e Doutor Fausto se apresentou diante do imperador na forma de um papa, adornado e enfeitado como tal, e falou: "Te saúdo, ó imperador, a quem eu, teu Maomé, concedo a honra de surgir diante de ti!". Após essas curtas palavras, desapareceu. O imperador, após o fim do encantamento, caiu de joelhos e invocou seu Maomé e lhe fez louvores e elogios por considerá-lo tão honrado a ponto de surgir em pessoa diante dele. Na manhã do dia seguinte, Doutor Fausto entrou no palácio do imperador, onde ele mantinha suas mulheres e concubinas, e onde ninguém tinha a permissão de entrar, com exceção dos jovens castrados que guardavam a porta dos quartos das mulheres. Ele lançou um encantamento no castelo, de modo que este ficou envolto por uma espessa neblina, através da qual nada se enxergava. Doutor Fausto, assim como antes havia feito seu Espírito, mudou de forma e se apresentou como Maomé; por seis dias, morou nesse castelo que ficou envolto pela neblina durante todo o período em que lá permaneceu. Durante esse tempo, o turco exortava seu povo a celebrar com muitas cerimônias e orações. Por sua vez, o Doutor Fausto comia, bebia e estava bem animado, tinha seus prazeres; depois de se entregar a isso, elevou-se para o alto com os ornamentos e adornos de um papa, de modo que todos pudessem vê-lo.[30] Então, quando Doutor Fausto foi novamente embora e a névoa se dissipou, o turco dirigiu-se ao palácio, mandou vir suas mulheres e perguntou a elas quem tinha estado lá, já que o castelo ficou por tanto tempo envolto em névoa. Elas contaram que fora o Deus Maomé e que de noite ele mandava vir uma a uma, dormia com cada uma delas e dizia que de seu sêmen surgiria um grande povo e heróis guerreiros.[31] O turco tomou como um grande presente o fato de suas mulheres terem dormido com ele, e perguntou a elas, em seguida, se ele havia também dado uma boa prova quando ele dormiu com elas. Se ele tinha-se portado como um humano. "Sim", elas responderam, "tudo se passou dessa forma." Ele as tinha amado e acariciado, e era tão bom naquilo, que elas queriam recebê-lo todos os dias. Além disso, disseram que ele dormiu nu entre elas e na forma de um homem, apenas seu modo de falar é que elas não haviam entendido. Os sacerdotes tentaram convencer o turco de que ele não deveria acreditar nisso, de que não havia sido Maomé, mas sim um fantasma. Mas as mulheres disseram que, fosse um fantasma ou não, ele as havia tratado afetuosamente e que ele deu provas de ser um mestre no assunto não apenas uma, mas seis ou mais vezes durante a noite, e que, em suma, era muito bem guarnecido, etc. Isso deu muito o que pensar ao imperador turco, de modo que ele ficou cheio de dúvidas.

Doutor Fausto chegou em torno da meia-noite na grande capital, O Cairo,[32] que outrora foi chamada Chayrum ou Memphis. Lá o sultão egípcio tinha um castelo e sua corte. O Rio Nilo se parte em dois no Egito, é o maior rio em todo o mundo, e quando o Sol está em Câncer,[33] ele transborda e torna fértil todo o país do Egito.

Depois ele se dirigiu novamente para o Oriente. Indo em direção ao Norte, chegou a Buda[34] e Sabac[35] na Hungria. A cidade de Buda foi e é a capital do reino da Hungria, que é um país fértil e, além disso, tem águas, nas quais ao se enterrar ferro, ele sai transformado em cobre. Tem minas de ouro, prata e de todo tipo de metais. Os húngaros chamam essa cidade de Start,[36] que em alemão se chama Ofen. É uma grande fortaleza, adornada por um belo castelo. De lá se dirigiu para Magdeburg e Lübeck, na Saxônia. Magdeburg é sede de um bispado. Nessa cidade se encontra um dos seis cálices de Canaã, na Galileia, onde Cristo transformou água em vinho. Lübeck é também sede de um bispado na Saxônia, etc. De lá alcançou Erfurt, na Turíngia, onde existe uma grande universidade. De Erfurt ele se dirigiu novamente para sua casa em Wittenberg, depois de ter estado fora por um ano e meio. Nesse tempo ele viu tantos lugares que é impossível descrevê-los todos.

---

[1] No original aparece *Dromedari* (dromedário). Em Füssel; Kreutzer (2006) defende-se a ideia de que isso se deve a uma relação com o nome científico do avestruz (*Struthio camulus*) e que, na verdade, se trata de uma alusão a este animal. Já Müller (1990, p. 1.402) indica que o dromedário era tido na Idade Média como um dos mais velozes animais e que essa imagem de um dromedário com asas se deve, então, a sua ligeireza. Optamos, assim, por manter a forma original na tradução.

[2] Fontes para a descrição dessa viagem são, segundo Füssel; Kreutzer (2006) e Müller (1990), os livros *Elucidarium* (vide nota 1, do capítulo 13) e *Livro das Crônicas*, de Schedel (vide nota 3, do capítulo 11). A sequência da viagem, entretanto, não segue uma ordenação em conformidade à localização real dos lugares, indicando a mobilidade fantástica que Mefostófiles propicia a Fausto. Müller (1990, p. 1.402) atenta para a possibilidade da ordem também ter seguido um critério de antiguidade dos lugares, daí o início por Trier.

[3] Nome de uma antiga província do Império Romano, cuja menção, até os dias de hoje, permanece na definição geográfica da Planície da Panônia, região cortada pelo Danúbio, englobando partes da Hungria, regiões da Áustria, Croácia e Eslovênia.

[4] Ducado de Brabante, antigamente situado ao Sul dos Países Baixos e atualmente ao Norte da Bélgica.

[5] O peregrino Simeão de Trier († 1035) acompanhou, durante os anos 1028-1030, o arcebispo Poppo (978-1048) em sua jornada até a Palestina; em sua honra, foi erigida uma igreja na Porta Negra da cidade de Trier.

[6] Trata-se do Castel Nuovo.

[7] Basílica de São João de Latrão.

[8] Essa fala de Fausto faz referência a um dos epítetos pelos quais Lutero se refere ao papa: "No ofício sacerdotal, santificado, magnífico, alegre, pleno de graça, está a porca do Diabo, o papa,

com sua tromba caída [...]"; (Luther, *Vom Mißbrauch der Messe*, 1522; trad. minha). A mesma alcunha é menciona por Thomas Mann, no capítulo XI do seu livro *Doutor Fausto*. Müller (1990, p. 1.403) chama atenção para o fato de que essa designação, além de colocar ambos, Fausto e papa, em relação direta com o Diabo, ironicamente indica a primazia do papado no trato com o senhor do Inferno.

[9] A concessão de indulgências como um negócio foi um dos pontos centrais da crítica de Lutero à Igreja Católica, presente nas famosas *95 Teses ou Disputação do Doutor Martinho Lutero sobre o Poder e Eficácia das Indulgências* de 1517, texto que impulsionou o movimento da Reforma. O riso irônico de Fausto demonstra a inocuidade e o ridículo de tal ação.

[10] Refere-se às portas do Batistério de São João.

[11] Menção às pessoas que tornaram Florença um dos maiores centros culturais da Renascença.

[12] Refere-se aqui ao altar em honra a Roma e a Augusto (*Ara Romae et Augusti*), construído por Druso no ano de 12 a.C.

[13] Frederico I, ou Frederico Barba Ruiva (imperador do Sacro Império Romano-germânico, 1122-1190), ofertou, no ano de 1164, à cidade de Colônia uma arca, na qual, supostamente, estão depositadas as relíquias dos três Reis Magos e que até hoje lá se encontra como uma das mais destacadas atrações turísticas da cidade, o que é aqui mais um motivo de troça por parte de Doutor Fausto.

[14] Na edição de Spies, encontra-se a palavra "*Teufel*" (Diabo), enquanto, no manuscrito de Wolfenbüttel, encontra-se "Tempel" (templo) ["*Da Ligt auch der Tempel zu S. Vrsula mit den Aylf Tausent junckhfrawen*"]. Apesar dessa indicação no manuscrito, que se adequa melhor ao sentido do texto, optou-se por manter nesta tradução o texto original. Na verdade, trata-se de uma referência à Basílica de Santa Úrsula, considerada uma das padroeiras da cidade de Colônia. Segundo a legenda, ela se dirigiu para esta cidade com um séquito de 11 mil virgens, onde foram todas martirizadas ao chegarem. Esse número fabuloso pode ter-se originado a partir de um mal-entendido de tradução do número XI em uma lápide encontrada em Colônia, número que se estabeleceu como padrão a partir do século X. (Cf. Varazze, cap. 153: "As Onze Mil Virgens", 2011, p. 882 e ss.; vide Almeida, 2011, p. 113-56.)

[15] Nesta cidade teve lugar a coroação de Carlos Magno, rei dos francos, em 800.

[16] Genebra era, na época de edição da *História*, um dos centros do calvinismo e não mais um bispado, como a cidade era descrita no livro de Schedel.

[17] O nome da cidade em alemão é um composto da palavra "*Strasse*" (rua) e "*Burg*" (burgo), significando uma cidade por onde passam várias estradas importantes. Hoje em dia, é sede de diversos centros administrativos da Comunidade Europeia. Nela se encontra a famosa Catedral de Estrasburgo.

[18] Ser mitológico com cabeça de pássaro e corpo de serpente, cujo olhar é mortal. A descrição confere à mitologia um tom de realidade, o que pode ser interpretado como uma característica do paganismo de Fausto.

[19] Trata-se da árvore conhecida em português por ulmo ou olmo.

[20] Referência irônica à Igreja católica pela prática constante de buscar pagamentos por práticas religiosas, conforme discorre Lutero ao longo de suas *Teses* (2017).

²¹ Também conhecida como Ordem de São Bruno.

²² Nero Cláudio César Augusto Germânico (em latim: *Nero Claudius Cæsar Augustus Germanicus*, imperador romano; 17-68 d.C.).

²³ Na enumeração dos nomes, faltou esse quarto, *Germanßheim* (terra dos germanos).

²⁴ Esta igreja foi destruída por um incêndio em 1273 e, após sua reconstrução, foi dedicada a São Pedro.

²⁵ No texto, apenas Weyer; a única referência a essa denominação, ligada à cidade de Salzburg, é a da antiga família Weyer e o burgo *"Weyerhof"* nas cercanias da cidade.

²⁶ No *Livro de Crônicas de Nuremberg*, Hartmann Schedel relata que o nome da cidade era *Flavianum* na época da ocupação romana, em relação ao nome do governador da região, Appius Flavius. Daí surge a forma alemã *Wien* por derivação.

²⁷ Craco, cujo nome latino é *Krakus*, é um príncipe lendário polonês, tido como o fundador da cidade.

²⁸ Teucro é uma personagem da *Ilíada*, de Homero, tido como um dos melhores arqueiros da Grécia, mas o nome é usado, de modo geral, para caracterizar os troianos, mestres no uso do arco. No ano de 1453, Constantinopla foi tomada pelos turcos, fato que, para vários historiadores, é um dos marcos do início da Renascença.

²⁹ Solimão II (1494-1566), chamado também de Solimão, o Magnífico, ou de Solimão, o Legislador, foi um sultão do Império Otomano, na época do ápice do poder otomano. Suas tropas chegaram até a Hungria e as proximidades de Viena. Junto ao papa, os turcos eram considerados por Lutero como os piores inimigos da cristandade (vide o hino de Lutero de 1543: "Canção infantil a ser cantada contra os dois arqui-inimigos de Cristo e de sua Santa Igreja (o papa, os turcos, etc.)" (*Ein Kinderlied, zu singen wider die zween Ertzfeinde Christi und seiner heiligen Kirchen, den Bapst und Türcken*). Neste capítulo, Doutor Fausto se diverte tanto com o papa, quanto com o imperador ao lhes pregar peças por meio de magia, considerando-os, assim, como dois tolos.

³⁰ No ano de 330, Constantino, O Grande (272-337), transferiu sua residência de Roma para Bizâncio, que passou a se chamar Constantinopla, atualmente Istambul, e permaneceu, por mais de mil anos, como capital do Império Romano do Oriente.

³¹ Neste ponto da narrativa há a simbiose da figura do papa com a do profeta Maomé, seguindo a ideia luterana, exposta em nota anterior (29). Ambas figuras são caracterizadas aqui pela luxúria e obscenidade.

³² Apesar de ser fluente em língua portuguesa, o nome Cairo para a cidade egípcia, achou-se por bem manter a designação conforme consta do original alemão, que é antecedida de um artigo.

³³ Ponto do solstício de verão no hemisfério Norte.

³⁴ Em alemão *Ofen*, uma das duas partes que formam a cidade de Budapeste.

³⁵ Nome de uma vila da Sérvia, em alemão *Schabatz*, *Sabatsch*; caiu sob o domínio otomano em 1521.

³⁶ Não se encontra referência a este nome, considerando-se como uma apropriação equivocada do texto de Schedel.

27 Sobre o Paraíso

Depois que Doutor Fausto esteve no Egito, tendo visitado a cidade d'O Cairo, viajou pelo Céu sobre reinos e terras, como Inglaterra, Espanha, França, Suécia, Polônia, Dinamarca, Índia, África, Pérsia, etc. Chegou também à terra dos mouros, sempre parando e fazendo uma pausa no alto de montanhas, em rochedos e em ilhas. Esteve também na notável Ilha da Bretanha, onde existem muitos rios e fontes de águas cálidas e onde se encontram uma infinidade de metais, como também a pedra de Deus[1] e muitas outras coisas. Então, Doutor Fausto levou algumas delas consigo para casa. As Orcadas[2] são 23 ilhas situadas no interior da Bretanha, sendo que dez delas são desertos e treze habitáveis. O Cáucaso, entre a Índia e a Cítia,[3] é a mais alta ilha com elevações e cumes.[4] Lá de cima, Doutor Fausto pôde contemplar muitas paisagens e a vastidão do mar. Ali se encontram tantos pés de pimenta como entre nós[5] arbustos de zimbro. Creta, uma ilha na Grécia, está situada no meio do Mar de Cândia,[6] pertence aos venezianos, onde se produz vinho de Malvasia.[7] Essa ilha é repleta de cabras, mas não tem cervos. Lá não nascem animais nocivos, nem cobras, lobos ou raposas; somente grandes aranhas venenosas são encontradas por lá. Essa e muitas outras ilhas, ele observou e visitou, as quais lhe eram mostradas pelo Espírito Mefostófiles. E assim, a fim de chegar ao meu propósito, esta era a causa pela qual Doutor Fausto se colocava naquelas alturas: não era somente para ver de lá grandes extensões dos mares, reinos e paisagens que os circundam, etc., mas sim porque achava que os cimos das montanhas daquelas ilhas seriam altos o suficiente para que ele, de lá, pudesse finalmente ver o Paraíso; sobre isso ele nunca falou com seu Espírito, nem tinha a permissão para fazê-lo; em especial na Ilha de Cáucaso, a qual, com seus cumes de altas montanhas, superava todas as outras ilhas. No mais alto ponto da ilha de Cáucaso, ele viu apenas os países da Índia e da Cítia e, na direção do Oriente, ele viu de longe, lá do alto, na altura da linha do Equador, um clarão, como se fosse um sol resplandecente, um caudaloso rio de fogo que subia da Terra em direção ao Céu, como uma pequena ilha projetada nas alturas. Ele também viu que lá naquele país, no vale, brotavam quatro grandes águas: uma ia em direção à Índia; a outra, para o Egito; a terceira, para a Armênia e a quarta, para lá também. E como teria muito prazer em saber o fundamento e a origem de tudo aquilo que estava vendo, chamou, por esse motivo, seu Espírito para lhe perguntar sobre esses assuntos. Assim ele o fez: com o coração apertado de medo, perguntou a seu Espírito o que seria aquilo. O Espírito lhe deu uma boa resposta ao dizer que seria o Paraíso. Lá, próximo do lugar onde o Sol se levanta,[8] existe um jardim plantado por Deus repleto de delícias, e esse fogo caudaloso eram as muralhas que Deus lá colocara para protegê-lo e delimitá-lo. "Mas lá embaixo", continuou dizendo, "podes ver uma luz intensa: é a espada de fogo com a qual o anjo protege esse jardim. E a distância até lá, mesmo que possas ver melhor daqui das alturas, é maior do que aquela que já percorrestes até agora, e isso não consegues perceber, etc.[9] Essas águas, que se dividem em quatro, são as águas que efluem da fonte situada no meio do Paraíso, chamadas de Ganges ou Phison; Gihon ou Nilo; Tigre e Eufrates;[10] e vês agora que ele se encontra sob o signo de Balança e Áries, se estende até o Céu e, em cima dessas muralhas, em fogo está o anjo Querubim, portando a espada flamejante com a missão de proteger tudo aquilo.[11] Mas nem tu, nem eu, nem ser humano algum pode entrar lá".

---

[1] Segundo Füssel; Kreutzer, trata-se aqui de uma referência errônea à expressão *"steyn gagates"* (âmbar negro, azeviche; pedra oriunda do Rio Ganges, na antiga região da Lícia), conforme se encontra no *Manuscrito de Wolfenbüttel*, usada aqui como *"stein Gotts"* e, por isso traduzida como "pedra de Deus", seguindo o original em alemão.

[2] Arquipélago no Mar do Norte, ao Norte da Escócia.

[3] Cítia, uma região na Eurásia habitada na antiguidade por um grupo de povos iranianos conhecidos como citas.

[4] Descrição que segue o livro de Schedel, sendo que na época o monte Ararate era tido como o maior do mundo (vide Müller, 1990, p. 1.410).

[5] Aqui o narrador toma como referência o leitor alemão.

[6] No tempo de Fausto, Creta era conhecida como Cândia, daí Mar de Cândia. A Ilha de Creta recebeu o nome de Ducado ou Reino de Cândia no período em que permaneceu politicamente submetida à República de Veneza.

[7] Malvasia é o nome que designa uma variedade de uvas brancas e tintas originadas em Creta e que são usadas no fabrico de vários tipos de vinhos.

[8] Oriente.

[9] Embora a referência seja física, a observação de Mefostófiles diz respeito à impossibilidade de Fausto ter licença para entrar no Paraíso, o que confere a esta passagem um caráter simbólico.

[10] Vide Moisés 2,10-14.

[11] Menção a Gênesis 3,24.

De um cometa

Em Eisleben, avistou-se um cometa[1] que tinha um tamanho fantástico. Então alguns de seus melhores amigos perguntaram ao Doutor Fausto como aquilo era possível. Ele lhes respondeu dizendo: "Frequentemente a Lua no Céu se transforma e o Sol fica embaixo da Terra. Quando, então, a Lua está próxima do Sol, ele é tão forte e violento que toma dela todo seu brilho e ela fica toda vermelha. Quando, então, a Lua se eleva novamente lá para o alto, ela se transforma, assume várias cores, e surge como um *prodigium*[2] do Altíssimo, o que nada mais é do que um cometa, e possui variadas formas e significados, de acordo com os desígnios de Deus. Por vezes ele anuncia uma revolta, guerra ou morte no reino por pestes, maus súbitos e outras pragas. Do mesmo modo, podem ser inundações, chuvas torrenciais, incêndios, fome e coisas similares. Com essas conjunções e transformações da Lua e do Sol, surge esse *monstrum*,[3] o cometa, pois os Espíritos maus conhecem os sinais de Deus e estão equipados com seus instrumentos. Esse astro é como o filho de uma prostituta[4] em meio a outros, e os pais, como disse antes, são Sol & Lua.

---

[1] Provavelmente, trata-se de uma das passagens do cometa Halley pela Terra, ocorrida em 1531; a passagem segue texto do *Elucidarium* (vide nota 1, do capítulo 13; cf. Füssel; Kreutzer, 2006).

[2] Emprego no original da palavra "prodígio", algo extraordinário, em latim; para os romanos, a passagem de um cometa significava um anúncio dos deuses. Nesta primeira parte da explicação de Fausto, trata-se da descrição de um eclipse. A partir deste ponto, passa-se a expor a natureza de um cometa como um evento premonitório e, por consequência, envolto por uma aura de mistério.

³ Uso do original da palavra que significa monstro, em português. O uso da palavra neste ponto do texto se vale de seu sentido etimológico. No *Dicionário Houaiss*, encontramos: "do lat. *monstrum, i* 'prodígio que anuncia ou informa a vontade dos deuses; objeto ou ser de caráter sobrenatural". Cumpre salientar que, no século XV, os cometas estavam aliados a predições catastróficas

⁴ Segundo Müller (1990, p. 1.411), vale-se aqui de uma expressão de Lutero contida em *Conversas à mesa*, na qual se designa o cometa como o "filho de uma prostituta" (*Hurrenkind*) por este ser um produto da conjunção entre o Sol e a Lua e, segundo o descrito pelo clérigo de Regensburg, Konrad von Megenberg, na publicação enciclopédica o *Livro da natureza* (*Buch der Natur;* 1349-1350), trata-se de "uma estrela não verdadeira" (*nicht ain rehter stern*).

29 Das estrelas

Um distinto doutor, N. V. W. de Halberstadt, convidou Doutor Fausto para ir a sua casa e, assim que a comida estava na mesa, Fausto olhou brevemente pela janela em direção ao Céu que, por ser outono, estava repleto de estrelas. Esse doutor era um médico, além de um bom astrólogo, e havia convidado Fausto especialmente para que este o ensinasse acerca de certas transformações dos planetas e das estrelas.[1] Por isso, ele se aproximou quando Doutor Fausto estava na janela, a fim de perguntar sobre a luminosidade do Céu e das muitas estrelas. E, ao ver como elas se limpavam[2] e caíam, perguntou ao Doutor Fausto quais situações e circunstâncias estavam envolvidas naquilo. Doutor Fausto respondeu: "Meu Senhor e caro irmão, vós já sabeis que a menor estrela no Céu, que nós, aqui embaixo, percebemos ser quase igual à chama de uma grande vela é maior do que todo um reino. E é também certo que, como bem vi, a amplidão do Céu é maior do que doze Terras. E mesmo que no Céu não se possa ver nem uma Terra, ainda sim existem muitas estrelas, que são maiores do que este país, algumas maiores até que essa cidade, do outro lado está uma tão grande quanto a extensão do Império Romano, uma outra tão grande como a Turquia e outra tanto quanto um planeta. Lá, uma tão grande quanto a Terra inteira".

---

[1] No texto em alemão não se faz distinção entre estrelas e astros.
[2] Em alemão tem-se o verbo "*sich butzen*" > "*sich putzen*". Acreditava-se que as estrelas cadentes eram sujeiras que caíam na Terra quando as estrelas se limpavam. O termo em alemão para estrela cadente é "*Sternschnuppe*", que, literalmente, significa "caspa da estrela".

Uma questão acerca da natureza dos Espíritos que atormentam os homens

"É verdade, meu caro Senhor Fausto", disse o doutor, "mas como é a forma desses Espíritos que, segundo dizem, atormentam os homens não somente de dia, mas também de noite?" Responde Doutor Fausto: "Os Espíritos, na medida em que não estão submetidos ao Sol, moram e andam sob as nuvens e, quão mais o Sol brilha, mais alto têm os Espíritos suas moradas; pois a luz e o brilho do Sol lhes foi proibida por Deus, não podem dela gozar, nem lhes é apropriada. Procuram, então, à noite, quando está escuro como breu, habitar entre os homens. Pois a claridade do Sol, mesmo quando não reluz, deixa o primeiro Céu tão claro como o dia, de modo que mesmo na mais escura noite, em que as estrelas não brilham, nós, homens, podemos ver o Céu. Isso também é o motivo pelo qual os Espíritos, não podendo suportar nem sofrer a visão do Sol quando este está no alto, aproximam-se de nós aqui na Terra e procuram morada entre nós, homens, aterrorizando-nos através de pesadelos, de gritos e aparições em formas macabras e medonhas.[1] Por isso, então, quando saís de casa no escuro e sem luz, sois tomado por um grande medo, assim também tendes à noite muitas visões e fantasias que não acontecem durante o dia. Do mesmo modo, uma pessoa assusta-se durante o sono, pensando que há um Espírito perto e que vai a agarrar, que vagueia pela casa e coisas tais. Tudo isso nos acontece porque os Espíritos da noite estão perto de nós, nos atormentam e aterrorizam com todo tipo de ilusões e de fantasmagorias".

---

[1] Conforme destaca Lefebvre, Lutero adjudicava os males da demência, da surdez, da paralisia, da peste, da febre e as calamidades naturais a atuações do Diabo. Diz Goethe: "Quão comodamente serve-se Lutero de seu Diabo, o qual ele tem sempre à mão, para explicar e esclarecer, de forma superficial e bárbara, os fenômenos mais importantes da natureza em geral e, mais especialmente, da natureza humana" (Goethe, *Farbenlehre*; apud Lefebvre, 1970, p. 204; tradução minha).

Uma outra questão acerca das estrelas que caem na Terra[1]

"Não é algo novo o fato de estrelas repentinamente brilharem e caírem na Terra; pelo contrário, acontece toda noite. Quando há resplandescências ou chamas, são sinais de que as estrelas caem ou, como dizem, se limpam, e são viscosas, negras e meio esverdeadas. Mas o fato de uma estrela cair é apenas uma crença dos homens. Por vezes vê-se, de noite, um grande rio de fogo que se precipita para baixo, mas não são, como se pensa, estrelas que caem. Pois a razão de uma estrela cadente ser maior do que a outra é o fato de que as estrelas são diferentes umas das outras. E não cai uma estrela sequer sem que haja uma intenção especial de Deus, sem que Deus queira punir um país ou pessoas; quando isso acontece, tais estrelas carregam consigo as nuvens do Céu, por isso acontecem inundações, incêndios e ruína de países ou de pessoas".

---

[1] Reiteradamente o autor se vale livremente do livro *Elucidarium* como fonte para suas explicações acerca dos fenômenos naturais.

Sobre o trovão[1]

No mês de agosto, no final de uma tarde, irrompeu uma grande tempestade em Wittenberg, com granizo e muitos relâmpagos. Doutor Fausto estava na praça do mercado com outros médicos que desejavam saber as causas e a natureza dessas tempestades. A eles deu a seguinte resposta: "É sempre assim, quando vai cair uma tempestade, primeiramente venta. E, depois de haver trovejado e relampejado por um tempo, despenca um grande aguaceiro. Isso acontece pela seguinte causa: quando os quatro ventos do Céu se chocam, as nuvens são levadas para perto umas das outras; elas são levadas para determinado lugar, onde se misturam, produzindo uma chuva ou uma nuvem negra, como esta que se vê pairar nesse instante sobre a cidade. Em seguida, quando a tempestade irrompe, os Espíritos se misturam dentro delas e lutam contra as quatro regiões do Céu; em razão disso, o Céu provoca os choques, e a isso chamamos de trovões ou estrondos. Quando o vento é muito forte, o trovão não quer ir embora para lugar algum e permanece por ali ou, ao contrário, a tempestade passa rapidamente. Por conta disso, pode-se observar de qual região do Céu vem o vento que traz a tempestade; frequentemente vem uma tempestade do Meio-dia; por outras vezes, do Oriente, outras do Ocidente e outras da Meia-noite".

---

[1] Conforme informa Lefebvre (1970, p. 204), Gustav Milchsack aponta na sua edição da *História*, de 1892, o livro de Ludovicus Milichius, de 1566, *O Diabo feiticeiro* (*Der Zauber Teuffel*), como fonte para essa explicação.

Segue a terceira e última parte das aventuras do Doutor Fausto, do que ele fez e praticou com sua nigromancia na corte de diversos soberanos.

Por fim, também sobre seu final, pavoroso e pleno de lamentos, e sua despedida

Uma história sobre o Doutor Fausto e o imperador Carlos V

O imperador Carlos,[1] o quinto de seu nome, veio com sua corte até Innsbruck, para onde o Doutor Fausto também se dirigia, convidado por muitos barões e pessoas da nobreza que estavam bem conscientes de sua arte e habilidade, especialmente aqueles a quem já havia ajudado, por meio de medicamentos e fórmulas, na cura de muitas dores e doenças bem conhecidas. Então foi convidado por eles para ir à corte para cear, e eles lhe fizeram companhia até lá.[2] Tal séquito chamou a atenção do imperador Carlos, que perguntou de quem se tratava. Então lhe disseram tratar-se do Doutor Fausto. Em seguida, o imperador guardou silêncio até o final da ceia. Isso aconteceu no verão, depois do dia de São Felipe e São Tiago.[3] Mais tarde, o imperador ordenou a presença de Doutor Fausto em seus aposentos e disse-lhe que sabia ser ele uma pessoa experiente em magia negra e também que tinha um Espírito que podia fazer previsões, e, por esse motivo, desejava ver uma demonstração disso. Prometeu que nada aconteceria a Fausto e o jurou pela coroa imperial.[4] Logo em seguida, Doutor Fausto prontificou-se a submeter-se à vontade de Sua Majestade Imperial. "Então escute", disse o imperador, "estava eu em meu leito, pensando em como meus avós e antepassados alcançaram a mais alta posição e autoridade, da qual eu e meus sucessores gostaríamos de continuar a haurir;[5] em especial, em Alexandre Magno,[6] que, entre todos os reinos, foi o mais poderoso imperador de todos, com brilho e ornamento sem iguais; como se lê nas crônicas de seu tempo, chegou a possuir tantas riquezas e a subjugar tal quantidade de reinos e principados que, por isso, a mim e a meus sucessores seria difícil de lhe igualar. Daí que meu maior desejo é de ver, diante de mim, Alexandre e sua esposa como eram em vida, em suas formas, aparências, hábitos e gestos, a fim de que eu possa constatar que tu és um grande mestre em tua arte." "Senhor Clementíssimo", disse Fausto, "o desejo de Vossa Majestade Imperial é o de ter em sua presença Alexandre Magno e esposa em pessoa, em aparência e figura como tinham em seus tempos de vida, de fazê--los surgir de forma visível com a ajuda de meu Espírito. Mas Vossa Majestade deve saber que seus corpos mortais não podem ressurgir dos mortos ou se fazerem presentes, porque isso é impossível. Entretanto os mais antigos Espíritos, que viram Alexandre e sua esposa, podem tomar a forma e a aparência deles e neles se transformarem. Por meio deles farei com que Vossa Majestade possa verdadeiramente ver Alexandre." Dito isso, Doutor Fausto saiu dos aposentos do imperador e foi conversar com seu Espírito. Logo depois, voltou à presença do imperador e lhe disse que gostaria de satisfazer seu desejo, mas com a condição de que Sua Majestade não poderia perguntar-lhe, nem falar nada, ao que o imperador concordou. Doutor Fausto abriu a porta e logo entrou o imperador Alexandre, em toda forma e aparência, como tinha tido em vida, ou seja, um homenzinho gordo e robusto, com uma barba espessa, bochechas vermelhas e um olhar sério, como se tivesse olhos de basilisco. Ele entrou trajando uma armadura completa, dirigiu-se ao imperador Carlos e se inclinou fazendo uma profunda reverência. O imperador quis levantar-se para saudá-lo, mas Doutor Fausto não permitiu que ele fizesse isso. Logo a seguir, depois que Alexandre se inclinou novamente e dirigiu-se para a porta de saída, sua esposa veio ao seu encontro e também fez uma reverência ao imperador. Ela estava inteiramente vestida de veludo azul, adornada com peças de ouro e pérolas; era completamente bela, com maçãs do rosto vermelhas, como de leite e sangue, esbelta e tinha um rosto arredondado.⁷ Nesse meio tempo, o imperador pensou: "Agora vi duas pessoas que desejei há muito tempo conhecer, e não resta dúvida de que o Espírito se transformou nelas e não me enganou, assim como a mulher que invocou o profeta Samuel".⁸ E o imperador, para ter certeza disso, pensou consigo mesmo: "Várias vezes ouvi dizer que ela tinha uma grande verruga atrás da nuca", e foi na direção dela para olhar se isso também seria encontrado nesse espectro, e a verruga estava lá, mas a mulher permanecia parada, imóvel como um pau, e, em seguida, desapareceu. Com isso o desejo do imperador foi satisfeito.

---

[1] Carlos V (1500-1558) era contemporâneo do Fausto histórico. Seus títulos dão ideia da vastidão de seu domínio e de seu poder: soberano dos Países Baixos (1506), rei da Espanha (Aragão, Castela e Navarra; 1516), rei de Nápoles (1516), rei de Sicília (1516); arquiduque soberano da Áustria (1519), imperador do Sacro Império Romano Germânico (1520), além de dominar terras nas Índias e Américas.

[2] Segundo Hans Henning, trata-se aqui, na verdade, de uma lenda acerca do avô de Carlos V, Maximiliano I, mencionada por Lutero em uma das *Conversas à mesa* (29.03.1539) de Aurifaber: "Como um mago e feiticeiro, o abade de Spanheim preparou o caminho para que o imperador Maximiliano tivesse em sua corte, diante de seus olhos, aparecendo, um após o outro, todos os imperadores e grandes heróis falecidos, os novos melhores, como se diz; todos com a mesma figura e vestimenta como na época em que viveram; dentre eles estavam também Alexandre, Júlio César [...]". Também foi tema para Hans Sachs, poeta renascentista, compor uma poesia: "História: A Visão Maravilhosa do imperador Maximiliano em Homenagem aos Falecidos por Meio de um Nigromante" (*Historia: Ein wunderbarlich gesicht keiser Maximiliani löblicher gedechtnus einem nigromanten*; 1518), na qual surge a figura de Helena. Pode-se interpretar a transferência da lenda para Carlos V não só pela similaridade da vastidão de seu império com o de Alexandre, O Grande, como também pelo seu papel determinante no combate à Reforma Protestante já que foi o responsável pela convocação do Concílio de Trento (1545-46), evento que marca o início da Contrarreforma. Apresentá-lo como um grande pagão estaria em conformidade com a ortodoxia presente neste livro. (Vide: Henning, 1993, p. 146)

[3] São Felipe e São Tiago; santos festejados no dia primeiro dia de maio, coincidindo com a Noite de Valpúrgis.

[4] A prática de magia poderia custar a vida da pessoa (vide os processos inquisitoriais e o prescrito em livros como *O Martelo das feiticeiras*).

⁵ Segundo Müller (1990, p. 1.413) havia dentre os regentes renascentistas um culto aos antepassados e heróis da história que se manifestava na necessidade de superá-los por meio de feitos fantásticos e obras monumentais e, assim, manter o prestígio da casa regente. Daí o pedido a Fausto de trazer o grande imperador Alexandre diante de seus olhos.

⁶ Alexandre Magno ou Alexandre, o Grande; rei da Macedônia (356-323 a.C.) que, ao longo das várias campanhas militares, forjou um vasto império.

⁷ A aparição de Helena surge apenas na poesia de Hans Sachs, conforme nota 2. Aqui surge Roxane, a esposa de Alexandre Magno, tida por historiadores como a mais bela mulher de toda Ásia.

⁸ Menção ao relato sobre a Bruxa de Endor em 1 Samuel 28,7-25; vide nota 5, do "Prefácio dirigido ao leitor cristão".

Doutor Fausto enfeitiça um cavaleiro, colocando uma galhada de cervo em sua cabeça[1]

Depois do Doutor Fausto ter satisfeito o desejo do imperador, conforme se acabou de contar, sentou-se de noite, após ter soado o chamado para o jantar, em uma ameia do palácio, a fim de ver o entra e sai dos criados da corte. Nessa hora ele lançou o olhar em direção ao alojamento dos cavaleiros e viu uma pessoa deitada embaixo da janela, dormindo bem pesado (pois tinha feito muito calor o dia inteiro). Não gostaria aqui de identificar pelo nome essa pessoa que dormia, por se tratar de um cavaleiro e barão de nascimento, e esta aventura o tornaria motivo de piada.[2] Assim, o Espírito Mefostófiles, fielmente e com muito empenho, ajudou seu senhor a enfeitiçar aquele que dormia deitado embaixo da janela, pondo-lhe uma galhada de cervo no topo da cabeça. Quando este acordou e colocou a cabeça na janela, percebeu o trote: como ficou assustado o bom senhor! Como as venezianas da janela estavam fechadas, ficou preso e não podia, por causa de sua galhada, se mover nem para frente, nem para trás. Quando o imperador percebeu isso, pôs-se a rir, achando a situação muito engraçada, até que, finalmente, Doutor Fausto desfez o feitiço.

---

[1] A partir deste capítulo iniciam as histórias com tom humorístico e troça. Este episódio é mencionado por Lutero, segundo o relato de Aurifaber em *Conversas à mesa* e na coletânea de narrativas burlescas *Katzipori* (1558) de Michael Lindener (vide Müller, 1990, p. 1.414).

[2] Entretanto a indicação paratextual à margem do texto nomeia a pessoa: "Era Baro de Hardeck" (*Erat Baro ab Hardeck*) que pertencia a uma família de nobres (Brüschenk), aos quais foram concedidos os direitos de posse das terras do Condado de Maidberg (atual Magdeburg) a partir de 1495 (Füssel; Kreutzer, 2006 p. 201).

Como o mencionado cavaleiro quis se vingar do Doutor Fausto, mas não conseguiu

Doutor Fausto despediu-se da corte, onde recebera muitos presentes do imperador e de outros como prova de boa vontade por parte de todos. Após percorrer uma distância de 1,5 milha, percebeu sete cavalos parados em uma floresta à sua espreita. Era o cavaleiro com quem se tinha passado a aventura do chifre de cervo na corte, acompanhado de seus servos. Eles reconheceram o Doutor Fausto e, por isso, apressaram-se; esporearam os cavalos, cavalgando com armas em punho em sua direção. Doutor Fausto percebeu isso, escondeu-se em um pequeno bosque e saiu correndo de lá rapidamente em direção aos cavaleiros. Tão logo eles notaram que o pequeno bosque estava cheio de cavaleiros bem armados e que corriam em sua direção, perceberam que teriam de meter o pé dali. Contudo foram impedidos e cercados; pediram, assim, clemência ao Doutor Fausto que os deixou ir, mas não sem antes tê-los enfeitiçado. Todos eles ficaram por um mês inteiro com chifres de bode na testa e os cavalos, com chifres de vaca. Isso foi o castigo deles. E foi assim que Fausto, com os cavaleiros encantados, venceu o cavaleiro.

Doutor Fausto devorou a carga de feno de um camponês, com a carroça e os cavalos[1]

Uma vez, ele chegou a uma pequena cidade perto de Gotha,[2] onde tinha coisas a fazer. Era o mês de junho e, por toda parte, estavam armazenando o feno. À noitinha, bem bêbado, ele foi passear com alguns de seus conhecidos. E quando ele e seus acompanhantes chegaram na porta da cidade e começaram a caminhar ao longo do fosso, veio uma carroça carregada de feno ao encontro deles. Doutor Fausto, porém, estava no meio da rua, de modo que o camponês foi obrigado, por força da circunstância, a falar com ele. Doutor Fausto deveria dar-lhe licença, pondo-se ao lado do caminho, mas, bêbado, lhe respondeu: "Então quero ver quem me tira do meio da rua! Está me ouvindo, irmão? Ou nunca ouviste que uma carroça de feno tem de dar passagem para um homem bêbado?". O camponês enfureceu-se com isso e xingou Fausto, que respondeu: "Como é que é, camponês? Queres me desafiar? Não crie muito caso, senão te devoro a carroça, o feno e os cavalos!".

O camponês disse então: "Ei, então coma também o meu cocô". Doutor Fausto enfeitiçou o camponês de modo que este pensou ter Fausto uma boca tão grande como um barril e que com ela devorava e engolia primeiro os cavalos e, depois, o feno e a carroça. O camponês assustou-se e, tomado pelo medo, saiu prontamente a correr em direção ao prefeito, contando-lhe tudo o que lhe tinha acontecido como a mais pura verdade. O prefeito foi então com ele, rindo-se pelo caminho, checar essa história. Quando então atravessaram o portão, encontraram lá os cavalos atrelados e a carroça do camponês, como antes. Simplesmente, Fausto o tinha enfeitiçado.[3]

---

[1] O mesmo motivo, assim como o narrado no capítulo 38, acha-se em Aurifaber (*Conversas à mesa*) e também em vários outros compiladores de anedotas como Andreas Hondorff, Wolfgang Bütner, atestando uma certa popularidade deste episódio nas narrativas populares. Essas diversas variantes se encontram disponíveis no capítulo dedicado às fontes para a *História* na edição de Füssel; Kreutzer (2006).

[2] Cidade no Estado da Turíngia.

[3] Nesta e em muitas outras histórias, Fausto se vale do efeito da ilusão provocada por poderes mágicos para enganar as pessoas e as aterrorizar, mostrando sua ação desmedida e caracterizando-o como um homem dado a caprichos.

37

De três nobres condes que Doutor Fausto levou pelo ar até Munique, segundo o desejo deles de assistir ao casamento do filho do príncipe da Baviera¹

Três nobres condes, que, contudo, não gostaria de nomear aqui e que estudavam em Wittenberg, encontraram-se um dia e começaram a conversar entre si sobre o magnífico esplendor com o qual se celebraria o casamento do filho do príncipe da Baviera, em Munique. Falaram também do quanto gostariam de estar lá presentes, nem que fosse por meia hora. No meio da conversa, um deles teve uma ideia e falou com os outros condes: "Meus primos, se vocês quiserem me ouvir, tenho um bom conselho a dar que nos possibilitará ver o casamento e, de noite, estar de volta aqui em Wittenberg. Minha proposta é que devemos ir até o Doutor Fausto, falar-lhe de nossa intenção, render-lhe homenagem e pedir para que ele nos ajude a realizar nosso desejo. Com certeza, ele não nos negará seus préstimos". Todos se uniram nesse propósito e foram até Doutor Fausto, revelaram-lhe sua intenção, deram-lhe um presente e lhe ofereceram um régio banquete, com o qual ele se regalou e, nessa ocasião, concordou em lhes servir. Quando então chegou o dia em que deveria realizar-se o casamento do filho do príncipe da Baviera, Doutor Fausto chamou os três condes a sua casa e mandou-os vestir as roupas e colocar os adornos mais belos que tivessem. Depois disso, pegou uma grande capa, estendeu-a no jardim que tinha ao lado de sua casa e colocou os condes sentados em cima dela, pondo-se no meio. Dirigiu-se educadamente a eles, dizendo-lhes que não poderiam falar palavra alguma pelo tempo que estivessem fora e nem mesmo enquanto estivessem no palácio do príncipe da Baviera, e, se alguém lhes falasse ou perguntasse alguma coisa, eles não poderiam dar qualquer resposta, o que eles, obedientemente, prometeram cumprir. Depois dessa promessa, Doutor Fausto se sentou, fez um feitiço e logo veio um grande vento que levantou a capa, levando-os pelo ar, de modo que chegaram a Munique, na corte do príncipe da Baviera, na hora certa. Durante a viagem, eles seguiram invisíveis para que ninguém os percebesse, até chegarem ao palácio da corte bávara. O mestre de cerimônias, ao vê-los, avisou ao príncipe da Baviera que todos os príncipes, condes e senhores já se encontravam em seus lugares à mesa, mas que lá fora ainda havia três senhores com seu criado, que tinham acabado de chegar e que ele deveria recebê-los. O velho príncipe assim o fez, mas, ao dirigir-lhes a palavra, eles nada responderam. Isso aconteceu de noite, quando ia começar o jantar e depois de eles terem podido assistir ao esplêndido casamento por meio das artes mágicas de Fausto, ficando invisíveis durante todo o dia, sem qualquer contratempo. Como foi dito, Doutor Fausto os havia seriamente proibido de falar durante o dia com qualquer pessoa e tão logo ele dissesse – "Vamos!", eles deveriam subir na capa e sair dali no mesmo instante de volta. Mas, enquanto o príncipe da Baviera dirigiria a palavra aos condes, sem que eles lhe respondessem, era passada a água para lavar as mãos. Então um deles desobedeceu à ordem de Fausto e gritou: "Vamos!". Na mesma hora, desapareceram Fausto e dois dos condes que haviam agarrado a capa. O terceiro, porém, como se havia atrasado, foi capturado e jogado em uma prisão. Os outros dois condes chegaram de volta em Wittenberg em torno da meia-noite. Mas estavam muito mal pelo que havia acontecido com seu outro primo. Doutor Fausto os consolou, dizendo que na manhã seguinte, bem cedo, iria resolver isso. O conde que fora aprisionado estava muitíssimo assustado e, com medo de ter sido abandonado, achava que permaneceria trancado na prisão. Esta era vigiada por guardas que lhe perguntaram como seriam e quem eram os outros que haviam desaparecido. O conde pensou: "Se eu os entregar, terei um péssimo fim". Por isso, ele não deu a ninguém qualquer resposta, não se conseguindo nada com ele naquele dia. Finalmente lhe foi dado o aviso de que, no dia seguinte, seria dolorosamente forçado a responder e que o fariam falar. O conde pensou: "Se o Doutor Fausto não me libertar essa noite e amanhã for torturado, vou ser obrigado a falar". Mas se consolava ao pensar que seus companheiros seriam bastante insistentes com Doutor Fausto, pedindo por sua libertação, o que realmente aconteceu. Então, antes que o dia nascesse, Doutor Fausto já estava com ele, pois havia enfeitiçado os guardas de tal forma que eles haviam caído em um sono profundo.[2] Depois disso, fez uso de sua arte ao abrir a porta e o cadeado, levando o conde a tempo para Wittenberg, onde lhe foi prestada homenagem com magníficos presentes.

---

[1] Aqui se apresenta uma variante do motivo da capacidade de se movimentar pelo ar montado em cavalos, como na lenda da caçada selvagem de Wodan ou em cima de um manto ou tapete mágico. Na época de Fausto esses eventos fantásticos eram atribuídos a pessoas ligadas ao Diabo, especialmente às bruxas, conforme descrito no livro *O Martelo das feiticeiras* e também por Milichius em *O Diabo feiticeiro*. Essa história está presente no rol de aventuras atribuídas a Fausto publicadas em 1586 por Christoph Roßhirt, conhecidas como *Histórias de Fausto do tempo de Nuremberg* (*Nürnberger Faustgeschichten*), anteriores, portanto, à edição do livro de Spies e onde a Fausto é atribuído o prenome "Georgius". Também como uma aventura de Fausto se encontra no livro de August Lercheimer, *Reflexões cristãs* (*Christliche Bedencken*, Heidelberg, 1585).

[2] Esta ação é bastante similar à cena final do *Fausto I* de Goethe, quando ele tenta, em vão, libertar Margarida da prisão.

38

Como o Doutor Fausto tomou dinheiro emprestado de um judeu, dando-lhe como caução seu próprio pé, que ele mesmo cerrou na presença do judeu[1]

Diz um ditado que um Espírito maligno e um bruxo não conseguem ganhar mais do que três tostões durante o ano; isso também aconteceu com o Doutor Fausto. Seu Espírito lhe havia feito grandes promessas, mas eram, em sua maior parte, falsas, pois o Diabo é um Espírito mentiroso. Jogou na cara do Doutor Fausto as habilidades que lhe haviam sido dadas, a fim de que alcançasse a riqueza por si próprio e, graças a elas, o dinheiro não escaparia mais dele. Ele acrescentou que a hora dele ainda não tinha expirado, mas o compromisso que ele, o Espírito, havia feito de não lhe deixar faltar nem dinheiro, nem comida, foi válido apenas por um intervalo de quatro anos após a promessa firmada com Fausto. Assim, ele havia, por meio de sua arte, recebido o que comer e beber em todos os principados e cortes, como visto nas histórias anteriores. Dessa vez o Doutor Fausto tinha de lhe dar razão, não podendo contradizê-lo. Entretanto pensou consigo mesmo em quão habilidoso ele próprio era. Então, depois dessa conversa e explicação do Espírito, Fausto foi-se banquetear com seus bons companheiros. Um dia, como estava sem dinheiro, foi obrigado a pedir emprestado aos judeus. Assim o fez, tomando emprestado com um judeu 60 táleres por um mês. Quando o prazo expirou, o judeu, desconfiado, aguardava seu dinheiro com os juros. Entretanto, o Doutor Fausto não tinha a intenção de lhe pagar qualquer coisa que fosse. Findo o prazo, o judeu veio à casa de Fausto e exigiu seu dinheiro. Doutor Fausto disse a ele: "Judeu, eu não tenho dinheiro algum e também não sei como arranjar. Entretanto, a fim de fiques seguro em relação ao pagamento, vou cortar uma parte de meu corpo, nem que seja um braço ou um pedaço da coxa, e te deixarei como caução, com a condição expressa de que tão logo consiga o dinheiro e te pague, deves me devolvê-la". O judeu, que era, de toda maneira, um inimigo dos cristãos, pensou consigo mesmo que deveria ser um homem bastante temerário aquele que quisesse dar uma parte de seu corpo como fiança pelo dinheiro e, assim pensando, deu-se por satisfeito com aquela garantia. Doutor Fausto tomou uma serra e serrou sua perna com pé e tudo (mas era pura fantasmagoria), dando-a ao judeu, com a condição de que tão logo voltasse com o dinheiro e o pagasse, ele mesmo deveria colocá-la de volta no lugar. O judeu ficou satisfeito com esse arranjo e foi-se dali com a perna. Mas não tardou a ficar mal-humorado e cansado e pensou: "De que me servirá um pedaço de perna? Se levar para casa, logo começará a apodrecer e não poderá mesmo ser recolocada no lugar. É uma garantia muito alta, ele não poderia ter dado nenhuma maior parte de seu próprio corpo, mas a mim de que serve?". Com esses pensamentos e outros tais (como o próprio judeu revelou depois), foi até uma ponte e jogou a perna no rio. Doutor Fausto bem sabia disso, quando, três dias depois, mandou avisar ao judeu que queria pagá-lo. O judeu então veio e Fausto perguntou onde estava garantia e disse que, assim que ele a colocasse de volta no lugar, ele o pagaria. O judeu disse que, como ela não servia para ninguém, ele a tinha jogado fora. Doutor Fausto, porém, queria receber sua caução logo de volta ou o judeu teria de indenizá-lo. O judeu teria de abrir mão do pagamento e, além disso, lhe pagar mais 60 táleres. E assim, Doutor Fausto continuou com suas duas pernas.

---

[1] Episódio relatado por Christopher Roßhirt (*Histórias de Fausto do tempo de Nuremberg*), por Lutero/Aurifaber em *Conversas à mesa* (*Von Klauckern*; Do Charlatão) e por Andreas Hondorff em *Enciclopédia de exemplos*. (*Promptuarium Exemplorum*; 1568), todas anteriores à *História*.

Doutor Fausto engana um mercador de cavalos[1]

Da mesma maneira, ele agiu com um mercador de cavalos em uma feira. Depois de ter conseguido um esplêndido cavalo e de ter seguido com ele até uma feira chamada Pfeiffering,[2] ofereceu-o a muitos compradores e, finalmente, vendeu-o por cerca de 40 florins. Mas, antes disso, havia dito ao mercador de cavalos que não deveria passar por bebedouro algum. Porém o mercador, querendo ver o que ele queria dizer com isso, subiu no cavalo e o levou até um bebedouro; no mesmo instante, o cavalo desapareceu e o mercador caiu sentado em um monte de palha, com a impressão de que estava se afogando. O mercador conhecia muito bem onde o vendedor estava hospedado e se dirigiu para lá completamente enfurecido; encontrou Doutor Fausto deitado na cama, dormindo e roncando. O mercador de cavalos pegou-o pelo pé, querendo tirá-lo da cama, mas a perna se desprendeu do quadril e o mercador caiu sentado no meio do quarto. Então, o Doutor Fausto começou a gritar que estavam querendo matá-lo; o mercador, assustado, saiu correndo do quarto, pensando que havia arrancado a perna do quadril dele. Assim, Doutor Fausto conseguiu novamente ter dinheiro.

---
[1] Assim como algumas anteriores também presentes no livro de Hondorff e nas *Histórias* de Christopher Roßhirt (vide capítulos 36 e 38).
[2] Cidade fictícia também presente no livro de Thomas Mann, *Doutor Fausto*.

Doutor Fausto devora um monte de feno[1]

Doutor Fausto chegou a uma cidade, chamada Zwickau,[2] onde muitos mestres[3] lhe fizeram companhia.[4] Então, durante o passeio que fizeram após o jantar, um camponês, que conduzia uma carroça cheia de feno da segunda colheita, encontrou com eles. Fausto perguntou o que ele queria em troca da permissão de comer o quanto quisesse da carga. Eles combinaram em cerca de 1 coroa ou 1 "centavo de leão",[5] pois o camponês pensou que Doutor Fausto estivesse apenas de brincadeira com ele. O Doutor Fausto começou a comer com tamanha voracidade que todos os que ali estavam começaram a rir. Então ele enfeitiçou o camponês de tal forma que este ficou aflito, ao achar que Fausto já havia devorado metade da carga. Muito embora ficasse satisfeito se Doutor Fausto lhe deixasse a outra metade, ele tinha de se submeter à vontade do doutor. Mas quando o camponês chegou a seu destino, tinha diante de si todo o feno de volta.

---

[1] Essa história se assemelha à do capítulo 36. Lefebvre (1970, p. 205) observa que, embora essa aventura não esteja presente na tradução inglesa da *História* de 1562, ela integra a peça de Christoph Marlowe, indicando que o autor inglês tinha conhecimento do texto em alemão de Spies.

[2] Cidade situada no Estado da Saxônia.

[3] No original em alemão consta "*magistri*", plural de *magister*, designação em latim do título universitário de mestre.

[4] Eugen Wolff (1912, p. 77-78), em seu livro sobre a relação da *História* com o pensamento de Lutero, destaca que uma série de aventuras são coincidentes com episódios e anedotas contidas no texto de Aurifaber, *Conversas à mesa*, e, por vezes, surgem na mesma sequência em ambos os livros, como por exemplo no caso das narrativas contidas nos capítulos 34, 36, 38, 39 e 40.

[5] No original *Löwenpfenning*, moeda de pequeno valor, na qual se achava impressa uma figura de leão; usada na região da Turíngia e da Saxônia no final da Idade Média e início da Renascença.

41

Sobre uma briga entre doze estudantes[1]

Em Wittenberg, diante de sua casa, sete estudantes começaram uma briga com outros cinco. Isso não pareceu ao Doutor Fausto muito justo; levantou-se e lançou-lhes um feitiço, de modo que um não podia ver o outro. Com raiva, brigavam entre si sem se enxergarem, o que fazia os espectadores rirem bastante dessa estranha escaramuça. Ao final, todos tiveram de ser levados para suas casas. Tão logo chegaram a suas moradas, recuperaram a visão.

---

[1] Parte dessa aventura lembra a cena "Taberna em Auerbach" do *Fausto I* de Goethe.

42
Uma aventura com camponeses bêbados

Doutor Fausto estava bebendo em uma taberna onde havia muitas mesas repletas de camponeses que já tinham tomado vinho demais. Por isso estavam a cantar e a gritar, fazendo uma grande algazarra, de modo que não se podia ouvir a própria voz. Doutor Fausto disse ao que o havia convidado: "Presta atenção, vou acabar logo com isso!". Como os camponeses cantavam e gritavam cada vez mais alto, ele fez um feitiço: todos os camponeses ficaram de boca escancarada e nenhum deles conseguia fechá-la. Logo depois se fez silêncio, e um camponês olhava para o outro sem entender o que havia acontecido. Porém, tão logo um camponês saía do salão lá para fora, ele recuperava sua fala. Desse modo, não permaneceram lá dentro por muito mais tempo.

Doutor Fausto vendeu cinco porcos, cada um a 6 florins[1]

Doutor Fausto voltou a ganhar dinheiro desonestamente. Ele preparou cinco porcos bem nutridos e os vendeu cada um por 6 florins, com a condição de que os criadores de porcos não poderiam passar com eles pela água. Doutor Fausto retornou para casa. Como os porcos se revolveram e chafurdaram na lama, o criador os levou para a água, onde desapareceram e, em seu lugar, emergiram apenas rolos de feno. O criador teve então de ir embora dali com seu prejuízo, pois ele não entendeu como aquilo havia acontecido, nem quem tinha lhe vendido os porcos.

---

[1] Episódio similar está na compilação das *Histórias de Nuremberg*, de Roßhirt (terceira história). Cumpre atentar para a contínua exposição da deterioração do caráter de Fausto que pouco se assemelha com o Fausto da primeira parte.

Sobre as aventuras do Doutor Fausto na corte do Príncipe de Anhalt

Um dia, Doutor Fausto chegou às terras do conde de Anhalt, agora um principado,[1] e se colocou à disposição para realizar os desejos do senhor do lugar. Isso aconteceu em janeiro. À mesa, percebeu que a condessa estava no final de sua gravidez. Quando haviam terminado o jantar e serviam as sobremesas, Doutor Fausto falou à condessa: "Minha Senhora, sempre ouvi dizer que as mulheres grávidas têm os mais variados tipos de desejos e vontades. Eu vos peço, Vossa Graça, que não me escondais o que tereis vontade de comer". Ela lhe respondeu: "Senhor Doutor, na verdade, eu não queria esconder de vós o que desejo. Realmente, queria que agora estivéssemos no tempo do outono e que houvesse uvas e frutas para comer à vontade". Doutor Fausto diz a seguir: "Minha Senhora, isso posso providenciar facilmente. Em meia hora, Vossa Graça já poderá ter saciado sua vontade".[2] Dito isso, tomou travessas de prata e as colocou do lado de fora da janela. Depois de passado um tempo, ele pôs a mão para fora da janela e recolheu as travessas: em uma viam-se uvas vermelhas e verdes, em outra, maçãs e peras, ainda que de espécies exóticas e provenientes de terras muito distantes. Ele as ofereceu à condessa e disse: "Vossa Graça não precisa ter receio de comê-las, pois elas vêm de terras distantes, onde o verão está a findar". Então a condessa, bastante admirada, comeu com muito prazer todas as frutas e as uvas. O príncipe de Anhalt não se conteve e perguntou que tipos de frutas e uvas eram aquelas, e de onde tinham vindo. Doutor Fausto respondeu: "Digníssimo Senhor, Vossa Graça deveis saber que o ano é dividido segundo os dois hemisférios da Terra, de modo que enquanto agora é inverno para nós, no Oriente e no Ocidente[3] é verão. Pois o Céu é redondo e o Sol se encontra agora em seu ponto mais alto, por isso temos aqui dias curtos e é inverno. No Oriente e no Ocidente, porém, assim como em Saba na Índia[4] e em todas as Terras do Sol Nascente, o Sol baixa e, por isso, lá eles têm verão e duas colheitas de frutas por ano. Da mesma forma, quando aqui temos noite, lá irrompe o dia, pois o Sol se colocou abaixo da Terra. Algo semelhante acontece com o mar que se encontra e se movimenta em uma altura superior à da Terra. Se ele não tivesse de obedecer ao Altíssimo, poderia, em um instante, destruir a Terra. Dessa forma, quando o Sol se levanta para eles, para nós, ele se põe. Por saber disso, Digníssimo Senhor, para lá enviei meu Espírito, que é um Espírito voador e rápido, capaz de se transformar, no instante que quiser, e que trouxe consigo essas uvas e frutas". A tudo isso, o príncipe ouviu com grande admiração.

---

[1] Antigo condado soberano e depois ducado (até 1806), cujos senhores, após o século XIII, possuíam o status de príncipes. Localizava-se entre a região das montanhas do Harz e o rio Elba, na parte central da Alemanha, no que hoje é o Estado da Saxônia-Anhalt.

[2] Segundo Kiesewetter (1893, p. 218-19), desde a Antiguidade, como por exemplo em Plutarco, Plínio, Filóstrato e Orígenes, são encontradas narrativas acerca de suntuosas refeições mágicas.

[3] Aqui é usada uma nomenclatura que remete a Oeste e Leste (Oriente e Ocidente), o que não tem a ver com as estações do ano, mas sim com as horas do dia, o que causa estranheza na leitura.

[4] Lugar fictício.

De uma outra aventura que Doutor Fausto promoveu a fim de agradar a esse mesmo conde, fazendo surgir, por magia, um grande castelo no alto de uma colina

Antes de partir, Doutor Fausto pediu ao conde que o acompanhasse e saísse com ele pela porta, pois queria mostrar-lhe um palácio ou castelo que havia construído naquela mesma noite em suas terras e domínios. O conde admirou-se muito pelo feito e saiu em companhia de sua esposa e damas, com o Doutor Fausto, até a porta: ele viu lá, em cima de uma colina chamada Rohmbühel,[1] situada não muito longe da cidade, um castelo ou palácio bem construído, que Doutor Fausto havia feito surgir por meio de magia. Este rogou ao conde e à esposa deste que fossem até lá e que comessem pela manhã com ele, o que o conde não recusou. Esse castelo foi, então, construído por ação de magia e, ao seu redor, havia um fosso bastante profundo, cheio de água; nele se podiam ver diversas espécies de peixes e, por vezes, aves aquáticas, como cisnes, patos, garças e outras tais, as quais se viam com prazer. Nesse fosso erigiam-se quatro torres de pedra e havia dois portões, assim como um amplo pátio, onde Fausto reuniu, por meio de encantamento, todo tipo de animais, especialmente alguns que não se vê com frequência na Alemanha, tais como macacos, ursos, búfalos, camurças e outros animais estranhos. Mas havia também, entre eles, animais bem conhecidos, como cervos, javalis, corças e todo tipo de pássaros que se possa imaginar a voar e pular alegremente de árvore em árvore.[2] Depois, Fausto convidou seus hóspedes a se sentarem à mesa, serviu-lhes uma refeição magnífica e digna de rei, com comidas e bebidas de toda espécie imaginável. E a todo momento, fazia servir um conjunto de novos e variados tipos de pratos. Seu fâmulo, Wagner, era quem tinha de servir isso e era quem recebia do Espírito, que lá estava invisível; havia toda sorte de delícias, como carne de caça, pássaros, peixes e de outros animais da região (como o próprio Doutor Fausto assim o contou). Ele serviu touro, búfalo, cabra, vaca, cordeiro, carneiro, ovelha, porco, etc.; de animais selvagens, ele ofereceu para comer camurça, lebre, cervo, corça, etc. De pescado, havia enguia, barbo, arenque, bacalhau, tímalo, truta, lúcio, carpa, caranguejo, mexilhões, lampreia, linguado, salmão, tenca, e outros do mesmo tipo. De aves, mandou servir frango, pato doméstico, pato selvagem, pomba, faisão, galos selvagens, galinhas-d'angola e, além disso, galinhas, perdizes, galinha-do-mato, cotovia, sabiá, pavão, garça-real, cisne, avestruz, abetarda, codorniz, etc. De vinhos, havia os originados dos Países Baixos, da Borgonha, de Brabante, de Koblenz, da Croácia, da Alsácia, da Inglaterra, da França, da região do Reno, da Espanha, da Holanda, de Luxemburgo, da Hungria, da Áustria, da Eslovênia, de Würzburg ou Francônia, de Rivoli e de Malvasia;[3] em suma, diversos tipos de vinho que estavam lá dispostos ao redor, em cem jarras. Tal magnífica refeição foi aceita de bom grado pelo conde que, depois de comer e beber, voltou para seu castelo.[4] Ninguém parecia ter comido e bebido coisa alguma, de tanta fome que sentiam. Ao chegarem de volta à corte, horríveis tiros de canhão partiram do castelo do Doutor Fausto e o fogo alastrava-se pelo castelo, alcançando grandes alturas até que desapareceu completamente, e eles puderam ver tudo isso muito bem.[5] Então, Doutor Fausto retornou ao palácio do conde que, depois disso, o gratificou com várias centenas de táleres antes de deixá-lo partir.

[1] Lugar fictício.
[2] Johannes Gast em seu livro, *Sermones convivales* (Basel, 1548; apud Henning, 1993, p. 129), fornece alguns testemunhos de encontros com Fausto. Em um deles, noticia que Fausto forneceu grande variedade de pássaros para um cozinheiro preparar uma refeição, só que os animais não eram daquela região e nunca haviam sido vistos antes por ali. As variadas espécies de animais são mencionadas neste capítulo de acordo com um dicionário da época, *Dictionarium*, elaborado por Petrus Dasypodius, misturando-se, assim, elementos do mundo real com fastamagorias.
[3] Rivoli, cidade perto de Verona; Malvasia, cidade do Mediterrâneo.
[4] Müller (1990, p. 1.417) observa que o oferecido pela magia não é capaz de ter consequências reais, ou seja, são meras ilusões que não interferem na matéria do corpo. Assim também as relações sexuais de Fausto com os Diabos são inférteis (cf. capítulo 10).
[5] Assim se refere Kiesewetter (1893, p. 219) sobre o episódio de castelos mágicos: "Castelos encantados aparecem nas lendas da Idade Média com tanta frequência que seria redundante dar provas disso".

Como Doutor Fausto viajou com seus camaradas até a adega do bispo de Salzburg[1]

Logo depois de o Doutor Fausto se despedir do conde, retornou para Wittenberg; já se aproximava o Carnaval.[2] Doutor Fausto que era o Baco,[3] convidou para sua casa alguns estudantes. Depois de terem sido bem servidos pelo Doutor Fausto, tiveram vontade de continuar celebrando a Baco; ele, então, os convenceu de que deveriam ir juntos até uma adega, pois lá ele lhes poderia oferecer magníficas bebidas. Facilmente eles se deixaram convencer disso. Logo em seguida, Doutor Fausto pegou uma escada em seu jardim, colocou cada um sentado em um degrau dela e partiu com eles, de modo que, na mesma noite, chegaram na adega do bispo de Salzburg, onde provaram todo tipo de vinho e beberam apenas os melhores, pois, como se dizia, esse bispo tinha magníficos vinhedos.[4] Doutor Fausto havia levado consigo uma pederneira[5] para que pudessem enxergar todos os toneis. Quando eles estavam todos reunidos e de excelente humor na adega, chegou, por acaso, o mestre adegueiro do bispo, que começou a gritar, dizendo que ladrões haviam invadido a adega. Isso estragou o humor do Doutor Fausto. Ele mandou seus camaradas se retirarem, tomou o adegueiro pelos cabelos e saiu com ele dali; e quando chegaram perto de um pinheiro bem alto, ele colocou o adegueiro, que estava assustado e com muito medo, sentado lá no alto. Depois disso, o Doutor Fausto retornou com seus camaradas para casa e, antes de se despedirem, brindaram com vinho, já que Doutor Fausto havia enchido várias garrafas bem grandes na adega do bispo. O adegueiro, porém, teve de ficar se equilibrando por toda a noite no topo do pinheiro para não cair, passando muito frio. Ao raiar do dia, ele viu que o pinheiro era tão alto que seria impossível conseguir descer, pois não havia um galho sequer, nem acima nem abaixo dele. Então chamou aos gritos uns camponeses que passavam por ali e lhes contou o que havia acontecido, pedindo ajuda para descer. Os camponeses admiraram-se e foram contar a história na corte de Salzburg. Muitas pessoas vieram ajudar e, com grande esforço e trabalho, ele foi trazido para baixo por meio de cordas. Mas o adegueiro não conseguiu saber quem ele havia encontrado na adega e quem o havia levado até o topo da árvore.

---

[1] A palavra alemã para "camaradas" é *Bursch*, termo que designa os membros de uma república estudantil, ligados por elos de camaradagem. Aqui designa o grupo de alunos ligados a Fausto. O livro de Lercheimer, *Reflexões Cristãs E Lembranças De Feitiçarias*, contém episódio similar (vide Füssel; Kreutzer, 2006, p. 264).

[2] Segundo Müller (1990, p. 1.417), os partidários da Reforma no Norte da Alemanha viam o Carnaval como obra demoníaca, o que levou à publicação de vários manifestos de igrejas das localidades proibindo a realização da festa. Lefebvre exemplifica essa aversão à festa ao mencionar um dos títulos de tais publicações, escrito pelo pastor Erasmus Sacerius: "Contra a diabólica vida desordenada e bestial, como a que tem lugar na época do Carnaval" (1552; apud Lefebvre, 1970, p. 206). Os capítulos seguintes que finalizam essa parte da narrativa, quatro no total, se dedicam a narrar aventuras no período do Carnaval. Esse destaque no corpo do livro que revela o objetivo de condenar tal festividade de modo bastante contundente pode ser entendido a observação feita por Osborne (1894, p. 89) em seu livro dedicado a analisar as publicações caracterizadas como "Livros do Diabo" (*Teufelsbücher*): "A ira dos pregadores dirigiu-se naturalmente também contra a festa alucinada do Carnaval, que ainda era festejada nos territórios católicos da Alemanha de modo bastante animado, sobretudo nas regiões do Reno, e que se preservaram, para além do tempo de Lutero, também nas terras protestantes".

[3] Vestido como Baco, Fausto encarna o senhor da festa em alusão à festa da *Bacchanalia*, tradição romana de festas em honra ao deus do vinho, comemoradas em fevereiro.

[4] Mais uma vez surge o motivo de se conseguir movimentar pelos ares, só que dessa vez Fausto se vale de uma escada e não de um manto ou cavalos, o que torna a lenda motivo de troça (vide capítulo 37).

[5] Sílex capaz de produzir centelhas quando percutido ou atritado por peças de metal (Dicionário Houaiss; online).

46
Da outra noite de Carnaval, uma terça-feira

Após terem comemorado o domingo de Carnaval na casa do Doutor Fausto, aqueles sete estudantes, dentre os quais quatro eram mestres em Teologia, Direito e Medicina, foram novamente convidados para jantar na terça-feira de Carnaval (pois eram convidados bem conhecidos e queridos por Fausto).[1] Depois de haver servido a eles frango, peixe e assados, mas em porções assaz modestas, Doutor Fausto consolou seus convidados com as seguintes palavras: "Caros Senhores, vós haveis visto aqui minha parca refeição, com a qual vos deveis contentar, mas será melhor com a bebida na hora de dormir. Como bem sabeis, nas cortes de muitos poderosos, celebra-se o Carnaval com iguarias e bebidas deliciosas, das quais haveis também de provar. Esta é a razão pela qual vos servi de comida e bebida tão parcamente, de modo que não lhes foi possível saciar vossa fome: faz duas horas que coloquei em meu jardim três garrafas, uma de cinco medidas, outra com oito, e mais uma com oito, e ordenei a meu Espírito pegar vinhos húngaros, italianos e espanhóis. Da mesma forma, coloquei em meu jardim quinze travessas, uma ao lado da outra, repletas de todo tipo de iguarias, que só tenho de voltar a esquentar. E vós tendes de crer que não se trata de fantasmagoria e não pensais que estais a comer algo que não seja real".[2] Após ele ter terminado sua fala, ordenou a seu fâmulo, Wagner, que preparasse uma nova mesa, o que ele fez. Serviu cinco vezes três pratos diferentes por vez, de toda sorte de carne de caça, javalis e coisas tais. Como vinho de mesa, ele trouxe vinho italiano e como vinho fino, vinho da Hungria e da Espanha. E quando estavam todos completamente satisfeitos e fartos, ainda que tenha restado muita comida, puseram-se, por fim, a cantar e dançar, indo-se apenas ao raiar do dia para casa. Mas, pela manhã, foram convidados para o autêntico Carnaval.[3]

---

[1] A terça-feira de Carnaval é, até os dias de hoje, conforme destaca Müller (1990, p. 1.417), o ponto alto da festa no Sul da Alemanha. Em várias regiões, como no Brasil, é chamada de "terça-feira gorda" (*Mardi gras*) em referência a um costume antigo de se servir e consumir régias refeições, já que é o dia que antecede o início do período da Quaresma, fato marcado no nome do dia em alemão, *Fastnachtsdienstag*, termo composto que possui como primeiro elemento *fast*, de *fasten*, jejuar. O embate entre a vontade de festejar e a rigidez da Quaresma na época de Fausto pode ser bem exemplificado pela observação do quadro de Pieter Bruegel, o Velho, *O Combate entre o Carnaval e a Quaresma* (1559).

[2] Vide capítulo 44a, no qual se serve uma refeição que, embora farta e magnificamente servida, era fruto de feitiçaria e, por isso, não poderia saciar a fome.

[3] Na realidade, trata-se da Quarta-Feira de Cinzas, dia do início do tempo da Quaresma, época de jejum e comedimento, mas que Fausto, enquanto ateísta e profanador das tradições cristãs, caracteriza como o "verdadeiro Carnaval", fazendo, assim, uma inversão de valores religiosos em pagãos.

47
Na Quarta-Feira de Cinzas, o autêntico Carnaval

Na Quarta-Feira de Cinzas do autêntico Carnaval, os estudantes vieram novamente à casa de Fausto como convidados, onde lhes foi servida uma magnífica refeição,[1] após a qual se puseram alegremente a cantar, a dançar e a se divertir com toda sorte de entretenimentos. Quando, então, os grandes copos e jarros começaram a circular, Doutor Fausto iniciou suas fantasmagorias, de modo que eles ouviram soar no aposento todo tipo de música de cordas e ninguém conseguia identificar de onde vinha. Tão logo um instrumento cessava, ouvia-se outro; aqui um órgão, lá um positivo,[2] alaúdes, violinos, cítaras, harpas, cromornos, trompetes, charamelas,[3] pífanos; em suma, todos os tipos de instrumentos estavam presentes – e, ao mesmo tempo, os copos e canecas puseram-se para o alto a saltar. Em seguida, Doutor Fausto pegou uma dúzia ou uma dezena deles, colocou no meio da sala e todos começaram a dançar e bater uns nos outros, de modo tal que todos se destroçaram e se despedaçaram um após o outro, o que provocou uma gargalhada geral à mesa. Logo depois ele começou outro entretenimento: Mandou pegar um galo no quintal e colocou-o em cima da mesa; toda vez que lhe dava de beber, o galo começava naturalmente a cantar. E, logo depois, mais uma peça: colocou um instrumento em cima da mesa e então entrou na sala um macaco velho que começou a dançar belamente ao som da música.[4] Assim ele foi fazendo tais tipos de entretenimento até tarde da noite, quando pediu aos estudantes que ficassem para cear com ele: queria oferecer-lhes uma refeição com aves e, logo depois, ir com eles à mascarada. De bom grado, os estudantes aceitaram o convite. Então, Doutor Fausto pegou uma vara e a estendeu pela janela afora. Logo várias aves vieram voando e nela pousaram, não conseguindo mais alçar voo. Quando conseguiu prender um bom número de aves, os estudantes ajudaram-no a torcer-lhes os pescoços e a depená-las. No meio das aves, havia cotovias, estorninhos e quatro patos selvagens. Depois, então, de terem se banqueteado bravamente, foram todos juntos à mascarada.[5] Doutor Fausto mandou que cada um vestisse uma camisa branca e depois o deixassem agir. Aconteceu o seguinte: Quando os estudantes se entreolharam, cada um deles pensou que não tinha cabeça; e assim foram de casa em casa, assustando bastante as pessoas. Quando os senhores, em cuja casa eles haviam ido pegar o bolinho de Carnaval, serviam-nos à mesa, eles recuperavam sua aparência habitual e eram prontamente reconhecidos. Logo depois se transformavam novamente e tinham verdadeiras cabeças e orelhas de burro. Isso aconteceu até a meia-noite. Então voltaram para suas casas, deram o Carnaval por terminado nesse dia e foram dormir.

---

[1] Vide nota 1 ao capítulo 46.

[2] Órgão positivo, um tipo de órgão portátil.

[3] Segundo consta no Dicionário Houaiss (edição online) é um: "instrumento medieval de sopro, de timbre estridente, com o corpo de madeira cilíndrico dotado de orifícios e com embocadura de palheta, considerado o antecessor do oboé e do clarinete modernos".

[4] Presença do macaco como um dos animais que simboliza o Diabo.

[5] O autor refere-se a uma antiga tradição carnavalesca da Quarta-Feira de Cinzas, chamada "*Heischegang*", mas aqui transformada em fantasmagoria diabólica. Na região de Hessen, ia-se mascarado de casa em casa pedindo por um determinado bolinho, *Kräppel*, recheado com geleia ou mousse de frutas.

Do quarto dia de Carnaval, a quinta-feira

O último bacanal¹ deu-se na quinta-feira, dia em que caiu uma grande nevasca. Doutor Fausto foi convidado pelos *studiosis*,² que lhe prepararam uma majestosa refeição. Em seguida ele começou com uma nova aventura e fez aparecer na sala, por encantamento, treze macacos que faziam estripulias e acrobacias tão fantásticas, nunca vistas antes. Eles pularam uns em cima dos outros, como fazem os macacos amestrados, deram-se as patas e, formando um círculo, dançaram em volta da mesa. Logo depois saíram pela janela e desapareceram. Os estudantes serviram ao Doutor Fausto uma cabeça de vitela, e, no momento em que um deles começou a destrinchá-la, a cabeça de vitela começou a gritar como um humano: "Assassino! Socorro! Oh, dor! Que queres de mim?", de tal modo que todos se assustaram, mas logo começaram a rir e a comeram. Doutor Fausto foi cedo, ainda de dia, para sua casa, com a promessa de tornar a aparecer. Por meio de magia, logo se equipou com um trenó que tinha a forma de um dragão; Doutor Fausto sentou-se na cabeça e os estudantes no meio. No rabo havia quatro macacos surgidos por encantamento, que se divertiam entre si bem alegremente, um deles soprava um flautim. O trenó corria livremente para onde eles quisessem e isso durou até a meia-noite. Era uma barulheira tamanha que um não conseguia ouvir o outro, e os estudantes acreditaram ter voado pelos ares.

---

[1] Aqui no sentido de noite de Carnaval.
[2] No original "*studiosis*", referindo-se aos estudantes.

Do encantamento de Helena no Domingo Branco¹

No Domingo Branco, aqueles estudantes, mencionados antes, vieram, mais uma vez e sem avisar, à casa do Doutor Fausto para cear. Eles trouxeram consigo comida e bebida, pois eram hóspedes muito gratos. Quando o vinho foi servido, começou-se a falar à mesa sobre a beleza das mulheres. Então um deles disse que nenhuma beleza lhe agradaria mais de ver do que a da bela Helena da Grécia, motivo pelo qual a bela cidade de Troia foi à ruína.² Ela deve ter sido muito bela, já que, por essa razão, foi roubada de seu esposo, e foi o motivo pelo qual houve tamanho embate. Doutor Fausto respondeu: "Já que estais tão curiosos de ver a bela imagem da rainha Helena, esposa de Menelau, filha de Tíndaro e Leda, irmã de Castor e Pólux (a qual dizem ter sido a mais bela na Grécia), vou fazê-la surgir diante de vós a fim de que pessoalmente a vejais com a mesma forma e imagem como ela tinha em vida, assim como fiz surgir para o imperador Carlos V, a seu pedido, o imperador Alexandre, o Grande, e sua esposa".³ Em seguida, Doutor

Fausto proibiu a todos de falarem qualquer coisa, como também de se levantarem da mesa, assim como de tomarem a liberdade de saudá-la, saindo em seguida da sala. Ao retornar, a rainha Helena, que o seguia bem de perto, era tão maravilhosamente bela que os estudantes não conseguiam saber se estavam ou não de posse de seus sentidos, tão confusos e afervorados que ficaram. Essa Helena apareceu com um deleitoso vestido púrpura, quase negro; seus cabelos, ela os tinha soltos, belos e magníficos, pareciam da cor de ouro, e tão longos que lhe chegavam até a altura dos joelhos; tinha belos olhos negros, da cor do carvão, um semblante amável e uma cabecinha pequena, seus lábios eram vermelhos como cerejas, tinha uma pequenina boca, um pescoço como o de um cisne branco, bochechinhas vermelhas como rosinhas, toda a tez belamente resplandecente, com um porte esbelto e ereto. Em suma, não se podia achar nela qualquer imperfeição. Ela passou os olhos por toda a sala, e tinha uma feição marota e atrevida, de modo que os estudantes ficaram tomados de paixão, mas, como sabiam que era um Espírito, de pronto tal ardor se dissipou e Helena saiu novamente da sala com Doutor Fausto. Depois de terem visto tudo isso, os estudantes pediram ao Doutor Fausto que lhes proporcionasse um grande prazer, fazendo-a aparecer de novo no dia seguinte, pois gostariam de trazer um pintor consigo que deveria retratá-la. Porém, Doutor Fausto se negou a isso e disse que não podia despertar o Espírito de Helena a toda hora. Mas ele poderia mandar trazer um retrato dela, do qual os estudantes fariam uma cópia. Isso, então, aconteceu. E os pintores, em seguida, enviaram esse retrato a todos os lugares, pois se tratava de uma imagem de mulher maravilhosamente bela.[4] Mas nunca se soube quem fez tal quadro para o Doutor Fausto. Os estudantes, quando foram para cama, não conseguiram dormir por causa da imagem e figura que puderam ver com seus próprios olhos. Disso se depreende que o Diabo inflama o amor nos homens e os cega, de modo que se cai em uma vida promíscua, da qual não se não se sai facilmente.

---

[1] Em alemão o termo é literalmente "Domingo Branco" (*weisser Sonntag*), em alusão à expressão latina *Dominica in albis*, e refere-se ao domingo seguinte ao de Páscoa; também é conhecido como dia da festa de Quasímodo (o recém-nascido), em referência à ressureição de Cristo.

² O rapto de Helena desencadeou a Guerra de Troia.

³ O desejo de ver figuras históricas, heróis ou mulheres belas já falecidos foi mote para uma aventura anterior (vide capítulo 33).

⁴ Ao concluir em 1826 o terceiro ato da segunda parte de seu *Fausto*, Goethe o publica sob o título de "Helena. Uma Fantasmagoria Clássico-Romântica". Embora não se tenha aqui espaço para uma comparação entre esses dois episódios relacionados à presença de Helena, que retorna ao mundo dos vivos nas duas obras, mencione-se brevemente a questão da relação entre o belo e a arte presente em ambas.

De um truque de mágica que fez as quatro rodas da carroça de um camponês pularem no ar

Doutor Fausto estava a caminho da cidade de Braunschweig para a casa de um marechal de campo que sofria de tísica, pois havia sido chamado para curá-lo. Acontece que Doutor Fausto tinha o costume de não ir a cavalo, nem de carruagem, mas sim a pé para onde era chamado. Então, quando estava nas cercanias da cidade e a via diante de si, encontrou um camponês com quatro cavalos e uma carroça vazia. Doutor Fausto dirigiu-se amigavelmente a este camponês, pedindo que o deixasse sentar na carroça e ir até o portão da cidade, ao que o bruto se negou e recusou, dizendo que sem isso ele já tinha trabalho suficiente a fazer. Ora, Doutor Fausto não falava sério ao exprimir seu desejo, ele queria era colocar o camponês à prova, para saber se haveria nele alguma gentileza. Mas a tal indelicadeza, a qual se encontra amiúde entre os camponeses, Doutor Fausto pagou com a mesma moeda e disse a ele: "Tu, bruto! Infame excremento! Por ter demonstrado tal indelicadeza a mim, o que com certeza também deves ter feito e farás com outros, deves receber a devida paga, e tuas quatro rodas deverás encontrar, uma a uma, diante de cada um dos portões". A seguir as rodas pularam no ar afora, de tal modo que cada uma caiu em um dos portões, mas sem que ninguém o percebesse. Os cavalos do camponês também caíram ao chão, como se não conseguissem mais se levantar. O camponês assustou-se com isso, tomou como um castigo especial de Deus em razão de sua grosseria, ficou bastante preocupado e pôs-se a chorar. De mãos estendidas e de joelhos, pediu a Doutor Fausto desculpas e admitiu que era merecedor de tal castigo. Isso deveria permanecer-lhe na lembrança, a fim de não cometer tal grosseria novamente. Doutor Fausto se deixou compadecer diante da mostra de humildade, e respondeu-lhe, dizendo que ele não deveria mais fazer isso a ninguém, pois não há coisa mais vergonhosa do que a indelicadeza e a ingratidão, as quais se misturam com o orgulho. Então ele deveria pegar um pouco de terra e jogar em cima dos cavalos, com o que eles se levantariam e ficariam despertos, o que aconteceu. Depois disse ao camponês: "Tua indelicadeza não pode ficar sem castigo, mas sim ser paga na mesma medida. Já que te pareceu ser muito trabalhoso levar uma só pessoa em tua carroça vazia, agora terás de procurar por cada uma de tuas quatro rodas, que estão em diferentes portas da cidade". O camponês foi à procura e, como Doutor Fausto lhe havia dito, as encontrou-as com muito esforço, trabalho e deixando de lado os serviços que deveria fazer. Assim, a indelicadeza voltou-se contra seu próprio senhor.[1]

---

[1] Note-se que, aqui, Fausto é apresentado de modo singular, como um regulador da moral, tornando possível que se detecte em seu íntimo algo digno, algum resto de moralidade cristã, o que confere veracidade à cena na qual expressa seu arrependimento e uma profunda angústia.

De quatro magos que deceparam as cabeças uns dos outros e as recolocaram no lugar, na ocasião Doutor Fausto também fez das suas[1]

Por ocasião da Quaresma, doutor Fausto foi à feira de Frankfurt. Lá, seu Espírito Mefostófiles lhe contou que, em um albergue na Travessa dos Judeus,[2] estavam quatro magos que cortavam as cabeças uns dos outros e as enviavam ao barbeiro para se barbearem, e que muitas pessoas assistiam à cena. Isso deixou Doutor Fausto mal-humorado, pois ele acreditava ser o único galo no galinheiro do Diabo. Foi até lá para também assistir àquilo. Lá estavam reunidos os magos para o corte das cabeças e junto deles estava o barbeiro, que deveria limpá-las e lavá-las. Em cima da mesa, eles tinham uma vasilha de vidro com água destilada. Dentre eles estava o mago mais importante, que era o decapitador. Primeiro ele fez surgir, por encantamento, um lírio na vasilha, que nela germinou, e o chamou de "raiz da vida". Em seguida, decapitou o primeiro, mandou barbear a cabeça e depois a colocou de volta no lugar. Prontamente o lírio desapareceu, e ele tinha sua cabeça de volta. Então ele agiu da mesma forma com o segundo e com o terceiro; tão logo tinham seus lírios na água, suas cabeças eram barbeadas e recolocadas no lugar. Quando, então, era chegada a vez do mago principal e decapitador, e seu lírio florescia e germinava na água, lhe foi cortada a cabeça. Como ela foi lavada e barbeada na presença de Doutor Fausto, cuja inveja foi despertada por tal patifaria, ele ficou de mau humor por conta do orgulho do mago principal, de como ele se deixou cortar a cabeça de forma tão insolente e blasfematória, com sorriso nos lábios. Então Doutor Fausto foi até a mesa onde estava a vasilha com o lírio, tomou uma faca, cortou a flor e fendeu a haste, sem que ninguém percebesse isso. Quando os magos viram o estrago, sua magia reduziu-se a nada e eles não conseguiram mais colocar a cabeça de seu camarada no lugar. O homem malvado teve, então, de morrer em pecado e padecer, assim como, ao final, o Diabo dá a todos os seus serviçais essa mesma paga e lhes recompensa do mesmo modo. Mas nenhum dos magos soube como se havia cortado a haste da flor e também não imaginaram que Doutor Fausto tinha feito isso.

---

[1] Em nota, Füssel; Kreutzer (2006, p. 206) fazem referência à história "De um mago que treinava a habilidade de cortar e recolocar a cabeça" (*Von einem Zauberer, der die Kunst des Kopfabschlagens und -wiederansetzens übte*), encontrada no livro de Augustin Lercheimer, *Reflexões Cristãs e Lembranças de Feitiçarias* (*Christlich Bedencken vnnd Erjnnerung von Zauberey*; Heidelberg, 1585).

[2] A menção aos judeus no texto está associada a elementos diabólicos.

52
De um velho homem que quis dissuadir Doutor Fausto de levar uma vida ímpia e convertê-lo, e também de como foi pago com ingratidão

Doutor Fausto tinha por vizinho um piedoso médico cristão,[1] que vivia segundo os ensinamentos de Deus e amava as Escrituras Sagradas. Quando ele viu as idas e vindas de muitos estudantes à casa de Fausto, como se fosse um esconderijo onde tinham por morada o Diabo com seus seguidores e não Deus com seus queridos anjos, resolveu avisar ao Doutor Fausto a respeito dos seres diabólicos e ateístas. Por isso, movido por um fervor cristão, chamou-o a sua casa. Fausto foi, então, até lá. Durante o jantar, o velho falou para Fausto: "Meu caro senhor e vizinho, tenho um amistoso pedido cristão a vos fazer, não levai a mal minha fala fervorosa e não desdenhai de minha simples refeição, mas gratamente a aceitai, como Deus nos concedeu". Doutor Fausto pediu que ele expusesse suas intenções, pois ele prestaria atenção de bom grado. Então o anfitrião começou: "Meu caro senhor e vizinho, sois perfeitamente consciente de vossos propósitos, de ter negado a Deus e a todos os Santos e de se terdes entregado ao Diabo. Com isso, estais sob a cólera e a desgraça de Deus. E de um bom cristão, passastes a ser um verdadeiro herege e um Diabo. Ah! Que castigo atraístes para vossa alma! Pois que não se trata só do corpo, mas sim também da alma. Assim restareis em pena eterna e em desgraça de Deus. Ânimo, senhor! Nem tudo está perdido se voltares atrás e implorares a Deus por graça e perdão. Vejais o exemplo no Atos dos Apóstolos, no capítulo oito, sobre Simão de Samaria, que também enganou muitas pessoas, pois estranhamente foi tomado como um Deus e o chamavam de, 'a força de Deus', ou *'Simão Deus sanctus'*.[2] Mas, depois de ouvir a pregação de São Felipe, ele se converteu, deixou-se batizar, acreditou em nosso Senhor Jesus Cristo e, após isso, se manteve sempre junto a Felipe. Tudo isso foi singularmente enaltecido no Ato dos Apóstolos.[3] Então, meu senhor, deixai que minha prédica vos agrade e que se torne em vós uma sincera consciência cristã. Agora, tendes de fazer penitência e procurar graça e perdão, do que se têm muitos belos exemplos, como o do bom ladrão[4] e de São Pedro, de Mateus e de Madalena. Sim, para todos os pecadores fala Cristo, o Senhor: 'Vinde a mim, todos os que estais cansados e oprimidos, e eu vos aliviarei'.[5] E no livro do profeta Ezequiel: 'Desejaria eu, de qualquer maneira, a morte do ímpio?', diz o Senhor Deus. 'Não desejo antes que se converta dos seus caminhos, e viva?'[6] 'Eis que a mão do Senhor não está encolhida, para que não possa salvar.'[7] Peço, meu senhor, que tais palavras possam entrar em vosso coração e imploreis a Deus que vos conceda o perdão por amor a Cristo. Ficai longe de vossos maldosos propósitos, pois a magia vai contra os mandamentos de Deus, que a proíbe severamente, tanto no Velho, como no Novo Testamento. Lá Ele fala: 'Não vos virareis para os adivinhadores e encantadores; não os busqueis, contaminando-vos com eles.[8] Da mesma forma, São Pedro chama Barjesus[9] ou Elimas, o mago, de 'o filho do Diabo, cheio de todo o engano e de toda a malícia, inimigo de toda a justiça, não cessarás de perturbar os retos caminhos do Senhor?'[10] ". O doutor Fausto o ouviu com atenção e lhe disse que esse ensinamento o agradara bastante. Agradeceu pela boa intenção do velho, prometeu-lhe que o seguiria na medida do possível e se despediu. Então, quando chegou à sua casa, refletiu seriamente sobre esse ensinamento e advertência, e pensou no que havia feito com sua alma, no modo como se havia entregado ao maldoso Diabo. Ele quis fazer penitência e cancelar sua promessa com o Diabo. Em meio a tais pensamentos, surgiu-lhe seu Espírito, agarrou-o como se quisesse torcer-lhe o pescoço e lhe fez vir à lembrança aquilo que o tinha movido a se entregar ao Diabo: a saber, sua insolente petulância. Além disso, ele havia prometido a si mesmo ser inimigo de Deus e de todos os homens, mas agora não queria cumprir a promessa e seguir esse velho trapaceiro,[11] manifestando afeto a um homem e a Deus, mas já era muito tarde para isso e ele se achava nas mãos do Diabo, que tinha todo o poder para buscá-lo; e que por isso lhe havia ordenado a vir e a dar-lhe um fim, a menos que imediatamente se sentasse e de novo transmitisse, com seu próprio sangue, a propriedade de si mesmo e prometesse que não se deixaria mais advertir nem seduzir por homem algum. E ele imediatamente deveria dizer se queria fazer aquilo ou não. Caso não, ele o cortaria em pedaços. Totalmente apavorado, Doutor Fausto concordou em fazer o que se pedia a ele novamente: sentou-se e escreveu com seu sangue, como segue, tal escritura que foi encontrada, após sua morte, entre suas coisas.[12]

---

[1] Em uma das chamadas *Histórias de Erfurt* (*Erfurter Faustgeschichten*), texto anterior à edição de Spies, encontra-se um evento similar, o da tentativa da conversão, mas lá o velho senhor é um frade franciscano, Dr. Klinge, que tentou fazer Fausto se arrepender. O tema da conversão e da abdicação de uma vida plena de prazeres é central na vida de Agostinho e, por conseguinte, para as ideias de Lutero, as quais norteiam a *História*.

[2] Simão, o santo Deus.

[3] Em contraponto à conversão agostiniana, menciona-se aqui o episódio bíblico exposto em Atos 8,9-24 e presente no *Promptuarium Exemplorum* de Andreas Hondorff, livro usado como fonte para várias narrativas integrantes deste livro. Simão, um mago da cidade de Samaria, apesar de já se achar convertido à fé cristã, ofereceu dinheiro ao apóstolo Pedro em troca dos conhecimentos necessários para operar milagres, o que só seria possível por meio da fé e da graça concedida pelo Espírito Santo. A horrível morte de Simão e sua ida para o Inferno, carregado por Espíritos diabólicos, se devem ao que ficou conhecido como o pecado de simonia, o oferecimento de dinheiro em troca de concessão de graças dadas pelo Espírito Santo. Também foi tema para uma ilustração do popular livro de Hartmann Schedel, *Crônica de Nuremberg* (*Liber Chronicarum*, 1493), outra obra de referência para a construção desta *História*.

[4] Referência a um dos dois condenados junto a Cristo na crucificação (vc. Lucas 23,40-43).

[5] Mateus 11,28.

[6] Ezequiel 18,23.

[7] Isaías 59,1; semelhante em Números 11,23.

[8] Levítico 19,31; similar em Deuteronômio 18,10-12: "Entre ti não se achará quem faça passar pelo fogo a seu filho ou a sua filha, nem adivinhador, nem prognosticador, nem agoureiro, nem feiticeiro. [11] Nem encantador, nem quem consulte a um Espírito adivinhador, nem mágico, nem quem consulte os mortos. [12] Pois todo aquele que faz tal coisa é abominação ao Senhor".

[9] Em Atos 13,6: "um certo judeu mágico, falso profeta, chamado Barjesus"; Atos 13,8: "Elimas, o encantador (porque assim se interpreta o seu nome)", a quem Paulo torna cego como castigo.

[10] Atos dos Apóstolos 13,10.

[11] Inversão de valores: o senhor que queria reaproximar Fausto dos ensinamentos cristãos recebe aqui o nome de "velho trapaceiro".

[12] Isso é relatado por Lercheimer em seu livro, *Reflexões Cristãs*, de 1585, assim como a escritura de um segundo contrato. Além disso, também se encontra anotado neste livro uma tentativa sem sucesso de Philipp Melanchton em converter um jovem.

53

Segundo contrato do Doutor Fausto, tal como ele entregou a seu Espírito

"Eu, Doutor Fausto, declaro, com minha própria mão e sangue, que mantive inflexível e firmemente este meu primeiro instrumento e compromisso[1] até o 17º ano e fui inimigo de Deus e de todos os homens. Por meio deste, renuncio agora ao meu corpo e à minha alma, e entrego-os ao poderoso deus Lúcifer, de tal maneira que, ao chegar ao sétimo ano a partir desta data, ele poderá dispor de mim da forma que quiser.[2] Em paralelo a isso, ele me prometeu não encurtar, nem prolongar minha vida e também não me causar sofrimento, seja na morte ou no Inferno.[3] Além disso, comprometo-me a não obedecer nunca mais a nenhum homem, nem a escutar suas admoestações, doutrinas, correções, avisos e ameaças, quer seja pela invocação da palavra de Deus, por razões mundanas ou religiosas e, especialmente, a não obedecer a qualquer preceptor eclesiástico, nem seguir sua doutrina, a manter-me fiel e firmemente em tudo isso, de acordo com esse meu compromisso, o qual, para maior garantia, escrevi com meu próprio sangue. Data, Wittenberg, etc."

Depois de tal contrato condenável e ímpio, ele se tornou inimigo do velho e bom homem a tal ponto que quis atentar contra sua vida. Mas a devoção dele e seu modo de vida cristão deram um golpe tão forte no inimigo maligno que este nada pode fazer contra ele. Então, passados dois dias, quando o homem piedoso ia para cama, ouviu um estrondo tão grande em sua casa, como nunca antes houvera ouvido, e algo entrou em seu aposento, grunhindo como uma porca, e assim ficou ali por um longo tempo.

Em seguida, o velho homem começou a zombar do Espírito dizendo: "Oh, que música camponesa é essa! Ah, é mesmo uma bela canção de um fantasma, como um belo canto de louvor de um anjo que, por não poder ficar por dois dias no Paraíso, vem aborrecer-se nas casas de outras pessoas e não pode ficar na sua própria". Com tal ironia, ele expulsou o Espírito. Doutor Fausto perguntou a ele como tinha sido com o velho, e o Espírito lhe respondeu que ele não tinha conseguido fazer-lhe nada, porque ele estava com uma boa armadura (tinha em mente a oração).[4] Além disso, ele tinha sido sarcástico com ele, o que os Espíritos ou o Diabo não podiam suportar, sobretudo quando se lhes menciona sua queda. Assim Deus protege os cristãos piedosos, quando eles se submetem a Ele e d'Ele se valem contra o Espírito maligno.

---

[1] Vide capítulo 10.

[2] Vide capítulo 24.

[3] A promessa registrada nesse contrato não será cumprida, já que o Diabo é o "pai da mentira", conforme João 8,44: "Vós sois do Diabo, que é vosso pai, e quereis satisfazer-lhe os desejos. Ele foi homicida desde o princípio e jamais se firmou na verdade, porque nele não há verdade. Quando ele profere mentira, fala do que lhe é próprio, porque é mentiroso e pai da mentira". Isto está de acordo com o texto à margem, cuja tradução é: "Se o Diabo não fosse mentiroso e assassino".

[4] A grande arma do homem contra as tentações do Diabo seria o cultivo da fé por meio das orações, o que vai ao encontro da ideia de Lutero da *sola fide* (só pela fé), em um dos cinco fundamentos do credo protestante: *Sola fide* (somente a fé), *Sola scriptura* (somente a Escritura), *Solus Christus* (somente Cristo), *Sola gratia* (somente a graça), *Soli Deo gloria* (glória somente a Deus).

54. De duas pessoas que Doutor Fausto uniu, depois de passados 17 anos

Em Wittenberg havia um estudante de origem nobre chamado N.N., que tinha seu coração e seus olhos dirigidos a uma jovem também de boa família, nobre e de extraordinária beleza. Ela tinha muitos pretendentes, dentre os quais um jovem barão, mas a todos ela rejeitava, especialmente àquele primeiro nobre, a quem, dentre todos, ela tinha em último lugar. Ele tinha um bom relacionamento com Doutor Fausto e, com frequência, bebia e comia em sua casa; mas o amor pela jovem nobre o havia ferido de tal forma que começou a emagrecer e caiu doente. Quando Doutor Fausto soube que o nobre estava bastante doente, perguntou ao seu Espírito Mefostófiles o que havia com ele. E este mostrou toda a situação e a causa da doença. Logo depois Doutor Fausto foi visitar o nobre em sua casa e revelou-lhe a causa de sua doença, o que deixou o jovem perplexo. Doutor Fausto, então, consolou-o, dizendo que ele não deveria inquietar-se tanto e que ele ajudaria o rapaz, de modo que aquela beleza fosse sua e de mais ninguém, o que realmente aconteceu. Então Doutor Fausto, por meio de sua feitiçaria, causou tanta confusão no coração da donzela que ela não notava mais qualquer outro homem ou jovem (ainda que tivesse pretendentes muito ricos e de nobre linhagem). Logo depois disso, ele ordenou ao jovem nobre que vestisse seus melhores trajes, pois queria ir com ele até a casa da donzela, que estava sentada no meio de outras donzelas em um jardim, onde iria começar um baile e ele deveria dançar com ela. Doutor Fausto deu ao jovem um anel que ele deveria colocar no próprio dedo. Quando estivesse dançando com ela, tão logo a tocasse com o anel, ela dirigiria seu coração a ele e a nenhum outro. Mas ele não deveria pedi-la em casamento, pois ela mesma falaria sobre isso. Em seguida pegou uma água destilada e aspergiu no jovem, o qual prontamente ficou com um rosto extraordinariamente belo. Então se dirigiram para o jardim. O jovem fez como Fausto havia ordenado, dançou com a moça e tocou-a. A partir desse momento ela deu a ele seu coração e seu amor. A boa donzela foi atravessada com a flecha de Cupido, pois ela não teve um minuto de paz na cama durante toda a noite de tanto pensar nele. Logo pela manhã, bem cedo, ela mandou chamá-lo, ofereceu-lhe seu coração e seu amor, dizendo o quanto gostaria tê-lo como esposo. Ele, totalmente inflamado pelo amor, prontamente aceitou e logo celebraram o casamento; ele também trouxe para o Doutor Fausto bons presentes.[1]

---

[1] Motivo similar, a recorrência de um jovem a um mago pela conquista de uma donzela, encontra na lenda de Cipriano e Justina, mas com desenvolvimento justamente oposto, pois a fé da moça, Justina, leva o mago, Cipriano, a se arrepender de suas práticas mágicas, pedindo a interseção da Virgem Maria para livrá-lo do contrato que havia feito com o Diabo (Cf. Varazze, 2011, cap. 135. *Justina*, p. 789-93).

55

De diversos tipos de plantas que Fausto, no inverno, na época de Natal, tinha em seu jardim, no 19º ano depois de celebrado o compromisso

Em dezembro, na época do Natal, chegaram a Wittenberg muitas damas, filhas de famílias nobres, para visitar seus irmãos, que eram estudantes ali e bons amigos do Doutor Fausto, a quem haviam convidado em várias ocasiões. Para retribuir os convites, ele convidou as damas e os jovens nobres à sua casa para um brinde. Quando eles chegaram e, apesar de lá fora haver uma grande quantidade de neve, acontecia, no jardim do Doutor Fausto, um espetáculo maravilhoso e divertido, pois em seu jardim não se via neve alguma, mas sim um belo verão com todo tipo de plantas e também um gramado com todo tipo de belas flores que ali floriam e verdejavam. Lá também havia belas parreiras, com todo tipo de uvas a pender, vermelhas, brancas, rosadas além de outras flores bonitas e perfumadas. Tudo isso era um maravilhoso deleite para a visão e para o olfato.[1]

¹ O mesmo motivo, do jardim encantado no inverno, é encontrado nos livros *Compêndio de histórias* (*Epitome Historiarum*), de Wolfgang Bütner (1576), e em *Reflexões cristãs* de August Lercheimer (1585), mas em ambos, as histórias referem-se a Alberto Magno, bispo, filósofo e teólogo de Colônia, considerado por Roma como o doutor da Igreja e iniciador da Escolástica, doutrina religiosa baseada em Aristóteles. Justamente contra essa fundamentação nos ensinamentos baseados no filósofo grego, Lutero inicia suas críticas à teologia vigente por não acreditar que as verdades da fé pudessem ser compreendidas de modo profundo pela lógica filosófica aristotélica. Assim se refere Lutero a Aristóteles: "esse palhaço que, com sua máscara grega tanto enganou a Igreja" (carta a João Lang de 8 de fevereiro de 1571); "nossa Teologia e Agostinho progridem bem, com a ajuda de Deus, e predominam em nossa universidade. Aristóteles decai pouco a pouco e está sendo arruinado" (carta de 18 maio de 1571); "50. Em suma, todo o Aristóteles está para a teologia como as trevas estão para a luz." (*Debate sobre a teologia escolástica*; apud: Lutero, 1987, p.13-14). Ao conferir feições fáusticas ao fundador da Escolástica, Alberto Magno, segue-se aqui o pensamento luterano com a característica ortodoxia que permeia toda a *História*.

56

De um exército reunido contra o barão, em quem o Doutor Fausto, na corte do imperador, fez crescer chifres de cervo na cabeça, por meio de magia, no 19º ano[1]

Doutor Fausto viajou em direção a Eisleben.[2] Quando já estava na metade do caminho, viu aproximadamente sete cavaleiros que, em disparada, vinham em sua direção. Ele conheceu o capitão deles, era o barão, em quem, como contado anteriormente, havia feito crescer, por meio de magia, na corte do imperador, uma galhada de cervo na testa. O fidalgo conhecia muito bem o Doutor Fausto e, por isso mesmo, havia mandado seus cavaleiros o deterem. Doutor Fausto logo percebeu e se afastou para um lugar alto. Quando o barão viu aquilo, mandou os cavaleiros para cima dele, com a ordem de atirarem nele para valer, o que atiçou os cavaleiros a irem com mais vontade em direção a Doutor Fausto. Mas este logo desapareceu novamente de suas vistas, pois se tinha tornado invisível. O barão mandou ficarem por um tempo lá no alto da colina, a fim de esperá-lo aparecer novamente. Então ouviram, vindo da floresta lá embaixo, um forte som – sopros de trompas, trompetes e clarins junto a batidas de tambores de guerra. Viram também cerca de cem cavaleiros que vinham em sua direção, o que os fez correr dali. Quando o fidalgo, então, quis sair da colina por um caminho lateral, deparou-se com um exército completamente equipado que estava pronto a atacá-los. Tentou tomar outro caminho, mas encontrou igualmente cavaleiros montados em cavalos gigantescos à espreita. Isso aconteceu por cinco vezes; sempre que tentava escapar por um lugar, deparava-se com tropas prontas para batalha. Quando percebeu que não tinha escapatória e que se dirigiam na direção deles, arremeteu-se contra o exército, desafiando o perigo e perguntou qual seria a explicação para que, em todo lugar que fosse, encontrasse uma tropa armada a sua espera, pronta para o ataque. Mas ninguém quis responder-lhe, até o momento em que, finalmente, Doutor Fausto apareceu e cavalgou na direção deles – ele logo viu que estava totalmente cercado. Doutor Fausto impôs sua rendição, pois, caso contrário, seria tratado com extrema severidade. O barão achava que era um verdadeiro exército pronto a lhes atacar, mas era tudo um feitiço de Doutor Fausto. A seguir, este exigiu deles os arcabuzes e as espadas, tomou-lhes os cavalos, entregando em troca outros cavalos, arcabuzes e espadas encantados e disse para o barão, que não reconheceu Doutor Fausto: "Meu Senhor, o comandante desse exército me ordenou a vos dizer que, por esta vez, estais em liberdade, e que se vos achais cercados é porque estivestes a perseguir alguém que pediu ajuda a nosso comandante". Quando, então, o barão chegou ao albergue, seus criados montaram nos cavalos a fim de levá-los ao riacho para beber água, só que, chegando lá, todos os cavalos desapareceram e eles quase se afogaram, tendo de voltar a pé para casa. O barão viu os criados chegando e, quando soube o motivo, concluiu logo que se tratava de feitiçaria do Doutor Fausto, semelhante àquela que ele já lhe tinha feito antes, e que tudo acontecera para que se tornasse alvo de zombarias e chacotas.

---

[1] Esta história é similar à que se narra no capítulo 35.
[2] Cidade situada no Estado da Saxônia-Anhalt, onde nasceu Matinho Lutero.

Sobre os amores do Doutor Fausto nos seus 19º e 20º anos

Ao ver que os anos determinados em sua promessa, dia a dia, iam chegando ao fim, Doutor Fausto começou a levar uma vida porca e epicurista,[1] e invocou sete súcubas[2] diabólicas com as quais ele fornicava. Cada uma tinha uma forma diferente da outra e eram tão perfeitamente belas que não se conseguia descrevê-las. A seguir, viajou com seu Espírito para muitos reinos, pois ele queria ver todos os tipos de mulheres. Trouxe, então, consigo sete: duas holandesas, uma húngara, uma inglesa, duas suecas e uma francesa, que eram as mais belas de seus países. Com essas mulheres diabólicas ele se entregou à luxúria até seu fim.

---

[1] Os dois epítetos encontram-se na obra de Lutero em referência ao papa: "papa Epicureus" (*Conversas à mesa*; WA 3574a); "A porca do Diabo, o papa" (vide nota 8 ao capítulo 26). Logo após a assinatura desse segundo pacto, com a perda absoluta da possibilidade de se subtrair do

destino trágico, Fausto passa a viver, até o seu final, no gozo de uma "vida epicurista", entregando-se à lascívia e à libertinagem, com o afastamento contínuo de uma conduta em conformidade com os preceitos religiosos.

[2] Nome derivado do latim "*succuba*" (a que se deita por baixo). São considerados Espíritos demoníacos que surgem durante o sono a homens (súcubos) e mulheres (íncubos), incitando-os a terem com eles relações sexuais. Santo Tomás de Aquino reproduz no seguinte trecho o pensamento de Agostinho em relação a esses Espíritos: "[...] deve-se dizer o que Agostinho afirma: 'Muitos asseguram ter experiência, ou ter ouvido dizer por aqueles que a tiveram, que os silvanos e os faunos (vulgarmente chamados íncubos) muitas vezes se apresentaram a mulheres e que as solicitaram e tiveram relação sexual com elas'. [...] Entretanto, se às vezes alguns nascem de relação com demônios, não é por um sêmen produzido por eles, ou pelos corpos assumidos, mas pelo sêmen que para isso recolheram de outro homem, visto que o mesmo demônio que se faz súcubo para o homem torna-se íncubo para a mulher" (Aquino, 2005, p. 133). A crença nesses Espíritos grassava na época de Fausto e se fez presente na *Bula Papal de Inocêncio VIII* de 1484: "De fato, chegou-nos recentemente aos ouvidos, não sem que nos afligíssemos na mais profunda amargura, que, em certas regiões da Alemanha do Norte, e também nas províncias, nas aldeias, nos territórios e nas dioceses de Mainz, de Colônia, de Trèves, de Salzburg e de Bremen, muitas pessoas de ambos os sexos, a negligenciar a própria salvação e a desgarrarem-se da Fé Católica, entregaram-se a Demônios, a Íncubos e a Súcubos, e pelos seus encantamentos, pelos seus malefícios e pelas suas conjurações e por outros encantos e feitiços amaldiçoados e por outras também amaldiçoadas monstruosidades e ofensas hórridas, têm assassinado crianças ainda no útero da mãe [...]" (apud Kramer; Spencer, 2015, p. 49).

De um tesouro que Doutor Fausto encontrou em seu 22º ano[1]

A fim de que o Diabo não deixasse Doutor Fausto, seu herdeiro,[2] passar por qualquer necessidade, seu Espírito mostrou a ele uma velha capela em ruínas, que se encontrava a meia légua de distância de Wittenberg. Lá havia um porão bem profundo, onde o Doutor Fausto teria de cavar e, assim, encontrar um grande tesouro. Doutor Fausto seguiu fielmente às instruções. Quando chegou ao porão, viu uma enorme e horrenda serpente repousando em cima do tesouro, que tinha o aspecto de uma luz incandescente.[3] Doutor Fausto enfeitiçou a serpente, que se escondeu em um buraco. Quando ele desenterrou o tesouro, nada viu ali além de carvão; e ouviu e viu a seu redor muitos fantasmas. Então, o Doutor Fausto trouxe os pedaços de carvão para casa, que logo se transformaram em ouro e prata, e que, segundo o que informado por seu fâmulo tempos depois, era um tesouro de mais de 1.000 florins.

---

[1] Aqui Fausto incorpora a figura do cavador de tesouros (*Schatzengräber*), que surge combinado com um motivo bastante recorrente tanto na literatura quanto no cinema contemporâneos: a descrição das aventuras e desventuras daquele que se põe a buscar tesouros, por vezes sagrados, escondidos no seio da Terra, e o preço que tem de pagar para alçar tal achado. Müller (1990, p. 1.421) determina como referência a obra de Milichius, *O Diabo feiticeiro*, que possui um capítulo dedicado ao assunto ("O Cavador de tesouros e caçador de ouro"; vide notas 13, do "Prefácio dirigido ao leitor cristão", 1, do capítulo 32 e 1, do capítulo 37). Neste livro se interpreta que enterrar tesouros é uma demonstração de avareza e cobiça do homem e, por isso, os bens permaneceriam sob a guarda do Diabo. Dessa forma, o representante do mal teria meios para negociar com seus futuros servidores, concedendo ouro ou carvão em troca da subserviência, daí Fausto ser agraciado com o metal nobre. Consideradas como fontes para

essa história são os livros de Weyer (*Sobre os truques dos Demônios*) e de A. Lercheimer (*Reflexões cristãs e lembranças de feitiçarias*), cujos trechos se acham compilados na edição de Füssel; Kreutzer (2006), mas a versão aqui retratada está bem diferente do que nelas se encontra. Relação semelhante é estabelecida por Goethe em uma balada, "O escavador de tesouros" (*Der Schatzgräber*), escrita no ano de 1797, na qual está explícita a referência a uma conjuração e a uma assinatura com sangue de um contrato com o Diabo: "De bolsa vazia e coração enfermo, / Arrastava meus longos dias. / Pobreza é o maior dos tormentos, / Riqueza o bem maior! / E, para findar minhas dores, / Fui eu cavar um tesouro. / 'Minha alma hás de tê-la!' / Escrevi com meu próprio sangue" (Goethe, 2005; trad. minha).

[2] Essa referência pode ser interpretada pelo fato de se considerar os cristãos como herdeiros de Jesus Cristo que partilharão da graça da salvação; já a Fausto, aqui designado como herdeiro do Diabo, resta o bem terreno e a condenação eterna (Müller, 1990, p. 1242).

[3] No texto em alemão, encontra-se a palavra *Wurmb*, cujo significado etimológico é "ser rastejante", traduzida aqui por serpente. Esta figura está presente nas mais diversas mitologias e pode representar tanto um aspecto negativo quanto positivo. Se na antiga Babilônia, era a encarnação do mal; para os egípcios, era o símbolo da sabedoria. Em distintas culturas arcaicas, era o símbolo do mundo subterrâneo e do reino dos mortos. Na Índia antiga, seres em forma de serpentes eram os guardiães dos tesouros da terra. A ligação entre essa figura com o ouro é também de uso recorrente. Jacob Grimm, em seu livro sobre a mitologia germânica, relata a difusão desde a Antiguidade da imagem de um dragão, em forma de serpente alada, que repousa sobre um monte de ouro e é por ele iluminado. Assim se encontra de modo a proteger o tesouro que passou a ser designado como "cama da serpente" (cf. verbete *wurmbett* em Grimm, 1844, p. 653).

De Helena da Grécia, concubina de Fausto em seu último ano

59

A fim de que o pobre Doutor Fausto pudesse oferecer livre espaço aos apetites de sua carne, em torno da meia-noite do 23º ano após sua promessa, veio-lhe à lembrança a Helena da Grécia, que ele, várias vezes, havia feito aparecer para os estudantes no Domingo Branco. Por isso, na manhã seguinte, ele solicitou ao seu Espírito que lhe fizesse aparecer Helena, para que ela se tornasse sua concubina, o que aconteceu. E essa Helena tinha a mesmíssima forma da que ele fez surgir diante dos estudantes, com um aspecto amoroso e gracioso. Quando Doutor Fausto a viu, ela lhe prendeu o coração de tal modo que ele começou a galanteá-la e a reteve junto a ele como sua amante. E, por fim, a quis tanto que não podia separar-se dela sequer por um instante. No último ano, ela ficou grávida dele e pariu um filho, pelo que Fausto ficou imensamente feliz, e o chamou de *Iustus Faustoum*.[1] Essa criança contou ao Doutor Fausto muitas coisas que deveriam acontecer no futuro em todos os países. Porém quando Doutor Fausto morreu, a mãe e a criança desapareceram ao mesmo tempo que ele.[2]

---

[1] Fausto, o Justo. Tradução do escólio: "Questão: acaso terá sido batizado?".

[2] A observação feita por Milchsack (1893, p. CLXX), um dos primeiros críticos desta obra, ainda nos parece de valia para o entendimento desta cena que é a última cena de grande magia que se encontra na *História* e traz consigo, segundo o crítico, a intenção de conferir maior credibilidade ao caráter de mago e feiticeiro demoníaco de Fausto, retornando-se ao tom condenatório do início do livro. A *História* tomou de empréstimo várias caracterizações dos seres diabólicos contidas no livro de Milichius (*O Diabo feiticeiro*) e, a partir disso, elabora uma associação da figura feminina grega, expressão máxima da beleza, com esses elementos, circundando-a com uma aura de sexualidade que a aproxima de um Espírito sexual como a súcuba (vide nota 2, do capítulo 57). Dessa forma, a imagem de Helena surge envolta em uma aura erótico-libidinosa que na época se costumava atribuir às bruxas. O Espírito renascentista adquire, assim, um caráter também demoníaco. Daí essa associação com Helena intentar reforçar a marca de associação diabólica, conforme se traçou na lenda de Simão, o mago, que tomou por amante e companheira uma prostituta que afirmava ser a reencarnação de Helena e que ele, em sua companhia, difundia doutrinas perversas (conforme interpretado por diversos teólogos do início do cristianismo; vide Waitz, H.; 1904). Essa passagem da *História* foi determinante para Goethe no texto *"Helena". Um Entreato para o "Fausto". Um Anúncio.*(*"Helena". Zwischenspiel zu "Faust". Ankündingung*; 1827) escreveu o seguinte: "A antiga lenda diz [...] que Fausto, em sua potente altivez, exigiu de Mefostófiles a posse da bela Helena da Grécia e que este, apesar de algumas resistências, satisfez seu desejo". [Goethe, apud Henning, 1993, p. 82). Esta é uma referência indireta a esta passagem já que Goethe não se baseou diretamente na edição de Spies, mas sim na de Pfitzer (1674) e na edição anônima de 1725, *Das Faustbuch des christlich Meynenden* (O livro de Fausto daquele que segue o pensamento cristão), para a elaboração do terceiro ato da segunda parte de seu *Fausto*, no qual oferece uma interpretação completamente distinta acerca da união entre o mundo antigo e o moderno-renascentista por meio da relação Fausto–Helena, aqui retratada como puramente sexual e portanto, demoníaca.

Agora segue o que Doutor Fausto fez com seu Espírito e com outros no último período de sua vida, que foi o 24º e último ano de seu contrato

Do testamento do Doutor Fausto, no qual ele designa seu criado, Wagner, como seu herdeiro

Durante todo aquele tempo, até o 24º e último ano de seu contrato, Doutor Fausto havia criado um jovem rapaz que estudava em Wittenberg e que tinha visto todas as aventuras, encantamentos e artes diabólicas de seu senhor, Doutor Fausto.[1] Além disso, ele era um moço pervertido e malvado, que, ao chegar em Wittenberg, começou a vida mendigando e, por causa de sua natureza malvada, ninguém quis acolhê-lo. Esse Wagner se tornou, então, o fâmulo do Doutor Fausto, e servia-lhe tão bem, que, tempos depois, Doutor Fausto chamou-o de seu filho. Ele ia para onde Fausto quisesse e com ele partilhava as comilanças e os regabofes. Quando o tempo com o Doutor Fausto se aproximava do fim, este mandou vir um tabelião e vários mestres que estavam frequentemente em sua companhia, e legou a seu fâmulo a casa com o jardim, junto à casa dos Ganser e de Veit Rodinger, ao lado do Portão de Ferro, na Schergassen, junto à muralha da cidade.[2] Igualmente lhe legou

1.600 florins em cartas de crédito, uma propriedade rural no valor de 800 florins, 600 florins em dinheiro vivo, uma corrente de ouro no valor de 300 coroas e talheres de prata que trouxera de várias cortes, em especial do papa e da corte do sultão da Turquia, que valiam cerca de 1.000 florins. Não tinha mais nada especial na casa, pois ele não tinha ficado muito tempo por lá, mas sim em tabernas e casas de estudantes, onde passava dia e noite a comer e a beber. E, assim, seu testamento foi lavrado e sacramentado.

---

[1] Vide capítulo 9.
[2] Não se tem notícia desta localização, provavelmente fictícia.

Doutor Fausto conversa com seu criado sobre o testamento

Quando o testamento foi então lavrado, Doutor Fausto chamou seu criado e lhe explicou como havia constituído seu testamento, já que ele, por sua vez, lhe havia servido muito bem durante sua vida e não tinha revelado seus segredos a ninguém. Por isso, ele poderia pedir ainda mais uma coisa, que Doutor Fausto lhe concederia. Então o fâmulo expressou o desejo de possuir suas habilidades mágicas. A isso Fausto lhe respondeu: "No que se refere a meus livros, eles te foram já legados, contudo não para que os divulgues, mas sim para que deles tires proveito e estudes aplicadamente o que neles está. Além disso, se desejas a posse de minhas habilidades mágicas, hás de recebê--las, caso tenhas apreço para com meus livros e não os empreste a ninguém, mantendo-os junto a ti. Porém", disse doutor Fausto, "como meu Espírito Mefostófiles não tem mais a obrigação de me servir, não posso, por isso, dá-lo a ti, mas poderei arranjar-te um outro Espírito, conforme desejares". Logo depois disso, no terceiro dia, ele chamou novamente seu fâmulo e lhe perguntou se ele ainda mantinha sua intenção de ter um Espírito, e como seria a forma na qual ele deveria aparecer. Ele respondeu: "Meu senhor e pai, na forma de um macaco de estatura bem grande". A seguir surgiu um Espírito, na forma e estatura de um macaco que começou a pular na sala. Doutor Fausto falou: "Olha, agora o vês, porém ele não te obedecerá; apenas o fará após minha morte, quando meu Espírito Mefostófiles for tirado de mim e não o vires mais, e também se mantiveres a tua promessa, como se espera de ti. Então deves chamá-lo de Urian,[1] pois este é seu nome. Por outro lado, peço a ti que não reveles minha arte, minhas ações e aventuras, até eu estar morto. Depois disso, escreva tudo e reúna em um livro todas as histórias; nesta tarefa te ajudará teu Espírito Urian, e o que esqueceres, ele te relembrará, pois por ti irão conhecer minha história.[2]

---

[1] Em alemão o nome é *Auwerhan* que significa em latim *tetrao urogallus*, denominação dada a um galo silvestre, semelhante a um grande faisão. No *Dicionário Grimm* consta um dito popular: *"sagt man: der auerhahn balzt, steigt, springt an, tritt zu baume"* [diz-se: o galo auer está no cio, sobe, pula e vai para cima da árvore], daí sua correlação com a figura do macaco, o qual também é uma das formas do Diabo. Goethe se vale do nome "Senhor Urian" na cena "Noite de Valpúrgis" no *Fausto I*. Seguimos o texto goethiano e mantivemos aqui a tradução de *Auwerhan* como Urian, nomeando assim esse Espírito diabólico.

[2] Em 1593 surge o chamado *Wagnerbuch* (Livro de Wagner): *A Outra Parte da História do Doutor Johann Fausto, Escrita por Fâmulo Christoff Wagner* (*Ander Theil D. Johann Fausti Historien Von Seinem Famulo Christoff Wagner*; 1593), do qual existe apenas um único exemplar na Biblioteca Estadual de Munique.

De como Doutor Fausto, na época em que lhe restava apenas um mês de vida, foi tomado de um violento desespero, passando a se lamentar e suspirar sem cessar por sua existência diabólica

Para Doutor Fausto, as horas passavam como areia na ampulheta do tempo. Ele tinha apenas um mês diante de si, pois seus 24 anos estavam chegando ao fim, e era quando teria de se entregar ao Diabo de corpo e alma, como se contou antes. Então, Doutor Fausto tornou-se calmo, e era como se fosse um assassino ou ladrão preso, que recebesse a sentença na cela e que devia se preparar para entrar no corredor da morte. Então, tomado de medo, começou a chorar e a falar consigo mesmo, fazendo gestos com as mãos, gemendo e suspirando. Emagreceu e raramente ou nunca se deixava ver. Não queria nem ver seu Espírito, nem o ter perto de si.[1]

---

[1] Serão, ao todo, cinco capítulos em sequência dedicados aos lamentos de Fausto e que reforçam o gesto da sua condenação peremptória, diante da qual só lhe restam a melancolia e o desespero sem qualquer esperança. Neste ponto, Lefebvre destaca a diferença da situação de Fausto em relação à doutrina luterana, já que, para Lutero, há uma relação positiva entre graça e desespero: "[...] *antequam scirem, quam salutares illa desperatio et quam gratiae propinqua*" ("Antes eu soubesse quão salutar aquele desespero e quão próximo do reconhecimento"; Lutero, apud Lefebvre, 1970, p. 210).

Lamento do Doutor Fausto por ter de morrer ainda sendo um homem jovem e cheio de vida

Essa tristeza moveu Doutor Fausto a colocar por escrito seus lamentos, para que não os esquecesse. Este é um dos lamentos que escreveu:

"Ai, Fausto! Coração atrevido e sem valor, que levas teus companheiros à condenação pelo fogo, quando podias ter gozado da bem-aventurança que amanhã perderás. Ai, razão e livre-arbítrio, a tantos sofrimentos expusestes meu corpo, ao qual nada mais resta do que aguardar a privação da vida! Ai, meus membros e tu, ainda jovem corpo, razão e alma minhas, lamentem-se por mim, pois poderia ter-vos dado ou livrado desse castigo e ter alcançado a redenção com vossa ajuda. Ah, amor e ódio, por que haveis entrado em mim ao mesmo tempo e por cuja presença tenho de sofrer tal dor?! Ai, misericórdia e vingança, por qual motivo me concedestes tal paga e humilhação? Oh, raiva e compaixão, por acaso nasci homem com o propósito de sofrer, por minha própria culpa, esse castigo que vejo de pronto a vir? Ai! Ai! Pobre! Existe alguma coisa no mundo que não esteja contra mim? Ai! De que me servem meus lamentos?"[1]

[1] Interessante analisar as lamentações, pois nelas estão expostas as características que levaram Fausto à condenação. Aqui são mencionados pareados: razão–imprudência; livre-arbítrio–temeridade. A ousadia de Fausto de eleger a razão e o livre-arbítrio como diretrizes para seus atos o afastaram, segundo a concepção ortodoxa luterana, da fé e da graça divina, às quais o homem tem de confiar seu destino.

64
Outro lamento do Doutor Fausto

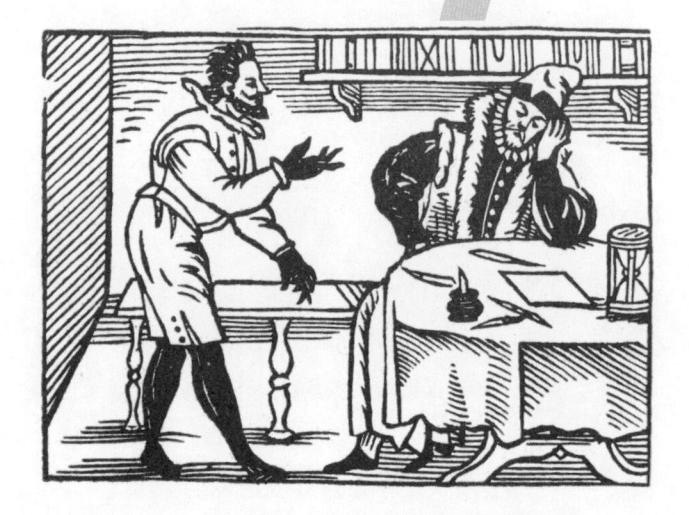

"Ai! Ai! Ai! Homem digno de pena que sou! Oh! Triste e desgraçado Fausto! Estás bem no meio dos desventurados, pois te esperam as incomensuráveis dores da morte! Muito mais terríveis do que qualquer outra criatura tiver suportado em meio à dor. Ai! Ai! Razão, imprudência, temeridade e livre-arbítrio! Oh! Vida maldita e inconstante! Oh! Tu, cego e imprudente, que tornaste teus membros, teu corpo e tua alma tão cegos como tu mesmo és. Oh! Mundana volúpia, a quais tormentos me conduziste, cegando-me e obscurecendo-me os olhos! Ai, meu fraco ânimo, tu, minha alma aflita, onde está teu discernimento? Oh, terríveis tormentos! Oh, desesperada esperança, a qual hei de renunciar para sempre! Ai, aflições e mais aflições, lamentos e mais lamentos! Dores sem fim! Quem há de me salvar? Onde devo proteger-me? Onde posso esconder-me? Para onde devo fugir? Sim, esteja onde estiver, serei sempre um prisioneiro!" Em seguida, o pobre Fausto ficou tão triste que não pôde mais falar.

Como o Espírito do mal atormenta o aflito Doutor Fausto com estranhas zombarias e ditos populares

Assim que terminou de se ouvir o lamento anterior, apareceu a Doutor Fausto seu Espírito Mefostófiles, que dele se aproximou e falou: "Tu bem sabes que, segundo as Sagradas Escrituras, deverias adorar e servir a somente um Deus e não colocar outros deuses ao lado Dele, nem à Sua esquerda, nem à Sua direita. Mas isso não o fizeste; pelo contrário, tu tentaste teu Deus, foste abandonado por Ele, tu O renegaste e te comprometeste de corpo e alma. Por isso tens de cumprir a promessa; e presta atenção nestas minhas rimas:

    Se de algo sabes, é melhor calar
    Se estiveres bem, deixe assim ficar.
    Se algo tiveres, preserve-o bem
    A má sorte em breve vem.
    Por isso cala-te, sofra, padeça e suporte,

Tua má sorte a nenhum homem lamente.
É tarde demais, em Deus não tenha mais esperança,
Tua má sorte a cada dia mais te alcança.¹

    Assim o é, meu Fausto, não é bom comer cerejas com os grandes Senhores e o Diabo, pois eles costumam cuspir os caroços na cara dos outros, como bem vês agora.² Por isso, deverias ter-te afastado dele, teria sido melhor para ti teres ficado fora da linha do tiro, mas teu altivo cavalinho te deu um coice; tu desperdiçaste o talento que Deus te deu, não te contentaste com isso e chamaste o Diabo para tua mesa. Achaste, durante todos esses 24 anos, que tudo que reluzia era ouro e acreditaste em tudo o que o Espírito te disse, por isso ele te colocou um guizo no pescoço, como se faz com um gato. Olha! Tu eras uma bela criatura de Deus, mas as rosas fenecem rapidamente, quando as temos nas mãos a cheirar. De quem comeste o pão, a canção tens de entoar. Jejua até Sexta-feira Santa, pois logo é Páscoa. O que invocaste não acontecerá sem consequências. Uma salsicha assada tem dois finais. Não é bom andar pelo gelo do Diabo. Tiveste uma má índole, o que atraiu outras tais. O gato não permite ratices. Quem muito afia deixa marcas. Enquanto a colher está nova, o cozinheiro a usa, depois, quando fica velha, ele a usa para remexer o estrume, e então esse é o seu fim. Não se deu o mesmo contigo? Tu que foste a colher nova do Diabo agora já não és mais útil. Pois o mercado deveria ter-te ensinado a comprar. Além disso, não te deixaste contentar com o pouco que Deus te deu. Mais ainda, meu Doutor Fausto, que presunção desmedida tu mostraste! Em todas tuas ações e em toda tua conduta, chamaste a si mesmo de amigo do Diabo. Por isso, apronta-te, pois Deus é o Senhor; o Diabo, apenas um abade ou um monge. Arrogância nunca fez bem. Querias ser o João Valentão das ruas, mas a tolos tem-se de pôr a correr a cacetadas. Quem tudo quer tudo perde. Quem quer jogar boliche tem de se abaixar. Deixai que meus ensinamentos e advertências penetrem em teu coração, mesmo que te pareças estar tudo perdido. Nunca devias ter confiado no Diabo, pois ele é o macaco de Deus, é também um mentiroso e um assassino. Por isso, deverias ter sido mais esperto. Valer-se de xingamentos atrai danos e a pessoa está perdida; custa muito ensinar a uma pessoa. Precisa-se de um albergador bem esperto, caso se queira albergar o Diabo. Para dançar, precisa-se mais do que um par de sapatos. Caso não tiveste perdido Deus de vista e te contentado com os dotes que ele te concedeu, não terias de dançar conforme esta música. Não tiveste te submetido tão facilmente à vontade do Diabo e nele acreditado, pois quem facilmente crê é logo enganado. Agora o Diabo limpa a boca e vai embora. Tu te deste como garantia com teu próprio sangue, agora se tem de executar a penhora. O que deixaste entrar por um ouvido saiu pelo outro". E quando o Espírito se satisfez de zombar de Fausto, desapareceu imediatamente e deixou Fausto sozinho e confuso, imerso em profunda melancolia.[3]

---

[1] Para Könneker (1967, p. 206), esse capítulo é "um dos mais estranhos [...] e um dos mais refinados capítulos". Nele soa o contraste da simplicidade e banalidade dos ditos populares com o escárnio frio do Diabo com o qual a sentença de Fausto é anunciada. As diversas histórias em tom de anedotas que antecederam aos lamentos deram um tom mais suave ao livro que, ao seu final, é, assim, suspenso com o retorno ao tom de condenação veemente da primeira parte, reforçando a ideia de que o Espírito, assim como o Diabo, está a serviço do mal. As palavras do Espírito, conforme caracteriza Könneker, soam como "chicotadas" em Fausto. A crítica aponta duas fontes para esses versos: o livro de Aurifaber, *Conversas à* (*Tischreden*), e a prédica XII de Mathesius (1841, p. 262). Entretanto os dois últimos versos possuem sentido inverso do que lá se encontra: "Não perca a fé em Deus / Tua sorte te chega todos os dias" (Aurifaber, apud Müller, 1990, p. 1.244), contribuindo para o reforço do cinismo da fala do Espírito.

[2] Segundo Stark (2011, p. 86): "numa época na Idade Média em que o preço das cerejas era muito alto na Alemanha, comê-las era privilégio da aristocracia. Se um nobre convidava um de seus vassalos para comer cerejas, costumava cuspir no rosto dele os caroços para demonstrar sua superioridade".

[3] Como mencionado anteriormente, a melancolia não surge como elemento positivo conforme o é para Lutero.

Lamento do Doutor Fausto acerca do Inferno e suas indescritíveis penas e sofrimentos

"Oh! Eu, pobre condenado! Por que não sou um animal que morre sem alma, para que depois não tivesse mais nada a temer? Agora o Diabo toma de mim corpo e alma e me coloca em uma indescritível escuridão de tormentos. Pois tal como as almas têm beleza e alegria em si mesmas, eu, desgraçado, tenho, como também os condenados, de sentir um horror insondável, fetidez, dificuldades, ignomínia, temor, hesitação, dores, aflição profunda, pranto, choro e bater de dentes.[1] Por isso, todas as criaturas e entes de Deus estão contra nós, e temos de suportar o desprezo eterno dos santos. Ainda tenho na lembrança de haver, tempos atrás, perguntado ao Espírito sobre a danação e de ele me ter dito que haveria uma grande diferença entre os condenados, pois os pecados são desiguais.[2] E, continuando a falar, disse que, assim como o joio, a madeira e o ferro são queimados pelo fogo, um mais fácil, o outro, porém, mais difícil; também os condenados ardem de modo diferente nas chamas do Inferno. Ai, tu, condenação eterna! Também inflamada pela cólera de Deus, és de fogo e calor, que não necessitas de ser atiçada por toda a eternidade. Oh! Quanta tristeza, aflições e dores nos aguardam, com o pranto dos olhos, ranger dos dentes, fetidez no nariz, lamento nas vozes, assustar-se dos ouvidos, tremor das mãos e pés! Ai! Queria tanto abdicar do Céu, se pudesse assim escapar das penas eternas! Ai! Quem poderá salvar-me do fogo indescritível dos condenados? Como não haverá ajuda, como de nada servirá me arrepender pelos pecados, como não haverá descanso nem de dia nem de noite, quem poderá poupar-me dos sofrimentos? Onde está meu refúgio? Onde estão minha proteção, ajuda e amparo? Onde está meu sólido castelo?[3]

De quem posso esperar consolo? Não dos bem-aventurados de Deus, pois tenho vergonha de me dirigir a eles. Não me seria dada qualquer resposta; pelo contrário, tenho de proteger minha face deles, para que não possa ver as alegrias dos eleitos. Ai! Por que lamento, já que não virá qualquer ajuda? Já que não conheço nenhum consolo para o lamento? Amém! Amém! Eu bem quis assim! Agora tenho de sofrer pelo desprezo."

---

[1] Vide Mateus 13:, 49-50: "[49] Assim será na consumação dos séculos: virão os anjos e separarão os maus dentre os justos. [50]. E lançá-los-ão na fornalha de fogo; ali, haverá pranto e ranger de dentes".

[2] Aqui Fausto se refere ao acontecido no capítulo 16.

[3] Alusão ao cântico de Igreja, "Um sólido castelo é nosso Deus", composto e escrito por Lutero em 1529, uma versão do Salmo 47 e que possui um grande valor simbólico para o credo protestante: "Um sólido castelo é nosso Deus, / Uma boa defesa e arma. / Ele nos ajuda a livrar de toda penúria, / que agora nos atinge" (*Ein feste Burg ist unser Gott, / ein gute Wehr und Waffen. / Er hilft uns frei aus aller Not, / die uns jetzt hat betroffen*).

67

Segue agora o final horrível e assombroso do Doutor Fausto, que há de servir de exemplo para todos os cristãos, os quais devem disso se proteger

Os 24 anos do doutor Fausto transcorreram e, justamente nessa semana, apareceu-lhe o Espírito, entregou-lhe seu contrato ou compromisso, dizendo-lhe que o Diabo viria pegar seu corpo na próxima noite e que ele deveria preparar-se para isso. Doutor Fausto se lamentou e chorou por toda a noite, de modo que o Espírito surgiu novamente nessa mesma noite e lhe disse: "Meu Fausto, não sejas assim tão covarde! Tu perdeste teu corpo e não terás muito tempo até teu julgamento. Ao final terás de morrer, ainda mesmo que vivesses cem anos. Os turcos, ou judeus e outros imperadores não cristãos também morrerão e também serão condenados. Além disso, ainda não sabes o que te foi imputado! Anima-te e não fraqueja tanto assim! O Diabo não te prometeu que te daria um corpo e uma alma de aço, e que não irias sofrer como os outros condenados?". Essas e outras foram suas palavras de consolo a Fausto, ainda que todas falsas e contrárias às Sagradas Escrituras. Doutor Fausto nada mais sabia do que, em razão de sua promessa e de seu compromisso, tinha de pagar com sua própria pele. Nesse mesmo dia, em que seu Espírito lhe dissera que seria pego pelo Diabo, ele foi encontrar-se com seus mais próximos companheiros, mestres, bacharéis e outros estudantes que outrora lhe haviam visitado muitas vezes. A eles, Doutor Fausto pediu que fossem juntos até o vilarejo de Rimlich,[1] a meia milha de Wittenberg. Eles iriam passear e fazer uma refeição por lá. Todos aceitaram. Então, foram para lá juntos e fizeram uma refeição matinal com pratos deliciosos e vinho, servidos pelo estalajadeiro. Doutor Fausto ficou feliz na companhia deles, mas não de todo coração. Pediu-lhes, mais uma vez, que lhe fizessem um agrado, comendo à noite com ele, e que passassem toda a noite em sua companhia, pois ele tinha algo muito importante a lhes dizer.[2] Eles aceitaram de pronto e jantaram com ele. E quando eles fizeram o brinde de despedida, Doutor Fausto pagou o estalajadeiro e pediu aos estudantes que fossem com ele a um outro aposento, onde ele queria lhes dizer algo. Assim aconteceu e, então, Doutor Fausto disse para eles o seguinte:

---

[1] É uma cidade inventada pelo autor. Segundo várias fontes que se detêm em traçar a trajetória do Fausto histórico, ele morreu por volta de 1541 na cidade de Staufen.
[2] Notório contraponto à Santa Ceia, jantar de Jesus Cristo com seus discípulos.

68

Oratio Fausti ad Studiosos[1]

"Meus caros confidentes e mui benévolos senhores, o motivo de tê-los chamado é o seguinte: Pelos tantos anos que me conheceis, já sabeis o tipo de homem que sou, instruído em várias artes e magias, as quais não possuem outra origem, a não ser aquela, vinda do Diabo. A este prazer diabólico ninguém me levou a não ser a má companhia daqueles que se utilizam de tais artifícios, assim como minha carne e sangue indignos, minha vontade obstinada e ímpia, e pensamentos diabólicos de altos voos que pus em minha própria mente.[2] Esse é o motivo pelo qual, durante vinte e quatro anos, tive de me prometer ao Diabo de corpo e alma. Agora, esses anos findam nesta noite, e a ampulheta do tempo está diante de meus olhos, de modo que saberei quando é chegado o fim e quando ele me virá buscar, o que ocorrerá nesta mesma noite, pois, por duas vezes, de forma tão cara e com meu próprio sangue, me comprometi com ele. Por isso, chamei a vós, caros e benévolos senhores amigos, para não esconder de vós minha partida e, antes de chegar meu fim, convosco fazer o brinde de despedida.[3] Ainda vos peço, caros e benévolos irmãos e senhores, que saudeis fraternal e afetuosamente de minha parte a todos os amigos, que não mantenhais de mim uma má lembrança e, caso vos tenha alguma vez ofendido, que me desculpeis de coração. No que se refere às aventuras que tive nesses vinte e quatro anos, encontrareis tudo relatado por mim mesmo e tende na memória, durante todos os vossos dias, meu horrível fim como exemplo[4]. Que mantenhais Deus à vossa vista e que Ele vos proteja das mentiras e artimanhas do Diabo e que Ele não queira vos pôr à prova diante da tentação. Pelo contrário, mantenham-se fiéis a Ele e não O abandonem como eu, homem ateu e condenado, que a Ele renunciei, e reneguei ao batismo e aos sacramentos de Cristo, ao próprio Deus, a um Deus que nunca almeja que qualquer homem se perca, a todo o exército celeste e aos homens. Não vos deixeis seduzir pelas más companhias, como aconteceu comigo, visitai assídua e diligentemente a igreja, vencei e combatei a todo instante ao Diabo, com toda a boa-fé em Cristo, e tende uma conduta de vida abençoada por Deus.

Finalmente, e para terminar, meu pedido amigo é: ides repousar e dormis tranquilamente, e não vos deixeis inquietar por nada; e, ainda que escuteis um estrépito e violento ruído vindo de minha casa, não vos assusteis, nem vos levanteis da cama pois nenhum mal vos acontecerá. Assim que encontrardes meu corpo morto, fazei com que ele seja sepultado na terra. Morro agora como um mau e como um bom cristão: como um bom cristão por sentir um sincero arrependimento e sempre pedir do fundo do coração por perdão, a fim de que minha alma possa ser salva; como um mau cristão, porque sei que o Diabo levará meu corpo, e o deixarei com gosto fazer, contanto que deixe então a alma em paz. Agora peço-vos que vos recolhais na cama e vos desejo uma boa noite, porém a mim, aguarda uma noite desgostosa, má e horrenda."

Essa declaração e explanação foi feita pelo Doutor Fausto com seu ânimo pleno de coragem, a fim de que eles não vacilassem, não se assustassem, nem se acovardassem. Os estudantes, porém, admiraram-se sobremaneira ao ver que ele fora tão audacioso a ponto de haver posto em perigo corpo e alma, apenas pela vontade de fazer patifarias, pela pretensiosa curiosidade e pelo apreço pela magia. Eles sentiram muito por isso, já que tinham bastante apreço por ele e falaram: "Ah! Meu Senhor Fausto, o que vos levastes a manter silêncio por tanto tempo e nunca terdes nos revelado isso! Nós poderíamos ter-vos salvo e vos arrancado da rede do Diabo por intermédio de sábios teólogos, mas agora já é tarde para o pesar de vossos corpo e alma". Doutor Fausto respondeu que não lhe era permitido fazer isso, apesar de várias vezes ter tido vontade de fazê-lo, de dirigir-se a pessoas crentes em Deus e pedir-lhes conselhos e ajuda: "Como quando meu vizinho[5] me aconselhou a seguir seus ensinamentos, afastar-me da magia e converter-me. E quando estava disposto a fazer isso, veio o Diabo e quis levar-me, como o fará esta noite, e disse que tão logo soubesse de minha conversão a Deus, ele me mataria de um golpe só". Quando então ouviram isso de Fausto, disseram-lhe que, por não haver outra alternativa, ele deveria clamar por Deus e pela vontade de seu querido Filho, Jesus Cristo, pedir-Lhe perdão e falar: "Ah! Deus, tenhas piedade desse pobre pecador e não me leves ao tribunal, pois não posso me defender perante a Ti. E ainda que deva entregar meu corpo ao Diabo, queiras preservar minha alma!", no caso de Deus querer interceder. Então ele disse que concordava com eles e se dispôs a rezar. Mas ele não conseguia fazê-lo, pois, como Caim, ele achava que seus pecados eram grandes demais para lhe serem perdoados.[6] Assim também, Doutor Fausto pensava que havia sido muito imprudente ao assinar seu compromisso. Aqueles estudantes e bons senhores, ao darem bênção a Fausto, começaram a chorar e se abraçaram. Doutor Fausto, porém, permaneceu no aposento; quando os senhores se recolheram, ninguém conseguia dormir direito, pois queriam ouvir a partida. Aconteceu que, entre meia-noite e uma da madrugada, um vento forte de tempestade entrou pela casa adentro, envolvendo-a e tudo ao seu redor, como se tudo fosse ser destruído e ela, arrancada do chão. Muito assustados, os estudantes pularam da cama e começaram a consolar uns aos outros, ainda que nenhum deles quisesse sair do quarto. O estalajadeiro correu de sua casa a uma outra. Os estudantes estavam do lado do aposento onde se encontrava Doutor Fausto, e ouviram um assobio e um sibilar arrepiantes, como se a casa estivesse cheia de cobras, víboras e outras serpentes venenosas; nisso a porta do aposento onde estava Doutor Fausto se abriu e ele começou a gritar "Socorro! Assassino!", mas logo a voz foi diminuindo, até que não se ouviu mais nada. Quando chegou o dia, os estudantes, que não dormiram nada durante a noite, entraram no aposento onde estava Doutor Fausto, mas não o acharam mais ali; tudo o que viram foram jorros de sangue por toda a parte, o cérebro estava colado na parede, pois o Diabo o jogara de uma parede a outra, e também acharam seus olhos e alguns dentes por lá – um espetáculo horrível e espantoso. Os estudantes começaram, então, a lamentar a sorte de Doutor Fausto e a chorar, procurando-o por toda a parte. Por fim, encontraram seu corpo lá fora, junto ao esterco, o que era horrível de se ver, pois a cabeça e todos os seus membros pendiam esquartejados.

Esses mestres e estudantes mencionados, que estiveram presentes na morte de Doutor Fausto, pediram que ele fosse enterrado naquele vilarejo. Logo depois retornaram para Wittenberg e se dirigiram para a casa de Doutor Fausto. Lá encontraram seu fâmulo, Wagner, desesperado pelo destino de seu senhor. Eles encontraram também o manuscrito desta *História de Fausto*, escrita por ele, conforme havia dito anteriormente. Tudo, mas sem o seu final, e também o que fora escrito por seu fâmulo, já que ele editou um novo livro. E, naquele mesmo dia, não se encontrou mais qualquer vestígio da encantada Helena, que, com seu filho, desapareceu. Dali em diante, sua casa tornou-se tão estranha, que ninguém mais pôde morar nela. Doutor Fausto aparecia em pessoa a seu fâmulo durante a noite e lhe revelava muitas coisas secretas. Pessoas dizem tê-lo visto espiar pela janela, quando passavam por ali.

Assim termina toda a verídica história e magia do Doutor Fausto, da qual todo cristão deve obter ensinamento, especialmente aqueles cuja mentalidade e intenção sejam plenas de altivez, orgulho, pretensiosa curiosidade e atitude desafiadora, e para aprenderem a temer a Deus e esquivarem-se de magias, conjurações e outras obras do Diabo, que Deus proibiu severamente; e também a não receber o Diabo como convidado, nem de lhe dar espaço, como Fausto o fez. Pois que o horrível exemplo de seu contrato e de seu fim nos sirva aqui de lição, que estejamos livres de tal prática, que amemos apenas a Deus e o tenhamos sempre à vista, orando somente a Ele, servindo-O e amando-O de toda alma e de todo o coração; com todas as forças, pôr-se contra o Diabo e recusar a todos os seus seguidores, para alcançar a bem-aventurança eterna por Cristo. Amém, amém. Isso desejo a todos do mais fundo de meu coração. Amém.

Primeira Epístola de Pedro 5,8.

"Sede sóbrios, vigiai, porque o Diabo, vosso adversário, anda em derredor, bramando como leão, buscando a quem possa tragar; ao qual resisti firmes na fé."

[1] Título no original em latim: "Oração de Fausto aos estudantes".
[2] Segundo Müller (1990, p. 1.425), essa passagem se encontra em referência a Provérbios 23,5: "Porventura, fitarás os olhos naquilo que não é nada? Porque, certamente, isso se fará asas e voará ao Céu como a águia", referindo-se ao uso da capacidade racional no lugar da fé para reger os atos humanos.
[3] O texto no original refere-se ao *"Johanns Trunck"* (gole de João), pois existia um vinho, chamado de *"Johanniswein"* (vinho de João) que se costumava beber antes da despedida; também se relaciona ao gole de vinho que se bebe em homenagem a João Evangelista, significando o alcance de algo espiritual ou fisicamente benfazejo. (vide Füssel; Kreutzer; Hans Henning)
[4] Tal intenção se encontra no frontispício da *História*, contribuindo para a verossimilhança da obra.
[5] Vide capítulo 52.
[6] Gênesis 4,13.

Ordem dos capítulos e do assunto principal contido em cada um deles[1]

1. História do Doutor Johann Fausto. Nascimento e estudos, do mui famoso mago e nigromante
2. Doutor Fausto, um médico, e como conjurou o Diabo
3. Segue a disputa do Doutor Fausto com o Espírito
4. Outra disputa de Fausto com o Espírito, chamado Mefostófiles
5. A terceira conversa do Doutor Fausto com o Espírito sobre sua promessa
6. Doutor Fausto deixa cair seu sangue em um cadinho, coloca-o sobre carvões em brasa e escreve o seguinte
7. Contra a desobediência do Doutor Fausto, que sejam ditos os seguintes versos
8. Sobre as diversas formas com as quais o Diabo aparece a Fausto
9. Dos serviços prestados pelo Espírito ao Doutor Fausto
10. Doutor Fausto quis se casar
11. Pergunta do Doutor Fausto a seu Espírito Mefostófiles
12. Uma disputa entre o Céu e suas espeluncas
13. Uma outra pergunta do Doutor Fausto sobre o governo dos Diabos e seu principado
14. Pergunta sobre como era a aparência dos anjos caídos
15. Nova disputa do Doutor Fausto com seu Espírito Mefostófiles sobre o poder do Diabo
16. Uma disputa acerca do Inferno, chamado de Geena, de como foi criado e de sua aparência, e também do sofrimento que existe nele
17. Uma outra pergunta que Doutor Fausto fez ao Espírito

Segue agora a segunda parte desta *História* sobre as aventuras de Fausto e outras questões

18. Doutor Fausto, um fazedor de calendários e astrólogo
19. Uma pergunta ou disputa acerca da arte da astronomia ou astrologia
20. Sobre o inverno e o verão

21. Sobre o movimento do Céu, ornamentos e origem
22. Uma pergunta do Doutor Fausto sobre como Deus criou o mundo e sobre o nascimento do primeiro homem, pergunta para a qual o Espírito, seguindo sua natureza, deu uma resposta completamente falsa
23. Ao Doutor Fausto foram apresentados todos os Espíritos infernais em sua própria forma; dentre eles, sete principais que foram chamados por seus próprios nomes
24. De como Doutor Fausto viajou até o Inferno
25. Como Doutor Fausto viajou até os astros, pelo espaço afora
26. Terceira viagem do Doutor Fausto a diversos reinos e principados, assim como a importantes países e cidades
27. Sobre o Paraíso
28. De um cometa
29. Das estrelas
30. Uma questão acerca da natureza dos Espíritos que atormentam os homens
31. Uma outra questão acerca das estrelas que caem na Terra
32. Sobre o trovão

Segue a terceira e última parte das aventuras do Doutor Fausto, do que ele fez e praticou com sua nigromancia na corte de diversos soberanos. Por fim também sobre seu final, pavoroso e pleno de lamentos, e sua despedida

33. Uma história sobre o Doutor Fausto e o imperador Carlos V
34. Doutor Fausto enfeitiça um cavaleiro, colocando uma galhada de cervo em sua cabeça
35. Como o mencionado cavaleiro quis se vingar do Doutor Fausto, mas não conseguiu
36. Doutor Fausto devorou a carga de feno de um camponês, com a carroça e os cavalos
37. De três nobres condes que Doutor Fausto levou pelo ar até Munique, segundo o desejo deles de assistir ao casamento do filho do príncipe da Baviera
38. Como o Doutor Fausto tomou dinheiro emprestado de um judeu, dando-lhe como caução seu próprio pé, que ele mesmo cerrou na presença do judeu
39. Doutor Fausto engana um mercador de cavalos

40. Doutor Fausto devora um monte de feno
41. Sobre uma briga entre doze estudantes
42. Uma aventura com camponeses bêbados
43. Doutor Fausto vendeu cinco porcos, cada um a 6 florins
44. Sobre as aventuras do Doutor Fausto na corte do príncipe de Anhalt
44 a. De uma outra aventura que Doutor Fausto promoveu a fim de agradar a esse mesmo conde, fazendo surgir, por magia, um grande castelo no alto de uma colina
45. Como Doutor Fausto viajou com seus camaradas até a adega do bispo de Salzburg
46. Da outra noite de Carnaval, uma terça-feira
47. Na Quarta-Feira de Cinzas, o autêntico Carnaval
48. Do quarto dia de Carnaval, a quinta-feira
49. Do encantamento de Helena no Domingo Branco
50. De um truque de mágica que fez as quatro rodas da carroça de um camponês pularem no ar
51. De quatro magos que deceparam as cabeças uns dos outros e as recolocaram no lugar, na ocasião Doutor Fausto também fez das suas
52. De um velho homem que quis dissuadir Doutor Fausto de levar uma vida ímpia e convertê-lo, e também de como foi pago com ingratidão
53. Segundo contrato do Doutor Fausto, tal como ele entregou a seu Espírito
54. De duas pessoas que Doutor Fausto uniu, depois de passados 17 anos
55. De diversos tipos de plantas que Fausto, no inverno, na época de Natal, tinha em seu jardim, no 19º ano depois de celebrado o compromisso
56. De um exército reunido contra o barão, em quem o Doutor Fausto, na corte do imperador, fez crescer chifres de cervo na cabeça, por meio de magia, no 19º ano
57. Sobre os amores do Doutor Fausto nos seus 19º e 20º anos
58. De um tesouro que Doutor Fausto encontrou em seu 22º ano
59. De Helena da Grécia, concubina de Fausto em seu último ano

Agora segue o que Doutor Fausto fez com seu Espírito e com outros no último período de sua vida, que foi o 24º e último ano de seu contrato

60. Do testamento do Doutor Fausto, no qual ele designa seu criado, Wagner, como seu herdeiro
61. Doutor Fausto conversa com seu criado sobre o testamento

62. De como Doutor Fausto, na época em que lhe restava apenas um mês de vida, foi tomado de um violento desespero, passando a lamentar-se e suspirar sem cessar por sua existência diabólica
63. Lamento do Doutor Fausto por ter de morrer ainda sendo um homem jovem e cheio de vida
64. Outro lamento do Doutor Fausto
65. Como o Espírito do mal atormenta o aflito Doutor Fausto com estranhas zombarias e ditos populares
66. Lamento do Doutor Fausto acerca do Inferno e suas indescritíveis penas e sofrimentos
67. Segue agora o final horrível e assombroso do Doutor Fausto, que há de servir de exemplo para todos os cristãos, os quais devem disso se proteger
68. *Oratio Fausti ad Studiosos*

---

[1] Essa relação de capítulos está presente na edição original de Spies.

Posfácio

Assim chamado Doutor Fausto. De Rembrandt (1652).

A História do Doutor Johann Fausto ou a história de uma modernidade condenada

Magali Moura

A partir do final do século XV e de meados do século XVI, a história, ou melhor, as histórias sobre Fausto começaram a se tornar parte integrante do imaginário popular alemão, oriundas daquela região da Alemanha,[1] onde se testemunharam episódios aventureiros de pessoas que peregrinavam de cidade em cidade; oferecendo serviços tais como a confecção de mapas astrológicos, indicações de épocas propícias para cultivo de determinadas plantas e alimentos, previsão de mau tempo e catástrofes, concessão da vida eterna, transformação de metais comuns em ouro, conquista de seres amados e tantas outras coisas. Esses desejos tinham algo em comum: expressavam a ânsia por aquilo que não poderia ser alcançado sem uma mediação, sem o intermédio de outrem, conhecedor de certos ritos mágicos pagãos ou de segredos não revelados a qualquer um. Esses homens, mistos de tratantes, enganadores, alquimistas e astrólogos, tidos pelos religiosos da época como feiticeiros, acabaram por ter suas aventuras enfeixadas em torno de uma só figura. Mas, para além de ser inserida na categoria de embusteiro e aventureiro, essa figura também se inscrevia em um cenário que representava a seriedade douta, assumindo traços que espelhavam características de personalidades da época tais como Paracelso[2] e Heinrich Cornelius Agrippa von Nettesheim.[3] Desta forma, passamos a ter uma figura que congraça e simboliza diversos matizes dos desejos e do empenho humano. Todos, tanto doutos como embusteiros, acabaram por tornarem-se um só, o pactário Fausto. Histórias ricas em picardia contadas de boca em boca misturaram-se com histórias sobre as questões que moviam o conhecimento e acabaram por construir um mito, tornado objeto das letras em 1587, quando Johann Spies editou, montando letra por letra em sua tipografia, o marco inicial dessa figura literária. É este o livro traduzido pela primeira vez para a língua portuguesa que ora se apresenta ao público brasileiro.

Nele estão condensadas as primeiras histórias de Fausto que dão mostras não só da relação do homem com o mundo, como também ajudam a construir uma autoimagem do humano, conforme se apresentava na época renascentista em solo alemão. Como espelho do impacto que a publicação e a personagem exerceram na época, Christoph Helferich, em sua *História da filosofia* (2006, p. 144), caracteriza esse momento na Alemanha como o "Renascimento fáustico". Também J. M. van der Laan e Andrew Weeks, ao nomearem a recente coletânea versando sobre a literatura e cultura alemãs da época renascentista, lhe deram o título de *"Faustian Century"* (Século fáustico). A pródiga vida que esta personagem exercerá no terreno das letras pode ser bem justificada pela amplitude que a figura de Fausto congrega:

> As antigas lendas de magos e as histórias de feiticeiros e demônios compõem uma parte do *Livro popular do Doutor Fausto* (*Volksbuch vom Doctor Faust*). Elas serão dispostas em torno da figura de um homem letrado do Humanismo alemão. A outra, são temas e tendências da segunda metade do século XVI: impulso para o conhecimento, que também não se detém diante de forças sobrenaturais; desejos de domínio das forças cósmicas e das esferas do além. (Rupprich, 1973, p. 190)

Segundo Watt (1997, p. 16), a *História do Doutor Johann Fausto* é uma narrativa que representa uma época de passagem, referindo-se à transição da Idade Média para o Humanismo renascentista, momento histórico em que se dá o desenvolvimento do pensamento individualista moderno: "Uma história tradicional largamente conhecida no âmbito da cultura, que é creditada como uma crença histórica ou quase histórica e que encarna ou simboliza alguns dos valores básicos de uma sociedade". Fausto surge, assim, junto com o homem moderno, possuindo tanto matizes do pensamento do mundo que se despedia, quanto de pretensões daquele que se iniciava. Entretanto, muitas leituras acadêmicas, sobretudo as feitas ao longo do século XIX e as do início do século XX, concebiam esse primeiro Fausto apenas como uma figura pálida, um simples charlatão, mero precursor da portentosa personagem retratada na obra de Goethe. A figura imponente de Goethe impedia que se desse importância àquela há muito esquecida narrativa. Não o haviam considerado, como o fazem a crítica contemporânea, como um homem que cristalizava em si essa nascente forma de ver e estar no mundo: "uma encarnação das forças novas que impulsionavam a mudança" (Watt, 1997, p. 26). E também ainda não havia surgido no cenário das letras o vigoroso romance de Thomas Mann, *Doutor Fausto* (1943-1947), que, por meio de vários elementos, resgatou a primeira narrativa sobre o pactário, acomodando a narrativa renascentista a episódios da sua própria época. Anos antes, a versão cinematográfica dirigida por F. W. Murnau, *Fausto, uma lenda popular*, de 1926, um marco do cinema expressionista alemão, cujo roteiro mescla a obra de Goethe com a *História*, também havia, de certa forma, contribuído para que fosse dada certa atenção para a antiga narrativa.

A primeira edição comentada da *História* surgiu em 1868, editada por August Kühne. Em 1911, Robert Petsch elaborou a segunda e, poucos anos depois, em 1914, foi lançada a edição de Josef Fritz com o acréscimo das chamadas "Histórias de Erfurt".[4] Ainda em 1993, Hans Henning, um dos maiores pesquisadores sobre o tema fáustico, teceu o seguinte comentário acerca das pesquisas dedicadas ao livro de Spies: "[é] um capítulo da história da literatura alemã negligenciado pela crítica" (Henning, 1993, p. 51).[5]

A dificuldade daquela primeira crítica, em ver Fausto como um misto de homem moderno com o antigo, deveu-se, em parte, pela associação estreita da personagem com a magia, manifesta pelo estabelecimento de um pacto com o Diabo e de sua recorrência ao representante do mal como revelador de conhecimentos e capacidades interditos ao homem.[6] Segundo Behringer (2003, p. 12), a fim de minorar os efeitos da aculturação dos povos de população pagã no início da Idade Média, sobretudo os de origem celta e germânica, certas formas de magia foram conscientemente adaptadas pela Igreja: "comum a todos os povos germânicos era a crença na força da magia e também na magia com fins de prejudicar outra pessoa". Essa crença era antiga, mas já vinha sendo, ao longo do tempo, posta em dúvida. Já na época do Império Romano, muitos pensadores da República manifestaram suas dúvidas em relação à eficácia desses ritos, o que demonstra a separação entre as crenças populares e as da intelectualidade. Como exemplo da interdição de artes mágicas dos povos germânicos, citemos aqui a *Lex Baiuvariorum* [Lei dos Bávaros], promulgada entre os séculos VI e VIII, que legislava contra feitiços que tinham por intenção prejudicar a colheita de vizinhos, sob pena de uma multa em dinheiro: "Se alguém por meio de artes mágicas (*maleficis artibus*) maldisser a colheita de grãos de outra pessoa, o que se chama de '*aranscarti*', e for pego, terá que pagar 12 xelins. E terá que prover por um ano a família da pessoa, cuidar de seus bens e animais" (apud Riedl, 1998, p. 22). A magia era parte cotidiana dos povos germânicos, e os primeiros textos encontrados e considerados como exemplos da língua alemã antiga são os "Encantamentos de Merseburgo" (*Merseburger Zaubersprüche*), versos que deveriam ter como efeito mágico a libertação de prisioneiros.[7] Ainda segundo Behringer, era forte a presença da magia no cotidiano do povo alemão do século XVI: "Tal confiança na magia e em sua própria força não era, no século XVI, de forma alguma algo marginal. [...] O predomínio da 'cultura popular da magia' permaneceu, apesar da Inquisição, da Reforma e da Contrarreforma, relativamente inquebrantável" (Behringer, 2003, p. 14, trad. minha).

Importante ressalvar que nem sempre os ritos mágicos foram considerados alheios e avessos à cristandade. Certas formas de magia foram conscientemente adaptadas pela Igreja nos primeiros tempos da difusão do catolicismo em terras germânicas no início da Idade Média a fim de minorar os efeitos da aculturação dos ditos povos pagãos. Entretanto, ao final dessa época, sobretudo a partir do século XII, tal tolerância já não era tão comum. A força da Inquisição começou a ser empregada para coibir práticas consideradas como cultos ao Diabo, ritos que eram comuns não só no espaço de fala alemã, como em toda a Europa. Behringer (2003, p. 15) comenta a existência de uma "cultura popular da magia" no século XVI: "Por toda parte da Europa se realizavam atos de magia pela população, [...] objetos mágicos e fórmulas mágicas podiam ser recitadas de cor". Magos alcançavam grande reputação, como, por exemplo, Christoph Gostner, estalajadeiro em Sexten em Pustertal (Tirol), levado a julgamento em 1595 com sua esposa por bruxaria. Após uma contenda, foi acusado por um vizinho de fazer encantamentos relacionados ao tempo (*incantatio tempestatum*). Através do inventário do que foi encontrado em sua casa, feito após uma inspeção judicial, podemos ter ideia de como era a morada de um tal mágico: "A casa estava entulhada até o teto de ingredientes para feitiços e que saiam aos borbotões de arcas, caixinhas e de saquinhos. Por toda a parte se encontravam folhas com estranhos hieróglifos; fetiches ou amuletos dos mais variados tipos surgiam de caixotes, pendurados no teto estavam ervas, essências, bichos embalsamados [...]" (Doering-Manteuffel, 1996, p. 75). Por seu intermédio, as pessoas esperavam alcançar benefícios na vida terrena, não querendo esperar pela felicidade após a morte. Tais "sacerdotes seculares" ofereciam ajuda em situações relacionadas à vida de cada um, não oferecendo, portanto, um serviço geral, mas sim individualizado. De modo geral, as pessoas procuravam, por meio da magia, a realização de seus próprios desejos. Por isso, os magos populares faziam concorrência aos padres e pastores. O pentagrama tinha um significado para a população quase similar ao símbolo da cruz. Por um lado, ao longo da Idade Média, as antigas divindades pagãs foram substituídas por santos católicos e, de outro lado, deuses como Donar, Wotan e outros se transformaram em espíritos diabólicos, variações da representação do Diabo. Entretanto subsistiram algumas crenças no ideário medieval como a crença em fadas e espíritos do lar, em voos noturnos de bruxas, e em lendas como a da caçada selvagem, da Senhora Berchte (Senhora Holla).[8]

O grande período de caça às bruxas na Alemanha começou após 1560. Até meados do século XV se conheciam ritos mágicos que eram ligados a poções de amor, fórmulas para tratar doenças ou resolver problemas ligados ao tempo, como inundações, estiagens, etc. Também se costumava falar de outros fatos de cunho mágico: voos noturnos, transformações em animais, etc. Vários livros foram publicados sobre os aspectos do Diabo, seu poder e seus meios de conquista. A segunda metade do século XVI é a época na qual grassavam em solo alemão essas publicações, conceituadas depois por estudiosos desse tipo de livro como "Livros do Diabo" (*Teufelsbücher*).

Nesses livros, com histórias curtas, didáticas e, no mais das vezes, divertidas, no estilo das narrativas medievais, o Diabo era representado por demônios individualizados, dispostos a atrair pessoas incentivando suas vaidades, paixões e anseios. Influenciadas por esses demônios particulares, as pessoas desenvolviam determinadas ações caracterizadas como pecaminosas. Eram levadas a fazer de tudo para conseguir dinheiro, a beber, caçar, vestir roupas esquisitas (como a *Hosenteufel*),[9] jogar, a praticar feitiçarias, conjurar e também a entrar em estados tidos por destrutivos como a melancolia. Ao todo, foram publicados 38 livros desse tipo de narrativa e podem ser divididos em três grupos temáticos: tratados sobre pecados morais e maus hábitos (repletos de "Diabos especializados" em incentivar a beber, responsáveis por estranhos modismos, por amaldiçoar, por levar ao jogo, à caça, à diversão como dançar, desenvolver mesquinhez, preguiça, arrogância, mentiras, palavrões e melancolia); outros se referiam ao matrimônio e à família (os demônios do casamento, de mulheres, domésticos, da preocupação, de servos); outros ainda se dirigiam à demonologia e à vida da Igreja (sobre o Céu e o Inferno, conjurando Diabos necromânticos, Diabos inteligentes ou eruditos, demônios sacramentais, pestilentos e dedicados a fazer perjúrios). Os livretos impressos de maneira atraente, com letras de fácil leitura e pouco texto, com uma capa contendo uma figura impressa por xilogravura, na maioria das vezes representando o ser diabólico na companhia das pessoas que ele está "tentando". A palavra "Diabo" (*Teufel*) geralmente aparecia no título, impressa em preto ou às vezes em preto e vermelho.

Segundo Williams (2006), esses pequenos livros logo se tornaram um negócio lucrativo para gráficas de muitas cidades, particularmente em Frankfurt do Oder, Leipzig, Eisleben e Frankfurt do Main (que manteve a liderança na produção desse tipo de livro durante o último quarto do século XVI). Segundo Muchembled (2001, p. 148), com o surgimento de tal literatura, desenvolvia-se "um mecanismo de recalque das pulsões, alicerçado em noções concretas de culpa veiculadas pelas obras literárias e artísticas, que retomavam as temáticas do ensino religioso".

A população alemã da época era de cerca de 20 milhões e, em registros de livreiros, a venda dos tais livretos era bem rentável, de 5 a 15% de tudo que era vendido em termos de material impresso. O auge desse tipo de publicação se deu entre 1545 e 1604, no período após a morte de Lutero e de fixação do ideário protestante, a cujos representantes se atribuía a maioria da autoria desses títulos (um total de 32). Registrou-se a publicação de trinta títulos originais e 110 reedições destes, o que implicava cerca de 24 mil exemplares circulando em solo de fala alemã. Entretanto esse movimento ficava restrito ao público que sabia ler, o que excluía as camadas populares, sobretudo as do campo, fora do espaço citadino, que eram alcançadas, todavia, pelas histórias orais, criadas a partir daquelas narrativas impressas. Isso atuou na unificação da visão de mundo das camadas médias e superiores da sociedade, formando uma unidade pautada pelo medo de ser enganado pelo Diabo (Muchembled, 2001).

Motivado pelo lucro proporcionado pelas vendas, o impressor Sigmund Feyerabend editou em 1569 a primeira coletânea de vinte "Livros do Diabo", intitulada *Theatrum Diabolorum* [Teatro do Diabo], lançada na Feira do livro de Frankfurt. Nos anos de 1575 e 1587/88, foram editadas também por ele a segunda e terceira edições. Esta última coletânea se esgotou no ano de 1590, sendo o sucesso de vendas o principal motivo para as subsequentes edições:

> A decisão da Feyerabend de reunir livros do Diabo em um grande volume produzido de forma luxuosa baseou-se em sua própria experiência positiva em vendas. Ele tinha vendido 1.220 folhetos de demônios, entre eles 232 de casamento, 203 de apostas, 180 de xingamentos e 151 de caça. Apesar de seu preço bastante alto de 3 taler, as edições encadernadas do *Theatrum Diabolorum* logo tiraram do mercado os livros de demônios avulsos. Feyerabend visava a leitores tanto instruídos quanto acadêmicos, pastores e oficiais da Igreja. O título *Theatrum* era, na época, bastante moderno e apelava para uma tendência crescente de reunir grandes quantidades de informação em um volume enciclopédico. (Williams, 2006, p. 274)

Uma aproximação entre o *Theatrum Diabolorum* e *A História do Doutor Fausto* pode muito bem ser estabelecida por meio de uma série de elementos. A coletânea reúne textos que pretendem esclarecer e informar acerca da atuação e eficácia dos distintos tipos de Diabos, com considerações sobre a origem, os nomes, os tipos de poder que possuem e o lugar onde residem. Estas são algumas questões postas por Fausto a seu Diabo, Mefostófiles. O ímpio possui um Diabo particular que o serve, como os encontrados naquelas narrativas. Além disso, a teatralidade que muito bem caracteriza o livro de Fausto é bastante similar às espetaculares aparições e feitos dos demônios dos *Teufelsbücher*. O primeiro livro da coletânea, *Der Teufel selbst* [O próprio Diabo; originalmente publicado em 1568] de Jodocus Hocker, um pastor protestante, é um pequeno tratado demonológico de 27 capítulos onde se compartilha a opinião de Johann Weier (*De Praestigiis Daemonum*; Sobre os truques do demônio; 1563)[10] de que a bruxaria pode ser considerada, na maioria dos casos, como uma questão de medicina e não teológica.[11] Segundo Baron (1992), apesar da postura de Weier, de atribuir a causa de comportamentos condenáveis na época a doenças (melancolia), ele contribuiu para o arrefecimento do discurso condenatório das práticas mágicas como obras inspiradas por demônios: "Weier incitava as autoridades a perseguir esses mágicos" (p. 128), o que, de certa forma, colaborou para que se dirigisse o foco dos ataques religiosos para o elemento masculino, como o feiticeiro Fausto, desviando-se um pouco da disseminada caça às bruxas. Na edição de seu livro de 1568, Fausto surge como mais um dentre tantos outros feiticeiros, tidos como grandes pecadores.

Uma visível aproximação que se pode vislumbrar entre os *Teufelsbücher* e a *História* dá-se através da imagem acrescentada na edição de 1564 do *Zauber Teuffel* [O Diabo feiticeiro], do pastor protestante Ludovicus (Ludwig) Milichius, livro que, a partir de 1569, passa a ser editado inserido na coletânea de Feyerabend. Como subtítulo do livro, consta que se trata de um "relato bem fundamentado sobre feitiçaria, predições, conjurações, orações, superstições, bruxaria e todo tipo de obras do Diabo".¹²

Figura 1: Recorte do frontispício do livro de Milichius, O Diabo feiticeiro

No frontispício das duas edições, vê-se a seguinte cena: em meio à natureza, encontra-se um estudioso, postado no meio de um círculo mágico desenhado no chão, provavelmente por ele, com uso do bastão que segura na mão esquerda. Ele admira, com olhar sério e curioso, um vidro que segura na mão direita, dentro do qual se vislumbra uma espécie de minúsculo animal, o que nos lembra também do homúnculo no *Fausto II* de Goethe, o que era um dos propósitos dos experimentos alquímicos, conforme se encontra em escritos de Paracelso. Diante dele se encontra um Diabo composto por uma mistura de formas animalescas que, com ar de troça e membro ereto, segura um espelho diante do estudioso, onde se vê o reflexo do seu próprio traseiro. Ao fundo da gravura, no lado direito, está um outro ser demoníaco (representando provavelmente uma bruxa), de formas sinuosas e dotado de asas, chifre e rabo, concentrado em mexer com um bastão algo dentro de um caldeirão do qual emanam ou confluem elementos ou forças.[13]

São vários os elementos contidos na gravura que irão remeter à narrativa editada por Spies anos depois, por isso, muitas vezes, essa ilustração é utilizada como se fosse uma referência direta ao pactário, em razão da presença nela de elementos nodais da trama fáustica: Diabo, alquimia, feitiçaria. Entretanto, apesar dessas semelhanças, conforme assinala Max Osborne (1965), a figura de Fausto não era tão difundida assim em textos impressos, já que não foi mencionado diretamente em nenhum dos *Livros do Diabo* editados por Feyerabend. Apenas três episódios relacionados a vida de Fausto se encontram relatados no livro de Johann Weier, *De Praestigiis Daemonum* [Sobre os truques do demônio, 1563]. Segundo Baron (1992, p. 128), "Weier via Fausto como um grande pecador e foi o primeiro a trazer seu nome para o debate sobre bruxaria".

Publicações desse tipo se tornaram populares não só pela influência do pensamento de Martinho Lutero e de teólogos protestantes, mas também pela popularização do texto dos inquisidores Heinrich Kramer e James Sprenger, *Malleus Maleficarum. O martelo das feiticeiras*. Neste livro fica clara a tendência de se manter uma dominação ideológica patriarcal amparada na condenação da sexualidade e da mulher, como detentora de saberes antigos.[14] Conforme informa Rose Marie Muraro (2015, p. 18): "Muitos escritores estimaram que o número total de mulheres executadas subia à casa dos milhões, e as mulheres constituíam 85% de todos os bruxos e bruxas que foram executados". Por sua vez, a condenação da sexualidade levará a uma falta de consciência do corpo e de suas necessidades, o que gera um "corpo dócil do futuro trabalhador, que vai ser alienado do seu trabalho e não se rebelará" (Muraro id. ib.). O movimento de encarceramento da sexualidade abarcou não só preceitos religiosos e morais, como também deu a medida para o exercício da medicina e para a instituição dos direitos criminais, tutelando e controlando sobretudo as mulheres (Muchembled, 2001). Na *História*, a mulher surge apenas como a que desperta o apetite sexual. Em primeiro plano, está um feiticeiro, deslocando-se do cenário as bruxas.

A importância de textos doutrinadores e reguladores do corpo e da mente se dá pelo fato de o paganismo ainda grassar em meados da Idade Média, e os controles morais do cristianismo não terem prevalecido de forma total: "Os quatro séculos de perseguição às bruxas e aos heréticos nada tinham de histeria coletiva, mas, ao contrário, foram uma perseguição muito bem calculada e planejada pelas classes dominantes, com o objetivo de conquistar maior centralização e poder" (Muraro, 2015, p. 19).

Em acordo com vários críticos, este livrinho sobre a história do pactário se inscreve em um rol de tipo de textos com fins de domesticação ideológica. Acredito que a instituição do mito de Fausto através das mais variadas versões dessa saga, desde sua mais tenra idade até a contemporaneidade, pode ser interpretada como uma forma de exposição às avessas dos conflitos da modernidade, assim como aqueles do sistema econômico que nela se desenvolveu, ou seja, do capitalismo. Transgredir as leis teológicas merece uma condenação, assim como tornar realidade os desejos humanos ligados à sexualidade e ao conhecimento: "Bruxas e magos (como Fausto) supostamente tinham um pacto com o Demônio. [...] Tudo o que estivesse fora da vivência do povo simples requeria uma explicação em termos fantásticos. Ser culto era anormal, de modo que um homem culto devia ser um mago" (Burke, 2010, p. 213). A popularização da figura demoníaca e a exposição em narrativas populares de seus artifícios dirigidos a tentar e conseguir submeter o homem a seu domínio serviam como uma das formas mais eficazes de dominação e controle das massas. É o período que Muchembled fixou como o de fomento e prevalecimento do medo em relação ao demoníaco no espaço europeu, sobretudo pelo receio de se fracassar individualmente no combate às forças demoníacas. As pessoas passam a ter medo de si: "O medo de si mesmo foi o motor principal da evolução, da década de 1550 até por volta de 1650" (Muchembled, 2001, p. 146). Os métodos de dominação naquela época eram tão eficazes que várias pessoas se entregavam espontaneamente aos tribunais inquisitoriais para confessarem alianças demoníacas: "[...] na Inglaterra por exemplo, pessoas foram, por si mesmas, encontrar juízes para acusar-se. Outras confessaram espontaneamente um comércio espantoso com Espíritos malignos.

Outros ainda, negando a evidência, obstinaram-se em confessar crimes que não haviam cometido" (Delumeau, 2011, p. 568-69). Assim se dividiam os homens entre submissos e não submissos, considerado demoníaco tudo aquilo que servia para instrumentalizar uma transgressão das determinações sagradas. A pureza da crença e a verdade contida nas Escrituras Sagradas teriam de ser preservadas por meio da disseminação de uma consciência do pecado e do temor em relação a tudo aquilo considerado como uma aproximação de seus intentos. Nesse sentido vemos a presente narrativa como uma dessas tentativas de controle ideológico, pondo em xeque o bem mais precioso desse novo tempo que se iniciava: a descoberta da individualidade.

Entretanto essa vontade de se valer da magia ou do sobrenatural como meio de alcançar sortilégios e conhecimentos não era propriamente moderna e sim típica do mundo medieval e antigo. Segundo Adorno (2008),[15] o pensamento mágico-ocultista tem de ser necessariamente rechaçado para que se penetre no mundo dos conceitos, do pensamento racional, o que é típico da forma de ver o mundo a partir da Era Moderna. Para que aconteça o primado da razão em detrimento do primado teológico-ocultista, é necessário que sejam banidos os livros de magia, assim como expressa o filósofo alemão com a peremptória afirmação que inicia seu texto intitulado "Teses contra o ocultismo", no qual critica as tendências ocultistas no início do século XX: "A tendência para o ocultismo é um sintoma de regressão da consciência"(Adorno, 2008, p. 236).

Mais adiante, Adorno expressa sua decisiva recusa do modo de pensar o mundo baseado em meios não racionais como um meio de obscurecer a razão: "Se a realidade objetiva parece surda aos viventes como nunca dantes, então eles tentam extrair sentido dela com um abracadabra" (Ibidem, p. 238). Fausto, no limiar da Era Moderna, ao ser atraído pelas artes mágicas, não optando pela metodologia da nascente ciência e fazendo mau uso dos conhecimentos da alquimia, transforma-se, então, em um representante desse mundo em superação. Ou seja, ele representa a continuidade na Era Moderna do homem medieval que, muitas vezes, ainda permanece no imaginário como um homem ingênuo e tolo. Mas cabe então a questão paradoxal, de como um homem que representa a mentalidade de uma época que se anseia ver superada pode transformar-se em um personagem central, inaugurador de um dos mitos mais profícuos da modernidade?

Ainda distante da supremacia do mundo racional e do sistema econômico capitalista, Fausto se insere na modernidade como um maldito, tanto para aqueles que querem desvencilhar-se do modo medieval de pensar o mundo, como por aqueles que saúdam o raiar de um renascer. Deve-se ter em conta, ao analisar a importância e complexidade dessa pequena narrativa, que um novo tempo, uma nova forma de se portar no mundo e de investigá-lo não acontece de pronto. A transição é a entrada do novo com a permanente atitude de apagamento daquilo que se considera como o essencial do antigo. Portanto, Fausto era um homem de mentalidade tradicional que deveria ser corretamente apresentado e apreciado apenas como um charlatão sem quaisquer qualidades. Paradoxalmente, sua ousadia e temeridade, atitude típica do homem renascentista, não o faziam moderno, mas sim apto para uma condenação. A possibilidade de salvação, sem entretanto haver a questão religiosa de arrependimento, surgiria séculos mais tarde, vislumbrada por Lessing e concretizada por Goethe.[16] Este Fausto ancestral nascera duplamente condenado, como um absoluto marginal.

O Fausto que encontramos nesta narrativa de 1587 deve ser sacrificado por sua ousadia e por sua aliança com o Diabo, servindo de exemplo para todos, conforme consta no frontispício da publicação: "Para servir como terrível exemplo, modelo abominável e sincera advertência a todos os homens que se acham orgulhosamente superiores, aos pretensiosamente curiosos e aos ateus". Eis a tríade condenatória: aqueles que pretendem saber são chamados de ousados; os que querem romper com os limites são os pretensiosos; e aqueles que não seguem os ditames teológicos são os ateus, impuros e pecadores, merecedores do escárnio e da morte. O tom condenatório e de advertência dado pelo narrador do livro não esconde seu intento moralizador. Integra, a meu ver, um processo que personaliza e interioriza o pecado, estando esse processo na base do movimento de modernização do Ocidente, tornando-nos inimigos e vigilantes de nós mesmos. As publicações com o tema do temor ao Diabo uniam pelo imaginário os povos europeus separados por milhares de reinos, principados e ducados, o que fazia crescer o "peso da culpa individual" e a "responsabilidade total do indivíduo" (Muchembled, 2001, p. 144). Daí a saga condenatória do pactário ter tido tão ampla acolhida em solo europeu.

O uso de textos como forma educativa e modelar remontava há algumas centenas de anos, haja vista as fábulas de Esopo. Na Idade Média, era muito difundido o gênero narrativo dos *exempla* (*Exemplum*). Conforme assinala Le Goff, trata-se de um "relato breve dado como verídico e destinado a ser inserido em um discurso (em geral um sermão) para convencer um auditório através de uma lição salutar" (Le Goff, apud Franco Junior, 2003, p. 13). Esse tipo de texto, típico do século XIII, grassava em meio a locais onde se notava convivência entre distintas religiões como meio de afirmação da fé católica, era um "instrumento de persuasão". A acentuação de ações negativas de determinada personagem era proposital para que se pudesse expor uma forma de ação moralmente condenável. Um dos mais famosos tipos de *exemplum* foi a *Legenda áurea* (1260) de Jacopo de Varazze. Nessa coletânea destinada a expor a vida de santos católicos, não faltam casos de erros e de atos heroicos que levam à salvação da alma daqueles que, anos depois, seriam canonizados pela Igreja católica. Se na época de Varazze vivia-se em um período histórico denominado de "Reação Folclórica e de renascimento" (Ibidem, p. 14), a época de Fausto era a do renascimento dos ideais greco-romanos, que colocavam não os homens excepcionais em destaque, mas os homens comuns, ou melhor, o gênero humano. O homem como a medida de todas as coisas tinha como variante a medida do homem singular, do indivíduo. Conforme nos aponta Hilário Franco (2003), o século XIII apresentava como novidades intelectuais a teologia de Santo Tomás de Aquino, a literatura de Dante Alighieri, a ciência de Vicente de Beauvais, além de artísticas, como o desenvolvimento do estilo gótico. Vemos que há uma correlação estreita com as mudanças intelectuais e científicas do século de Fausto; era o tempo das grandes navegações e de mudança de paradigma da ciência com a introdução da experiência. No campo religioso, dava-se a Reforma Protestante. Assim como no século XIII, uma nova hagiografia, similar à *Legenda áurea*, fazia-se necessária no século XVI. A nova religião necessita de uma literatura, surgindo a *História* como um dos *exempla*. Como característico no texto de Varazze, temos uma "farta utilização dos *exempla*, narrativas eruditas que geralmente haviam registrado, por vias diretas ou indiretas, elementos de substrato folclórico" (Franco Junior, 2003, p. 15). Assim também teremos, na narrativa acerca de episódios da vida do Doutor Fausto, diversas histórias de caráter popular que foram transformadas em histórias de uma só personagem.

Em 1582, Spies havia publicado em Heidelberg um código de leis, no qual se prescrevia a pena capital para o crime de associação com o Diabo. O pacto deveria ser combatido pela condenação à morte na fogueira. Com essa consciência, de punição do pactário, Spies edita, poucos anos depois, a história de Fausto. Além das artes plásticas, com suas imagens sobre o Inferno, a literatura, para além dos *Livros do Diabo*, começaria a se dedicar ao reforço do medo. Dessa forma, a nova religião obtinha com a *História do Doutor Fausto* seu primeiro *exemplum*.

Em tempos de fogueiras e excomunhão, para que a literatura exemplar pudesse exercer um efetivo convencimento do leitor, tinha-se de promover uma forte ligação com ele, reforçando a verossimilhança no intuito do estabelecimento de um forte elo entre o leitor e a narrativa. Para tanto era fundamental que se tomasse o exemplo diretamente da vida e que a personagem central tivesse sido um homem real, de carne e osso, com comprovados registros de sua existência. E assim se tornou difícil separar a presença lendária da existência histórica de Fausto; o povo falava e construía a história do pactário de boca em boca. Ao longo dos anos, vários documentos que comprovam feitos e passagens de Fausto por diversas cidades foram coletados e serviram de eixo para a constituição de um mito que toma por base a realidade, diferente dos mitos de modo geral. Esse mito moderno, um mito literário por excelência, funde lenda e história. Funde imaginações com realidades. Notícias sobre a existência de um chamado Fausto histórico encontram-se em várias fontes. Alexander Tille (1900), por exemplo, foi pioneiro na coleta de informações históricas sobre a existência de Fausto: registrou nada menos que 450 itens. Outras noventa citações foram publicadas no *Jahrbuch der Sammlung Kippenberg*.[17]

Não existem provas documentais, mas a crítica atual, de modo geral, considera que o lugar de nascimento de Fausto tenha sido Knittlingen, uma pequena cidade do Estado de Baden-Württemberg e vizinha a cidade de Bretten, local de nascimento de Philipp Melanchton que diz em um relato: "Conheci uma pessoa chamada Fausto de Kundling (um pequeno vilarejo, não muito longe de minha cidade natal)" (apud Middel, 1967, p. 16).[18]

Segundo Henning (1993, p. 11), a mais antiga prova documental da existência de Fausto foi encontrada em 1890 por Johann Mayerhofer. Tratava-se de uma prestação de contas anual feita por Müller, contador do bispo de

Bamberg, Georg III, em referência ao ano de 1520 (12 de fevereiro). Nessa anotação constava o pagamento de 10 guldens a um "Doutor Fausto, filósofo", pela elaboração de um horóscopo. Dessa empreitada se depreende que Fausto deveria possuir notoriedade e fama a ponto de um bispo regente valer-se de seus préstimos enquanto astrólogo, detentor de capacidades divinatórias (no registro consta o pagamento por um "*Indicium*", ou seja, pela revelação de acontecimento futuro). A referência ao título de "doutor" também dá mostras da posição de respeito que Fausto alcançava, valendo lembrar a consideração na época da astrologia como ciência e saber. Como o único testemunho direto da existência de Fausto histórico e considerada por Henning (1993) como o registro mais importante sobre Fausto é a carta de Johannes Trithemius[19] a seu amigo, Johannes Virdung,[20] datada do ano de 1506, que, em virtude disso, segue aqui traduzida na íntegra:[21]

CARTA DE JOHANNES TRITHEIM A JOHANNES VIRDUNG

O homem sobre quem você me escreveu, George Sabellicus, que se dizia chamar o príncipe dos necromantes, é um vagabundo, um falastrão e um biltre enganador, digno de ser açoitado a valer a fim de que não ouse professar em público coisas tão execráveis e tão hostis à Santa Igreja. Pois o que são os títulos assumidos por este homem, além de sintomas de uma mente muito tola e insana, os quais mostram que ele é um tolo e não um filósofo? Pois assim ele formulou o título a si condizente: Mestre George Sabellicus, o jovem Fausto, o chefe dos necromantes, astrólogo, o segundo dos magos, o quiromante, adivinho por terra e fogo, segundo na arte da adivinhação com água. – Veja só a temeridade tola do homem; que delírio insano, chamar a si mesmo de fonte de necromancia! Quem, na verdade, em sua ignorância de todas as boas ciências, deveria considerar-se mais como um tolo ao invés de um mestre. Mas a sua insignificância não me é desconhecida. Quando voltei no ano passado do Mark Brandenburg, deparei-me com o esse homem perto da cidade de Gelnhausen, e muitas coisas me foram contadas sobre ele, como na estalagem, com grande descaramento, executava coisas inúteis. Quando ele soube de minha presença, fugiu da hospedaria e não pôde ser persuadido a ir ter comigo.
Lembremo-nos também de que ele nos enviou, por meio de um cidadão, a descrição de sua loucura, que ele deu a você. Na mesma cidade, alguns clérigos me disseram que ele havia dito, na presença de muitas pessoas, que havia

adquirido tamanho conhecimento e memória de toda sabedoria, que se todos os livros de Platão e Aristóteles, juntamente a toda a sua filosofia, sumissem totalmente da memória do homem, ele mesmo, através de seu próprio gênio, como outro Esra hebreu, seria capaz de restaurá-los todos, mais aprimorados do que antes. Depois, enquanto eu estava em Speyer, ele veio a Würzburg e, impulsionado pela mesma vaidade, parece ter dito na presença de muitos que os milagres de Cristo Salvador não foram tão maravilhosos; que ele mesmo poderia fazer tudo que Cristo havia feito, quantas vezes e sempre que ele quisesse. No final da quaresma deste ano, ele veio a Kreuznach e, com a mesma fanfarrice, fez grandes promessas, dizendo que na alquimia ele era o homem mais erudito de todos os tempos e que, por seu conhecimento e habilidade, poderia fazer qualquer coisa que uma pessoa desejasse. Nessa época, havia, na mesma cidade, vacância para o cargo de professor, ao qual ele foi nomeado por influência de Franz von Sickingen, o magistrado de teu príncipe, e um homem muito afeiçoado à tradição mística. Logo depois ele começou a se entregar ao tipo mais perverso de lascívia com os garotos e fugiu, quando isso veio à luz, evitando a punição que o aguardava. Estas são as coisas que tenho como certas por meio de testemunhos, os mais confiáveis, sobre o homem cuja vinda você espera com tamanho anseio.

Würzburg, 20 de agosto de 1506 d.C.

A opinião de Trithemius expressa na carta é peremptória: além de embusteiro, Fausto seria um fanfarrão e homossexual. Sendo mestre de Agrippa de Nettesheim, Trithemius representava aquela gama de religiosos e estudiosos de um tipo de magia distinta daquela considerada magia em benefício próprio, de alcance de riquezas, satisfações sexuais ou poder, tida como magia negra. Trithemius, Agrippa e Paracelsus faziam parte do grupo de eruditos renascentistas interessados em investigar a natureza, seus elementos e as forças não visíveis que poderiam jazer em algumas manifestações tidas como sobrenaturais. Desejavam saber o que se encontra no âmago das coisas, aproximando-se assim do Fausto apresentado por Marlowe, sobretudo do representado por Goethe. Eram responsáveis por haver um reconhecimento "[do] papel dos mágicos naturais no estímulo à reavaliação dos primitivos métodos e metas científicos modernos" (Clark, 2006, p. 293). Pelos relatos, o Fausto que viveu naquela época não pertencia a essa categoria; muito pelo contrário, vendia seus serviços, que eram considerados por muitos como um embuste.

A ortodoxia religiosa colocava-o fora do círculo de mágicos naturais, aceitos de modo geral pela sociedade de então. Eram grupos compostos por eruditos em que se estudava a natureza com caráter experimental e observatório, própria da nascente ciência moderna:

> Foi precisamente o fato de a magia naturalis neoplatônica ser, no conjunto, cautelosa e restrita - e, sobretudo, insistentemente naturalista - que ajudou a conquistar, para a magia natural, um interesse tão generalizado no primitivo pensamento científico moderno. "Os que realçavam seus aspectos mais operacionais e miméticos que esclarecedores, inclinavam-se a adotar modos de investigação experimentais e observativos, frequentemente tão meticulosos quanto os de qualquer outro". Foi o fato do *vis rerum* e as realizações de simpatias e antipatias serem encarados como coisas ocultas que levou a maioria a argumentar em defesa de uma atitude agressivamente empírica e intervencionista para com a natureza. Os mágicos naturais também não foram necessariamente avessos à investigação colaborativa e institucionalizada, como ilustraram muitas sociedades e "academias" criadas para promover o estudo dos "segredos" naturais. Isto significa que podemos descartar algumas das alegações bastante extravagantes, e hoje contestadas, sobre o impacto do "hermetismo" e ainda assim reconhecer o papel dos mágicos naturais no estímulo à reavaliação dos primitivos métodos e metas científicos modernos. (Clark, 2006, p. 292)

De certa forma, ao se escolher através da consagrada *História* tal personagem para representar um mago por excelência, acabou-se por generalizar e estabelecer na categoria de mago somente esse tipo, ou seja, o do feiticeiro, o que está em aliança com forças demoníacas. Dessa forma, a condenação de Fausto significa a condenação daquele que, por assim dizer, representa toda categoria dos magos, o que acaba tornando-se uma condenação de todo e qualquer tipo de pensamento mágico associado às ciências. A condenação de Fausto é também a condenação de alternativas a essa ciência proposta por aqueles que procuravam nos escritos de Hermes Trimegistro e Nostradamus uma outra ciência. O neoplatonismo de Marcilio Ficcino, Pico de la Mirandola e Giordano Bruno, assim como os estudos de Agrippa e Paracelso foram, assim, condenados juntamente com Fausto. Qual a alternativa então? A posição ortodoxa prevalecente no livro reverbera um clamor pela continuidade do texto bíblico como guia do homem, mas isso leva ao retorno de um pensamento que se esvaía. O significado desse pequeno livrinho para a história cultural é, muitas vezes, menosprezado. Conforme explicita Könneker (1967, p. 211), em Fausto se espelham os variados conflitos e tensões do mundo do século XVI: "É, portanto, uma poesia de época que, ao mesmo tempo, quer dar uma interpretação da época".

A ortodoxia presente no livro que condena Fausto faz soar uma voz que a modernidade não quer mais ouvir, uma voz que clama pela continuidade de teorias e acepções de mundo que não conseguem mais ser validadas pela ciência humanista renascentista. O empenho de Fausto pelo conhecimento é legitimamente moderno, mas a alternativa que propõe acaba por torná-lo sem lugar: é condenado tanto pelas vozes do passado, como pelas que clamam pelo futuro. As do futuro não podem ver em Fausto uma modernidade "contaminada" pela transcendência. Essa transcendência fáustica acaba por ser trágica, tanto para a ortodoxia, como para a modernidade.

A ciência nascente concentrava-se cada vez mais em se deter no aquém e esquecer o além. Mas para essa ortodoxia presente no livro, guiada pelas acepções teológicas postuladas por Lutero, não poderia existir um aquém sem a presença espiritual de Deus. Desta forma, a palavra inscrita na Bíblia deveria permanecer como o guia científico e moral: "Só a palavra de Deus vence as flechas de fogo do Diabo e todas as suas tentações" (Lutero, apud Tille, 1900, p. 20).

Mas, por outro lado, como essa posição não poderia mais prevalecer diante do crescente humanismo renascentista, a recepção da *História* nos séculos seguintes só poderia apresentar um Fausto ridicularizado, reduzido ao espelhamento de uma visão de mundo ingênua, que acreditava em uma natureza plena de poderes sobrenaturais. A matemática cartesiana do século XVII não poderia ser a matemática de Agrippa, uma das facetas de Fausto: "Além da astrologia, o ingrediente chave da "Magia Celestial" (o rótulo de Agrippa para a magia de segundo nível) era a matemática; 'pois sejam as coisas o que forem, e são feitas nessas virtudes naturais inferiores, todas são feitas e governadas por número, peso, medida, harmonia, movimento e luz'" (Clark, 2006, p. 290).

Dessa forma, a magia natural acaba por ser banida da ciência. Fausto acaba por ser o representante de uma ciência ingênua, que assegurava ver na natureza uma presença que estaria para além das observáveis pelos cinco sentidos.

Se, para o homem moderno, Fausto não pode representar a figura de um cientista por sua aliança com forças sobrenaturais, ele também não pode mais ser a figura medieval, pois quer ir além de sua medida e se vale de métodos interditos para saciar sua sede de saber. Ele se torna, no teatro popular das feiras do século XVII, um pícaro e lhe resta ser aquele que se aventura pelo mundo em companhia do Diabo em busca de aventuras puramente mundanas.

Para isso contribuiu a fama de embusteiro, advinda de fatos reais. Em várias outras fontes históricas se fala sempre o mesmo: Fausto é um homem dado ao exercício da magia negra e um falso erudito que engana as pessoas, como também se pode constatar em registros municipais da época:[22]

Dos registros municipais de Ingolstadt, 1528.

a. Hoje, quarta-feira, depois do dia de São Vito, ano de 1528. Deverá ser ordenado ao adivinho a deixar a cidade e a gastar seus centavos em outro lugar.
b. Na quarta-feira, após o Dia de São Vito, em 1528, foi dito a uma certa pessoa que se chamava Doutor Jörg Faustus, de Heidelberg, que ele deveria gastar seus centavos em outro lugar e foi compelido a realizar o juramento de não ludibriar, nem nada fazer contra as autoridades por causa dessa exigência.

Decreto do Conselho da cidade de Nuremberg, 1532.

Foi negado ao Doutor Fausto, o grande sodomita e nigromante, salvo-conduto para a cidade de Fürth. Burgomestre júnior.

Segundo Kreutzer (2006, p. 333), "Fausto se mostra como uma figura da Era Moderna justamente pelo fato de possuir uma história. Sua existência tem uma estrutura temporal". O narrador referencia a existência de Fausto historicamente, mas a descrição de sua vida apresenta um caráter eminentemente ficcional. Ainda segundo Kreutzer, o que se apresenta aos leitores é a história de um homem que realmente existiu e, pela primeira vez, isso acontece para referendar uma série de episódios de caráter eminentemente ficcionais: o livrinho de Fausto se fez como um misto de história e ficção. Essa observação parece comprovar-se por meio da inserção de vários episódios da vida de Fausto de caráter fabuloso, como anexo ao exemplar manuscrito das *Conversas à mesa* feito por Christoph Rosshirt, professor em Nuremberg, em 1576 e encontrado por Wilhelm Meyer na Biblioteca de Karlsruhe.[23] Esse conjunto de narrativas curtas formam as chamadas *Histórias de Fausto de Nuremberg* (*Nürnberger Faustgeschichten*).

Essa mistura de história e ficção transformada em livro acabou por tornar-se um sucesso editorial, convertendo-se logo no que hoje se poderia classificar como um *best-seller*, tal a avidez com que o livro foi consumido, reeditado e traduzido. Entre outono de 1587 e 1598, foram feitas nada menos do que 22 edições do livro, sendo traduzido imediatamente para várias línguas como o flamengo (1592); holandês (1592); francês (1598) e inglês (1588; 1592). Esta primeira transposição para o idioma de Shakespeare deu ensejo para a escritura da *Balada da vida e morte do Doutor Fausto, o grande conjurador* (*Ballad Of The Life And Death Of Doctor Faustus The Great Conjurer*) e também para a criação por seu contemporâneo, Christopher Marlowe, do primeiro drama trágico, cujo motivo central é o tema do Fausto e seu pacto com o Diabo, iniciando a série de textos literários sobre a saga do pactário.[24] No texto de Marlowe, é acentuado mais o ímpeto de Fausto pelo saber do que a visão condenatória do narrador do livro de Spies.

Para Henning (1993), a história da vida de Fausto é relatada por três publicações basilares, da qual se originam todas as outras expressões artísticas da obra e que possuem similaridades entre si. São elas: o texto de Spies, o manuscrito de Wolfenbüttel e a edição de Widman.[25] Pela comparação com as fontes usadas na construção da narrativa, Henning (1993, p. 61) marca a escrita da narrativa da *História* em torno de 1585. O manuscrito de Wolfenbüttel, datado pela crítica de alguns anos anteriores à edição de Spies (entre 1572 e 1585), não parece ter sido um texto de grande circulação na época. Foi encontrado no século XIX um único exemplar na Biblioteca de Wolfenbüttel por Gustav Milchsack e editado pela primeira vez em 1892. Distingue-se do texto de Spies pelo prefácio e por duas historietas. O texto editado por Georg Rudolf Widman, em 1599, transforma a história de Fausto em um longo texto de cerca de setecentas páginas, editado em três volumes. A cada capítulo, foram acrescidos longos comentários do editor de teor moralizante. Nesta variante, o Fausto que anseia pelo saber é praticamente reduzido a um ser cujo interesse é o mero desfrute de prazeres mundanos. Conforme aponta Petsch (apud Henning, 1993,

p. 81), as tentativas de Fausto de se esclarecer acerca de questões natural-científicas foram substituídas por novas histórias de feitos mágicos, o que acentua um aspecto puramente picaresco-anedotário de Fausto e contribui para que se desvincule a personagem do ímpeto renascentista-moderno. Após uma pausa de 75 anos sem qualquer reedição do livro de Spies ou de qualquer outro livro dele derivado, surge, em 1674, uma outra edição da obra de Widmann feita por Johann Nicolaus Pfitzer.[26] Apesar de se basear na obra de Widman, Pfitzer realiza algumas contribuições ao tema fáustico ao, por exemplo, introduzir nessa edição o episódio da paixão de Fausto por uma bela jovem, o que será aproveitado por Goethe na elaboração de seu *Fausto* pela relação de Fausto e Margarida. Essa edição de Pfitzer, e não mais a *História* de 1587, é reimpressa várias vezes ao longo do século XVII, deixando o livro de Spies praticamente cair no esquecimento. Em 1725 surge o livreto que ficou conhecido como *Das Faustbuch des Christlichen Meynenden* [O livro de Fausto do devoto cristão].[27] Ambos fomentaram a visão com a qual vários autores no século XVIII escreveram suas versões da história de Fausto.

A crítica filológica aponta três versões da *História*, categorizadas em três séries e com algumas variantes ente elas: A (com seis edições entre 1587 e 1588); B (com apenas uma edição); e C (com treze edições entre 1587 e 1598), contabilizando um total de 22 edições, incluindo-se nesse cômputo uma em holandês impressa em Lübeck (1588) e uma outra em rimas (*"im Reimen verfasset"*) feita por estudantes de Tübingen, editada por Alexander Hock em 1587.[28] Além dessas que possuem como referência a *editio princeps* de 1587, existem aquelas mencionadas anteriormente e suas reedições. As numerosas edições tornaram o livro um dos maiores sucessos do mercado livreiro em solo alemão no século XVI.

Para contar a história multifacetada de Fausto, o livro de Spies foi dividido em quatro partes e dá notícias de episódios da vida de Fausto desde seu nascimento até seu fim espetacularmente trágico, o que até se poderia chamar de um quase precursor do gênero da literatura de formação, não fosse o empenho do narrador em apresentar a paulatina deformação da personagem, transformando-a em um contraexemplo. O livro não possui uma unidade de estilo entre as distintas partes, oscilando entre dois polos, que vão de trechos similares a um sermão a narrativas com toques de humor e picardia. Outras partes parecem repetir-se e entrar em conflito.[29] Recorrentemente assinalada pela crítica, essa diversidade de estilo se explica pela forma como o livro foi composto, uma reunião na *História* de partes de outras narrativas e livros da época, como se fosse uma costura de vários textos sem indicação da autoria, conforme se apontou nas notas ao longo do texto traduzido. Foram utilizados, para a composição da *História*, livros de vários âmbitos do conhecimento: geografia, teologia, ciências naturais e históricos, além de histórias e ditados populares, bem como obras ficcionais. Segundo aponta Henning (1993), essa era uma prática comum tanto na Idade Média como no início da Era Moderna, e não se travava de uma apropriação das ideias de outro, mas sim um sinal de erudição. Essa composição e utilização de textos enciclopédicos da época leva à conclusão que o autor da narrativa era uma pessoa altamente instruída (Kreutzer, 2006), por mais que não parecesse aos olhos de hoje por sua posição ortodoxa. Segundo Müller (1990, p. 1326), o texto construiu-se como uma grande paráfrase de quatro tipos de textos da época, muitos deles com visões de mundo já ultrapassadas: textos dos reformistas de Wittenberg (Bíblia de Lutero, Johann Aurifaber, Johannes Manlius); escritos sobre o Diabo e feitiçaria (de Johann Weier, Augustin Lercheimer, Ludwig Milichius, Nicolaus Bassaeus); narrativas picarescas (de Andreas Hondorff, Wolfgang Bütner, Martin Montanus, Michael Lindener e histórias da tradição oral que passavam a ser atribuídas a Fausto); obras de referência (*Lucidarius*, uma espécie de enciclopédia iniciada por Honorius Augustodunensis e que, ao longo dos séculos, desde 1190, era reeditada; Hartmann Schedel, Petrus Dasypodius).[30]

Entretanto podemos, em termos de estudo, dividi-lo em três partes que se destinam a expor aspectos distintos da composição do livro. Primeiramente temos a exposição da intenção do editor ("Dedicatória"; "Prefácio ao leitor cristão"), seguida de mostras do ímpeto de Fausto pelo conhecimento por meio de suas conversas com o "seu" Diabo particular Mefostófiles, uma espécie de servo e anjo da guarda do mal que deveria servi-lo por 24 anos (capítulos 1 a 32). A última parte (capítulos 33 a 59) engloba uma série de narrativas picarescas sobre as aventuras de Fausto pelo mundo, incluindo seu casamento. O livro encerra-se pela narração da morte espetacular de nosso anti-herói (capítulos 60 a 68), com a qual se retoma o aspecto exemplar condenatório do início do livro.

As duas partes que expõem a intenção do autor são categóricas e já prenunciam o fim trágico da personagem. São, conforme exposto anteriormente, típicas da literatura de exemplo e dos sermonários tanto católicos, quanto protestantes; afinal, ambos pontos de vista constroem o que se chamou de "tirania dos credos" (Minois, 2012, p. 151). O que torna a condenação de Fausto irremediável e impossível de perdão não é só pelo fato de se ter valido de magia, mas sim pelo pior de todos os pecados, por ter renegado a origem divina, distanciando-se do pai, e, em seu lugar, ter escolhido como seu guia-mestre o Diabo. Isso se reflete no tópico do pacto e suas motivações. A curiosidade desmedida de Fausto o instiga a saciar sua sede de conhecimentos por um meio interdito. Mas podemos notar que, para a voz narradora, qualquer ânsia de saber que não fosse contemplada pela interpretação do texto bíblico seria alvo de condenação. A ânsia de saber moderna não poderia, assim, ser desmedida. A *curiositas* leva-o à aliança, por consequência, à ruína. Se Goethe escreveu seu *Fausto* após a máxima de Kant, "*sapere aude*", o Fausto que nasce literariamente com o livro de Spies e, pouco mais tarde, com Marlowe ainda não estava a salvo das proibições de sua época. Se a *curiositas* é o princípio que movia o homem moderno a descobrir novas formas de estar e conceber o mundo, o Fausto-curioso, um vislumbre inicial do homem moderno apesar da recorrência à magia, será por isso condenado.

Com isso, além da magia, Fausto atrai para si uma outra esfera: a da curiosidade. Por conseguinte, a *História* incorpora em sua personagem central aquilo que fará nascer, segundo Münkler (2011, p. 228), um mito moderno enquanto mito literário: "a marcação de Fausto pela curiosidade concedeu, de modo geral, aquela grandeza que assegurou sua persistência como figura literária por séculos afora". Paradoxalmente, aquilo que assegurou sua longa vida através de outras histórias, era o que em várias delas causava sua condenação e isto é entendido por parte da crítica contemporânea como uma contribuição inédita do autor da *História*, uma "decisiva invenção do autor do livro" (Ibidem, p. 228). A figura central acaba por tornar-se também mítica através da literatura e, por sua curiosidade, torna-se parente de outros mitos como o de Prometeu e Ícaro. Nascia uma nova mitologia, cuja existência seria assegurada pela propagação de novas histórias até nossa contemporaneidade por meio da literatura.

Ao se debruçar sobre a questão da curiosidade fáustica, esbarra-se aqui em uma diferença de perspectiva presente na crítica moderna acerca do *Livro de Fausto* (*Faustbuch*). Para alguns, o acento que destaca a obra se dá na curiosidade que move a personagem (Kreutzer, 2006; Gutkhe, 2011), enquanto, para outros, o que verdadeiramente move o anti-herói é sua vontade de adquirir poder autônomo, de não mais se subjugar aos desígnios de Deus, mas aos seus próprios, necessitando, para isso, saber o mundo, tanto de forma experimental, como intelectual (Könneker, 1967). Apesar da distinção de matiz, ambas levam à mesma conclusão, explicitamente exposta no livro: essa curiosidade ou vontade de poder levam ao pacto com o Diabo. Tentar transpor limites só se tornaria possível com a ajuda do "príncipe desse mundo", conforme o narrador se refere à figura do no capítulo 2, valendo-se, por sua vez, de uma citação da Bíblia (*Efésios*). A curiosidade leva, necessariamente, ao abandono dos conhecimentos advindos por meio da fé e remete para aquilo que se pode haurir especulativamente ou experimentalmente no espaço do terreno, para aquilo que se pode saber e vivenciar no espaço de tempo em que se permanece na Terra. O amplo espectro que envolve o conceito de curiosidade abarca algumas das questões centrais que são postas em dúvida na modernidade, mas que estão presentes desde a Antiguidade, como, por exemplo os pares: imanência-transcendência; autonomia-servidão.

Esses dois pares de opostos estão presentes em três características com as quais Fausto é assinalado: uso de magia; curiosidade; e autonomia. Ao informar que o livro pode servir de exemplo para todos aqueles "que se acham orgulhosamente superiores, aos pretensiosamente curiosos e aos ateus" (*História*, frontispício), o autor define as marcas pecaminosas de Fausto: soberba; curiosidade; e imanência. A pretensão de saber sobre o mundo faz Fausto desenvolver um *pathos* que o move adiante na procura por saciar sua vontade de saber:

> Como já foi mencionado, Doutor Fausto tendia a amar aquilo que não se deveria amar e, tomando para si asas de águia, empenhou dia e noite, com a intenção de investigar todos os fundamentos do Céu e da Terra. Então, sua pretensiosa curiosidade, liberdade e inconsequência o estimularam e incitaram de tal maneira que, durante um tempo, pôs em prática algumas palavras mágicas, figuras, caracteres e conjurações, a fim de fazer com que o Diabo surgisse diante de si. (*História*, capítulo 2)

Nessa condenação se espelha o receio de que a nascente ciência natural tomasse o lugar das explicações teológicas e o poder do homem autônomo ameaçasse o poder controlador dos teólogos e de suas Igrejas, pois a verdadeira ciência deveria dedicar-se aos mistérios da fé, que garantiriam aos fiéis a felicidade eterna, já que o mundo real seria breve e ilusório, e a felicidade neste mundo não seria nada diante da verdadeira felicidade eterna. A verdade e todas as certezas deveriam advir da fé e não da observação por meio dos sentidos ou da reflexão dedicada ao mundo. A *curiositas* torna-se, assim, o pecado capital moderno.

Essa condenação peremptória da paixão de Fausto pelo saber tem sua raiz nos primeiros anos do cristianismo, por meio do filósofo Agostinho de Hipona (354-430), de cujas ideias Lutero se municiou para assentar a base de sua teologia, a qual, por sua vez, é a linha mestra que guiou o autor da *História*. O filósofo medieval possuía uma visão do ser humano que dispunha o homem a estar constante e necessariamente em vigília para não se afastar de Deus, distanciando de si tudo aquilo que se poderia considerar demoníaco. Em seu livro, *A cidade de Deus*, Agostinho cria um dualismo entre o mundo de Deus, morada por excelência do homem, e o mundo do Diabo, instituindo dois lugares em oposição e sem chance de conciliação:

> O próprio gênero humano, que separamos em dois grupos: o dos que vivem como ao homem apraz e o dos que vivem como apraz a Deus. Em linguagem figurada chamamos-lhes também duas cidades, isto é, duas sociedades de homens das quais uma está predestinada a reinar eternamente com Deus e a outra a sofrer um suplício eterno com o Diabo. (Agostinho, 2011, p. 1323 – XV, 1)

Ao homem, segundo Agostinho, não cabe viver como "lhe apraz", mas sim segundo uma determinação que lhe é externa e soberana, a de Deus. Lutero, no limiar entre duas épocas, tenta revalidar o ideário do mais influente autor cristão da passagem da Antiguidade para a Era Medieval. Ao trazer as concepções agostinianas para a época da nascente primazia do humano, Lutero entrou em choque com seu momento histórico, procurando tornar exemplar uma ideia de mundo reativa ao que caracterizava o porvir: a autonomia do humano e a valorização da esfera humana naquilo que lhe era característico, o saber de si e o saber do mundo. Nesse sentido, deve-se entender a importância que o orgulho, fundamento do sentimento de soberba, adquire na narrativa. Essas são forças que movem Fausto para ir além de si, de transpor limites, fazendo se afastar da possibilidade da graça divina e recair em pecado mortal com o derretimento de suas asas de águia.

Em Agostinho encontra-se a razão pela qual na *História* há a peremptória condenação da curiosidade, pois é o tema ao qual se dedicou com grande afinco em seus escritos. Segundo Bös (1995, p. 95) o pertencimento a uma verdadeira religião se daria com "o reconhecimento de uma *ordo divinae providentiae* compreensível pela razão". O curioso, diferente do estudioso, é aquele que, por pendor pessoal, continuamente se dedica a coisas que lhe seriam exteriores, um impulso incontinente para o saber: "o *curiosus* quer entender tudo que lhe é desconhecido sem distinção, o *studiosus* possui uma determinada razão para seu empenho pelo saber. De forma semelhante, existe uma diferença entre aquele que se empenha pela *scientia* e aquele que se empenha pela *sapientia*. Objetos de primeira ordem do empenho pelo saber são *res humanae*, sabedoria, porém quer conhecer *res divinae*" (Ibidem, p. 95-96). Desta forma, curioso seria aquele que se volta para o conhecimento em si e não para o conhecimento da verdade superior. Agostinho, em sua obra, qualifica negativamente a curiosidade e a leva ao ponto de torná-la uma falha moral, ligando-a diretamente ao orgulho humano, assim como a voluptuosidade carnal estaria associada, segundo Bös, ao vício da soberba; uma "*concupiscentia oculorum*" originada na alma humana dedicada à experiência pelos sentidos, ou seja, às coisas terrenas: "Uma cobiça do homem está na base do *vitia* [vício] das chamadas tríades que são a luxúria carnal (*concupiscientia carnis, libido*), a ambição (*superbia, ambitio saeculi*) e o olhar (*concupiscientia oculorum, curiositas*). As três cobiças dirigem-se para as coisas deste mundo" (Ibidem, p. 101). Esse empenho para o voltar-se para o aquém distancia o homem de sua verdadeira missão, a de se preparar para a eternidade, para o bem eterno.

Justamente pela associação entre orgulho e curiosidade, conforme a acepção agostiniana e presente por meio da ortodoxia luterana no livro, a tradução da palavra alemã "*Fürwitz*" mereceu uma atenção especial. Traduzi-la apenas por "curiosidade" não seria suficiente, sendo então escolhido, conforme se expôs anteriormente em nota, a tradução por um par de vocábulos, formando o par "presunçosa curiosidade". A presunção ao lado da curiosidade cria uma imagem do homem que, como Ícaro, acreditou alcançar o Sol e, por sua desmedida, acaba por ser abatido em pleno voo. As "asas de águia" de Fausto não foram capazes de lhe evitar a derrocada. Na "Dedicatória" encontram-se os elementos que levam o homem a se aproximar do Diabo: a soberba, a temeridade e a presunçosa curiosidade. Por causa disso, Fausto transmite a propriedade de si mesmo ao elemento do mal, pois é ele que o guiará nessa jornada especulativa de saber o mundo. Sem dúvida alguma, a personagem retratada na *História* não é uma figura que encarne em si a imagem de um pesquisador, cientista ou grande sábio em busca de conhecimento. A intenção que ecoa por todo o livro é a da proibição, da manutenção de regras e impedir o porvir. Nessa medida, Fausto necessita incorporar traços modernos. A aliança de magia com ciência se dá pela curiosidade desmedida, por seu "*Fürwitz*", o que, segundo Bonheim (2013, p. 288), traduz "uma ânsia de conhecer como um fim em si mesmo, um desejo castigado por um antigo uso da palavra alemã '*Fürwitz*'. Essa ânsia pelo conhecimento era considerada verdadeira frivolidade, força pela qual o Diabo ganhou acesso à alma humana". A posse do mundo pelo saber, tanto por meio dos sentidos como pela *ratio*, deveria ser considerada como o pior de todos os pecados, já que o novo não poderia advir dos conhecimentos teológicos adquiridos do estudo das palavras contidas nas Escrituras Sagradas. Ao homem moderno não restava outra escolha a não ser se voltar para o "príncipe deste mundo" para saber o mundo e assim se tornar um proscrito.

    Saber de si e saber sobre o mundo é uma interdição para Lutero já que conduz diretamente pela curiosidade para a aliança com o mal. Para o reformador, a não aceitação daquilo que uma consciência de si traz se deve pela naturalidade com a qual o mal está ligado ao eu do homem: "O indivíduo não pode, em princípio, aceitar-se como é, com tudo aquilo o que pertence ao seu eu, mas deve partir do fato de que: é basicamente mau, um ato de humilhação pessoal e aniquilação do eu é necessário, a fim de justificar-se pela graça extraordinária de Deus" (Helferich, 2006, p. 124). A consciência da individualidade tem de ser abafada assim que o homem começa a ter consciência de seus desejos: "Lutero dá continuidade à funesta tradição ocidental de cisão do homem e a consolida. Há um homem interior (espiritual) e outro exterior (corporal). E o que importa é que a liberdade interior do homem interior vale muito mais do que aquela do homem corporal" (Ibidem, p. 124). Assim se encontra em Agostinho:

Acrescenta-se a essas formas de tentação outra, mais rica em perigos. Com efeito, além da concupiscência da carne embutida no deleite e na volúpia de todos os sentidos, servindo à qual definham aqueles que se afastam de ti, existe outra que penetra na alma pelos mesmos sentidos corporais, mas não para o prazer da carne, e sim para que se experimente mediante a carne um desejo vão e curioso que se traja com o nome de conhecimento ou ciência. (Agostinho, 2017, p. 388)

Pelo corpo e pelas sensações dele originadas, estabelece-se o vínculo maldito que prende o homem à Terra e o afasta de Deus: "Nós somos corpos submetidos ao Diabo, em um mundo onde o Diabo é o príncipe e deus. O pão que comemos, a bebida que bebemos, as vestimentas que usamos, até o ar que respiramos e todos os pertences de nossa vida corporal, fazem parte de seu império" (Lutero, apud Nogueira, 1986, p. 77).

Nesse sentido, o moderno reveste-se em tentação, em pecado, pois, pela falta de temperança, o homem acaba por voltar-se para o elemento do mal que se distingue pela essência distinta pelo episódio da queda, quando determinados anjos escolhem se apartar de sua origem divina. Em seu estudo sobre a origem do mal, Orígenes, teólogo do século III, dedica-se à questão acerca da possibilidade da criação de um ser mal por Deus, o que ameaçaria a onisciência de Deus. Uma resolução para essa dúvida se dá no século XV com a ideia de que o Diabo não tinha uma origem no mal e que sua queda se deveu a uma livre escolha (Fink, 1998). A base teológica que tornou essa ideia possível mais uma vez pode ser encontrada em Agostinho. Em seu livro *A cidade de Deus*, ele expõe a origem das duas cidades, a de Deus e a do Diabo. Deus havia criado a cidade dos anjos para que vivessem em meio à sabedoria e à felicidade, "alguns anjos, porém, afastaram-se dessa iluminação" (apud Ibidem, p. 29) e preferiram reunir-se em outro espaço. Essa solução a da livre escolha por criar uma outra cidade pode ser interpretada como uma resposta à *Epístola de João*, que não admite o mal em um ser criado por Deus e afirma que a base estaria no orgulho:

> Os maniqueus não entendem que, se o Diabo é mau por natureza, não se pode absolutamente falar em pecado. Eles não têm como objetar o testemunho dos profetas, por exemplo, quando Isaías, representando figurativamente o Diabo

na pessoa do príncipe de Babilônia, pergunta: "Como caíste do céu, ó Lúcifer, filho da alva?" [Isso indica] que o Diabo esteve por algum tempo sem pecado [...] [e] deve ser entendido no sentido de que ele pecou não desde o princípio de sua criação, mas desde o princípio do pecado, pois o pecado principiou no orgulho. (Agostinho, apud Fink, 1998, p. 30)

No capítulo XXX do livro de Agostinho, intitulado "Qualidade da ciência que torna os Demônios orgulhosos", encontra-se a associação direta do sentimento de orgulho como determinante para a queda. O narrador presente na *História* interpreta os atos de Fausto através da lente ortodoxa que, por sua vez, remete às ideias do filósofo medieval, adjudicando o ímpeto por conhecimento de Fausto como demoníaco, pois estes estão embebidos do mesmo orgulho que o invadiu e que o direciona aos entes do mal:

Nos demônios há, portanto, ciência sem caridade; por isso é que eles são tão inchados, isto é, tão soberbos que chegaram a reclamar honras divinas e culto religioso que sabem ser só devido ao verdadeiro Deus; e tanto quanto podem, reclamam esse culto junto de quem podem. A este orgulho dos demônios a que precisamente se submetera o gênero humano, opôs-se a humildade de Deus manifestada em Cristo. Mas qual seja o poder desta humildade, é o que ignoram os homens cuja alma está inchada com a impureza da altivez e que são semelhantes aos demônios, não na ciência, mas na soberba. (Agostinho, apud Fink, 1998, p. 25)

Segundo Fink (1998), as palavras *daimon* e demônio foram aproximadas, criando uma imagem negativa do que era visto como natural na Antiguidade (Platão em *Banquete* e *Crátilo*). O Espírito mediador entre deuses e mortais pode ser um anjo do mal quando evoca a desmedida, a autonomia e clama pela liberdade. A utilização da palavra grega *daimon* (*daimonon*) no Novo Testamento para identificar um espirito perverso acabou por tornar-se corrente pelos primeiros padres nos séculos I e II que interpretaram os demônios platônicos como "anjos caídos perversos" (Fink, 1998, p. 25). A razão disso reside na tentativa de demonizar os deuses pagãos e coibir o culto a esses deuses, o que deu o norte para toda a produção intelectual e artística, assim como das normas sociais durante a Idade Média.[31]

A figura de Satã não teve o mesmo significado ao longo da história europeia. No primeiro milênio da nossa era não tem relevância, o que muda a partir do século XII, surgindo com cada vez mais intensidade nas representações artísticas e nos escritos teológicos até se chegar ao final da Idade Média, quando a figura se torna como que uma obsessão por toda a Europa, constituindo-se uma "linguagem simbólica identitária" (Muchembled, 2001, p. 9). Podemos interpretar a posição do narrador como um empenho reacionário, uma reação ao novo homem que se abre para o mundo e também para si ao tentar tomar as rédeas de seu destino em nome do saber, o que gera uma tentativa de empoderamento de si. Isso reúne as duas perspectivas de interpretação da *História* mencionadas anteriormente. E assim, para toda a cristandade, não importando se católicos ou reformadores, o pacto surge como a única opção para saciar a sede de transgressão de limites e para haurir conhecimentos, poderes e prazeres e requer um "juramento de fidelidade":

> Ora, existem certos pontos a serem observados a respeito da fidelidade exigida pelo Diabo: por que motivo e de que maneira diversa há de ser conduzida? É óbvio que o principal motivo está em causar maior ofensa à Majestade Divina ao usurpar-lhe uma criatura que a Ela era devotada, garantindo destarte, mais certamente, a futura danação do discípulo, sua meta primordial. No entanto, muitas vezes descobrimos que o juramento só tem validade por um período determinado de anos, período fixado no momento da declaração da perfídia; e às vezes, o Diabo só exige essa declaração, adiando a homenagem para algum outro dia. (Kramer; Sprenger, 2015, p. 227)

O pactário surge como um grande mago dotado de conhecimentos que passa a compartilhar com discípulos, criando toda uma legião de feiticeiros. Vários escritos surgiram ao longo do século XVII e foram atribuídos a Fausto, constituindo diversos volumes editados sob o nome de *Praxis Magica Faustiana: Oder Der Von Doct Iohann Faust / Practicirte Und Beschworne Höllen Zwang* (Prática mágica faustiana: ou praticada e conjurada coerção do inferno).[32] Sobre a datação dos textos, nos diz Laan (2013, p. 145): "Eles ostensivamente datam dos primeiros anos do século XVI, mas pertencem principalmente aos séculos XVIII e XIX".

Figura 2: Praxis Magica Faustiana: oder der von Doct Iohann Faust. Practicirte und beschworne Höllen Zwang. Ilustração de uma fórmula mágica em manuscrito datado de 1527, mas atribuído ao século XVIII. Ilustração de uma fórmula mágica em manuscrito datado de 1527, mas atribuído ao século XVIII.

Assim Fausto passou para o imaginário dos séculos subsequentes como um feiticeiro pactário que sabia como invocar os Espíritos, de modo que lhe satisfizessem os desejos. A característica de uma personagem que demonstrava a cobiça pelo saber cientifico empalideceu ao longo do século XVII, traço determinante com o qual Goethe delineou seu Fausto no século seguinte, após os debates acerca do Iluminismo. Mas não foi sem razão que Fausto ficou conhecido como fanfarrão e personagem de aventuras picarescas. Boa parte da *História* é dedicada a narrar suas aventuras com tons humorísticos, conforme se encontra na terceira e última partes do livro cujo título é: "[...] Aventuras do Doutor Fausto, do que ele fez e praticou com sua nigromancia na corte de diversos soberanos". Após as viagens de descoberta do mundo por meio de seus olhos, outra concupiscência lhe aguardava, a do prazer e do logro, que, no fundo, é a subjugação de uma outra pessoa por determinado poder de enganação. Nem só de tom amedrontador se compõe a história do pactário. As aventuras de Fausto pelo mundo possibilitam um novo tipo de relação com a *História*. O leitor tem chance de rir das peças que Fausto prega nas pessoas, aliviando o peso das admoestações. Aproxima-se o leitor da narrativa pelo riso para logo depois, após as lamentações e arrependimento de Fausto, fazer, novamente pela tônica da narrativa, o foco ser dado ao temor de se ter o mesmo fim do pactário e gozador, caso seja como ele. O medo pela condenação é potencializado pelos receios e arrependimentos de Fausto diante do cumprimento do trato que havia feito, o que o leva à perda de sua alma.

Primeiramente, Fausto é tomado pelo desejo orgulhoso de conhecer o mundo; em seguida, é tomado pelo desejo de experimentar, pelos sentidos e pela carne, as volúpias que o mundo descortina. O herói das narrativas picarescas surge bem menos dotado de negatividade do que o especulador, o "pretensiosamente curioso". Fausto deseja um mundo livre, um mundo de satisfação dos desejos, gerando uma utopia do aquém, diferente daquela exposta por Thomas Morus em seu livro *Utopia* (1515-16), em que opera uma crítica de seu tempo e tece a proposição de um lugar melhor no futuro. Para Fausto o futuro é o momento, o deliciar-se do que o mundo oferece, pura diversão. A terceira parte da *História* (entre os capítulos 33 a 54) pode ser vista como uma segunda utopia fáustica, a de saborear o mundo e de, nele, divertir-se a valer.

Elementos que foram decisivos para o surgimento da pintura renascentista, tais como, perspectiva, naturalismo, classicismo, investigação da natureza, estudo de anatomia, podem muito bem ser correlacionados ao *Livro de Fausto* (*Faustbuch*). Cenas da vida cotidiana, como um prenúncio da pintura de gênero, começam a dividir as telas com cenas que retratam episódios contidos na Bíblia, como na pintura de Hieronymus Bosch ou tomam todo o lugar na tela como nos quadros de Pieter Bruegel, o Velho. As feições individuais também começam a ganhar destaque, sobretudo nas obras de Jan van Eyck. A paisagem outrora como cenário para cenas bíblicas é substituída paulatinamente por um novo humanismo, no qual a cena local é baseada em uma observação natural dos costumes populares completamente desidealizada. O mundo não poderia ser mais visto sem o olhar de um sujeito diante de uma posta realidade (perspectiva), o mundo passa a ser admirado como ele é, com todas as contradições do humano (naturalismo), a Antiguidade clássica fornece elementos para esse novo gênero de estar no mundo (vide presença de Helena na narrativa), o mundo carece de ser visto, de ser investigado (as perguntas de Fausto a seu Espírito), as razões do corpo ditam desejos, portanto o corpo precisa ser conhecido (anatomia). Tudo isso se encontra na narrativa sobre a vida do destemido e ousado, ímpio e pecador, Fausto, nesta parte da narrativa.

Fausto fez uma escolha movido por sua ousadia. Esse exercício do livre-arbítrio o fez ser um dentre tantos, o que está de acordo com o tópico da Renascença de valorização do individual e peculiar. Entretanto, nesta parte do livro, vê-se claramente a tendência de tornar Fausto similar às personagens típicas das narrativas populares comuns em sua época. Dessa forma, o efeito exemplar seria mais eficaz. Beutin, ao analisar a literatura renascentista alemã em inicios do século XVI, destaca o papel de importância que a literatura dirigida às camadas populares de então alcançava ao inserir em diversas narrativas a figura do camponês e do artesão: "Agora, aqueles que escreviam [...] dirigiam-se frequentemente já não apenas a um estado social, a um círculo limitado de receptores, mas à população mais vasta, ao 'homem comum', como dizia sempre Hans Sachs" (Beutin, 1994, p. 107). Sobretudo os adeptos da Reforma viam o espaço literário como uma continuação do espaço bíblico, conforme se pode depreender da seguinte fala de Lutero: "Muitos pensam que eu prejudiquei mais o papa, mesmo sem usar violência, apenas com a palavra falada e escrita, do que um poderoso rei" (apud Beutin, 1994, p. 108). Surgem no cenário intelectual e literário os panfletos e caricaturas, em uma nítida associação entre o escárnio e a sátira. O riso ganhava assim em importância no discurso tanto literário quanto religioso: "As lutas religiosas, tão sérias e tão trágicas, contribuem, entretanto, para o aparecimento de um gênero cômico destinado a um belo futuro: a caricatura" (Minois, 2003, p. 209). Se, por um lado, os intelectuais e teólogos reformadores lançaram mão deste gênero para difundir seus ataques ao papado e, assim, tornar mais populares suas críticas, outro tipo de narrativa nascia no início do século XVI. Eram os chamados *Volksbücher* [livros populares], um tipo de leitura de entretenimento voltado para o público citadino, sobretudo das camadas inferiores (Beutin, 1994). Os capítulos que integram essa parte da *História* se enquadram bem no estilo das farsas, que se caracterizam por serem "pequenas narrativas, em prosa ou em verso, cujo tema é de natureza alegre e que encerram frequentemente com uma peripécia" (Ibidem, p. 123). O livro mais famoso deste tipo na Alemanha foi *Till Eulenspiegel* (1515), coletânea de pequenas histórias farsescas (*Schwank*) que se inspirou em Tile Ulenspegel, nascido em 1300 na pequena cidade de Kneitlingen, nas cercanias de Wolfenbüttel, onde, conforme já se mencionou, se achou, séculos mais tarde, o manuscrito da *História*, que também teve por base um personagem histórico. Vários pontos aproximam as duas narrativas.

Figura 3: O jovem Eulenspiegel mostra seu traseiro.

Eulenspiegel prega peças no mesmo tipo de vítimas que Fausto: camponeses, nobres, clérigos e, no caso de Fausto, por influência dos preconceitos luteranos, também nos judeus. Tem por intuito conseguir bens materiais sem o menor esforço, sendo que, em Fausto, percebemos uma oposição generalizada a todas as camadas sociais com o intuito de exercer uma supremacia individual, opondo-se a todos e a todos superando, sem necessariamente ter propósitos de conquistar alguma coisa. As ações de Eulenspiegel se restringem a conquistas no mundo terreno, sem qualquer referência metafísica; em Fausto, a metafísica está em valer-se de magia para enganar seus contemporâneos.

A narrativa anônima de *Till Eulenspiegel* se insere na chamada cultura do riso da Idade Média e é similar a outro tipo de literatura do início da Renascença, o chamado *Fastnachtspiel* [peça da entrada na quaresma, entrudo]. Era um teatro profano que, desde a metade do século XIV, era encenado durante o período de carnaval. Teve seu ápice na época da Reforma, sendo logo depois proibido pelos protestantes em algumas cidades, como em Nuremberg (1539). Eram encenadas por grupos de amadores, constituídos sobretudo por artesãos e tinham como personagens figuras alegóricas e não personalizadas, como o camponês, a velha rabugenta, o monge, a menina seduzida e enganada e outros tipos. Neste tipo de peças se enfatizam os prazeres tanto dos sentidos quanto da mesa, tudo é apresentado de modo grosseiro em contraponto à ascese e ao recolhimento interior típico da época da quaresma. As aventuras de Fausto na época do carnaval são uma menção a esse tipo de encenação popular e similar ao Espírito dos *Volksbücher*. Os desejos e pulsões libertos de regras sociais e religiosas são dispostos nesses tipos de narrativas, apartadas das regras usuais de comportamento. As antigas representações na literatura de cunho religioso haviam dado lugar a uma forma de comunicação que almejava tornar-se mais popular.

Tanto os livros de cunho popular como os entrudos renascentistas tinham como traço peculiar um certo realismo. As figuras ali representadas de modo alegórico e com toques de picardia eram conhecidas por todos, presentes na vida do público em meio ao qual eram destinadas ou aconteciam. No livro popular de Fausto, esse realismo também haveria de estar presente. Apesar de se apresentar a personagem como um tipo peculiar, o do curioso ousado, e de valorizar seus anseios particulares, as aventuras estampadas nesses capítulos deveriam estar inscritas na vida comum para poderem ser apreciadas por todos; caso contrário, o aspecto exemplar da narrativa não funcionaria. Mas Fausto vem acompanhado de um ser que não pertence a este mundo, apesar de ter como morada e atuação o espaço terreno. A presença da magia e do Diabo, como se apontou anteriormente, fazia parte da vida cotidiana na época, sendo esse aspecto reforçado pelas ideias protestantes influenciadas pela notória fixação de Lutero na presença da figura demoníaca na vida: "[o Diabo] adere ao homem mais estreitamente que sua roupa ou que sua camisa, mais estreitamente até que sua pele" (Lutero, apud Muchembled, 2001, p. 147).

Nesse sentido, podemos ver nas aventuras de Fausto o delinear de um tênue realismo mágico, ao se falar da vida como submetida a forças sobrenaturais, sendo o Diabo responsável pelo aspecto da ultrapassagem do cotidiano para o sobrenatural. Assim, temos a inserção da narrativa em um mundo que se quer real, mas que se faz irreal, mágico. Além desse aspecto, várias narrativas da época procuravam expor o mundo às avessas, como, por exemplo, a coletânea de histórias de Sebastian Brant intitulada *A Nau Dos Insensatos* (1494). Com um cunho fortemente moralizador, ali são expostos os modos de viver tidos como vícios que, ao leitor, eram apresentadas como forma de exercer uma crítica social, de modo a promover um aprimoramento moral. Mais uma vez, o humor inseria-se na tônica das narrativas e também remetia por sua presença aos sermões de exemplo cujos vícios eram descritos com nuances de humor diante de uma plateia crédula e a ser cativada pelo tom alegre das admoestações. Em seu estudo sobre o riso e a sátira, Georges Minois aponta esse uso do humor como forma retórica de envolvimento dos ouvintes ao citar a técnica sermonária do teólogo Vitry:

> Os principais teóricos da pregação no século XIII reservam espaço para a pilhéria humorística nos sermões. Segundo Jacques de Vitry, é preciso mostrar-se realista: todo mundo sabe que os fiéis têm tendência a dormir durante as prédicas; então, "para edificá-los e também para acordá-los quando, fatigados e tomados pelo tédio, eles começam a cochilar [...] é preciso reanimá-los com a ajuda de exemplos divertidos e apresentar-lhes histórias para que, em seguida, já acordados, eles prestem atenção a palavras sérias e úteis". (Minois, 2003, p. 215)

Segundo Minois, o riso usado em sermões por pregadores não foi levado em conta nos estudos sobre o riso de Mikhail Bakhtin, mas é um efeito de importância no discurso religioso da Idade Média e desenvolve-se a partir do século XII, quando se intensificou com a introdução nos sermões de pequenas histórias que evocavam o riso, procurando-se imprimir nos ouvintes uma marcante impressão, de tal forma que as lições de cunho moral inseridas nas falas permanecessem nas memórias dos que as ouviam. Isso se configura no que Minois (2003, p. 215) classificou como *"exempla cômicos".* A memorização da mensagem de cunho moral ganhava um efeito eficaz e popular ao se valerem de conteúdos que faziam parte de um rol de histórias populares, nas quais se contavam casos de pessoas astutas e ardilosas que violavam preceitos morais, com a intenção de ganharem alguma coisa ou de mostrarem sua superioridade em relação ao outro, o que em muito se aproxima do uso das histórias com traços de humor nesta parte da *História,* como se depreende da historieta mencionada por Minois que fazia parte de um sermão de Jacques de Vitry:

> A visão de mundo que se depreende dos *exempla* não é muito diferente da que observamos nas fabulas e farsas: uma visão pessimista da sociedade, em que metade é de espertos e metade de ingênuos e na qual os que levam a melhor são os mais astutos, sem consideração de moral. Em alguns *exempla,* de gosto duvidoso, chegamos a perguntar qual é a moral – se é que há uma. É o caso desta historieta de Jacques de Vitry: "Um cristão, na cidade de Acre, vendia carne deteriorada aos peregrinos. Aprisionado pelos sarracenos e conduzido até o sultão, ele lhe provou que seria pior executá-lo que deixá-lo viver. O sultão, espantado, lhe perguntou por quê. Ele respondeu: 'Não chega a passar um ano sem que eu livre o senhor de uma centena de inimigos peregrinos, graças a minhas salsichas estragadas e a meus peixes podres'. Essa facécia fez rir o sultão e salvou a vida do açougueiro". (Minois, 2003, p. 216)

O historiador francês conclui que esse uso do humor por parte dos pregadores tende à ofensa e não fomenta a harmonia ou evoca preceitos cristãos; muito pelo contrário, é um riso que exclui e condena à danação eterna aquela "ovelha negra" que evoca o riso, em nosso caso, Fausto. Ri-se do curioso ousado, atrevido e mordaz, para que se o condene por todo o sempre – essa é a intenção desta parte da narrativa da *História*. É um humor brutal, próximo do humor negro e do cinismo hodiernos, destinado ao combate de infiéis, uma arma. A diversão dessa parte se coaduna com a disposição luterana de valer-se do riso como uma arma contra todos aqueles que não praticam a verdadeira fé. Não é o riso carnavalizado de Bakhtin, muito pelo contrário, é um riso aprisionador e combativo, de guerreiros em luta contra o mal, ou seja, contra o que é novo e inovador, contra a independência do indivíduo: "O riso do pregador é um riso conservador. A visão de mundo que se detecta aí é a mesma da das farsas: uma sociedade em que vencem os mais espertos. Mas a finalidade é inversa: o riso individualista da farsa encoraja cada um a pegar sua parte; o riso comunitário do sermão procura sufocar as veleidades de independência do indivíduo" (Minois, 2003, p. 223).

Assim como esse uso em sermões, o livro de Brant em solo alemão e a peça de Gil Vicente, *Auto da barca do inferno* (1531), em terras de língua portuguesa, valem-se do humor para tornarem ainda mais ácidas e penetrantes as críticas aos costumes da sociedade, acentuando o vício exposto. Gil Vicente estrutura sua peça, com matizes farsescos para expor uma primorosa alegoria do julgamento das almas. A alma de Fausto também está em julgamento diante do leitor e, desde o começo da narrativa, ela já se encontra condenada; com o avançar da narrativa, dá-se a exposição dos motivos de sua condenação. Fausto não embarcará em nenhuma nau, mas voará pelos Céus em companhia de seu Diabo particular em busca de aventuras. Ele nascera com uma marca, a do desejo de poder superar os limites tanto intelectuais, no caso mais enciclopédicos, como morais. Na primeira parte, desvencilha-se dos limites teológicos e quer saber dos segredos do mundo, tanto do Céu quanto da terra, por mais que a exposição dos conhecimentos seja, de certa forma, já ultrapassada até em sua época. Nesta segunda parte, seu desejo não aparece mais pleno de angústias pela ignorância, mas se configura como um desejo trocista de a todos superar com uso de truques e malícia: engana, rouba e seduz, amasia-se com Helena com quem tem um filho, sendo essa a alusão ao mundo clássico que reduz a volta à Antiguidade como uma relação de puro prazer. As histórias divertem e, pela diversão, essa vontade de Fausto de prevalecer acima de todos se delineia.

Nesse sentido, essa parte da *História* se aproxima da utopia de uma terra de livre gozo, onde tudo está à disposição muito facilmente, sendo a vida um constante gozo do ócio, do sexo e da gula, o que pode nos remeter pela similaridade de conteúdo à lenda medieval, já presente na Antiguidade clássica, sobre o País da Cocanha. Remonta-se aqui à lenda da existência de um lugar imaginário onde os alimentos surgem já preparados à disposição dos homens: casas são feitas de açúcar, ruas pavimentadas com massa, salames a granel, rios de leite, perfumadas fontes de vinho, chuvas de bolos, sem distinções de classe, de livre gozo do prazer. Assim nos apresenta Hans Sachs em seu poema satírico "O País da Cocanha" (*Schralaffenland*) de 1530. Nessa poesia, está presente aquele traço encontrado em Sebastian Brant e Gil Vicente, o de se reforçar uma moral prevalecente em um mundo ideal pela exposição, do que se deveria ser condenado, criando-se uma distensão presente na exposição do de um mundo de ponta cabeça.

Figura 4: Recorte de um panfleto com ilustração de Erhard Schoen, para o poema "O País da Cocanha" ("Das Schlauraffenlandt"), de Hans Sachs, impressa: "Zu Nürnberg, bey Wolff Strauch" em 1530

Se em Hans Sachs, assim como em Brant e Gil Vicente, havia o uso do riso como elemento moralizador e condenatório, os humanistas auferiam ao riso um potencial otimista diante do mundo aberto pela nova visão de mundo renascentista. O primado da sensatez em detrimento da hegemonia da fé almejava entronizar a autonomia do homem como atitude central da época nascente. A ideia de valer-se do uso do humor para educar, em franca distinção daquele uso exemplar nos sermões, está presente em *Elogio da loucura*, de Erasmo. Entretanto a palavra de condenação prevalece em toda nossa *História* diante da conjugação complexa da figura fáustica como um homem ao mesmo tempo afeito a práticas antigas, mas também representante do porvir, do primado do sujeito. Sua utopia é a de poder vencer tudo, a de poder saber tudo. Essa utopia não poderia prevalecer diante dos domínios da fé. Portanto a domesticação das pulsões por meio de um peremptório discurso de condenação encontra lugar exemplar neste livro. Esse discurso se encontra em conformidade com as ideias de Lutero que diz: "o mundo às avessas é um mundo perverso" (apud Minois, 2003, p. 322). O processo de encarceramento da individualidade e de suas pulsões encontra nessa narrativa um grande exemplo e se inscreve no processo descrito por Delumeau:

> Por aí é possível ver a transição da farsa e dos charivaris para o discurso culpabilizador. Mesmo nas festas, a loucura e o mundo às avessas podiam constituir uma maneira de endireitar situações de desordem. [...] Mas a cultura humanista e clerical ultrapassou esse nível de regulação banal das condutas. Extrapolou e dramatizou a situação de loucura e inversão: ela descobriu ali o pecado. (Delumeau, apud Minois, 2003, p. 322)

Desta forma, após a exposição das aventuras, segue-se a exposição dramática da trajetória final de Fausto. A última parte da narrativa da *História*, "Agora segue o que Doutor Fausto fez com seu Espírito e com outros no último período de sua vida, que foi o 24º e o último ano de seu contrato", é composta por nove capítulos repletos de melancolia, o que pode ser interpretado como um apelo ao sentimento de piedade do leitor, conseguindo, assim um efeito de empatia com o manifesto arrependimento do pactário. Essa ligação com o leitor já havia sido retoricamente almejada pelas partes anteriores, tanto pela exposição enciclopédica dos conhecimentos da época, como pela introdução daquelas pequenas histórias que evocavam o riso.

Ao ter experimentado os ganhos que um novo tempo poderia trazer para o indivíduo, pelo menos segundo a visão estreita do que seria o fruto da modernidade pelos olhos do narrador, Fausto declara-se arrependido e uma grande desesperança invade-lhe a alma. O que lhe havia trazido seu Diabo em termos de conhecimento e de liberdade de vida e de desejos durante aqueles 24 anos não tinha valido a futura pena eterna. A permanência no caminho da fé absoluta para o alcance da graça divina deveria ser um desejo maior do que aquele pela liberdade individual. Fausto se arrepende, mas lhe é demasiado tarde. Não houve qualquer chance para ele como tiveram os pactários Cipriano e Teófilo, considerados como figuras lendárias similares a Fausto por sua ligação com o Diabo. Entretanto figuras femininas surgem nessas lendas como intercessoras e se fazem responsáveis pela manutenção da integridade das almas, salvando-as da condenação eterna pelo reconhecimento da validade da fé em detrimento dos desejos.

A lenda de Cipriano, conforme consta na *Legenda áurea*, nos apresenta um homem que, ao ser tomado por uma intensa paixão por uma donzela detentora de uma fé inabalável, pede ajuda ao Diabo para seduzi-la. Justina vence todas as tentativas do maligno através do sinal da cruz, o que acaba por revelar a Cipriano a força da fé, demovendo-o de conquistá-la, quedando-se arrependido e salvo. Outra lenda na qual uma derrota é impingida ao Diabo é narrada por Varazze, ao relatar a história da ambição de Teófilo que pactua com o Diabo assinando um contrato com sangue para que este lhe consiga o ambicionado cargo de bispo na cidade de Adana. Ao se arrepender, Teófilo recorre à Virgem Maria que o liberta do contrato.[33] Entretanto tal sorte não teve nosso Fausto e não poderia ter.

No tempo anterior à Reforma, o Diabo era constantemente enganado pelo homem ou com a ajuda de intercessores. Entretanto essa superação não tinha mais lugar na época de Fausto, o medo tinha de ser maior do que a coragem. O ousado não poderia ter lugar. Conforme expõe Muchembled (2001), a tradição popular havia transformado o Diabo em um ser torturado por não prevalecer o contrato. Sendo constantemente enganado, os homens o superavam em astúcia. Tornara-se, antes da Reforma, um "objeto de zombarias".[34] Entretanto, por meio de vários discursos, os seres demoníacos foram-se tornando, ao longo do século XVI, cada vez mais fortes e potentes, alocados no interior do homem, sem a necessidade de um contrato. A importância de um livro como a *História do Doutor Johann Fausto* se inscreve nessa iniciativa de classificar como mau tudo aquilo que vem do interior do homem. A consciência moderna foi, no fundo, a responsável pela aproximação do mal. A individualidade que enfrenta e ousa transgredir só poderia se fazer valer com a aproximação do elemento do mal, ou ser ela mesma, o próprio mal.

O anti-herói da *História* ou o herói da modernidade desaparece da Terra, mas permanece vivo nas letras. Resta-nos a efetividade do que poderíamos chamar de uma crítica carnavalizada no sentido de retirarmos os efeitos das intenções retóricas do autor e procurar entender como essa narrativa se fez valer e perdurar ao longo de mais de quatro séculos. Este livro revela a contrapelo o mundo do porvir e questões até hoje em cena nos debates acerca da liberdade do homem e de seus anseios por deter o saber do mundo e de si, perdurando aquela condenada pretensão orgulhosa pelo conhecimento. Além disso, encontramo-nos em meio a acirradas lutas religiosas como mantenedoras de estados e modos de viver bastante sectários e limitadores da liberdade individual, fazendo-se similares à voz do autor/narrador das páginas deste primeiro livro de Fausto. As narrativas, dramas, poemas, filmes, músicas, balés sobre a saga fáustica transformaram-se, ao longo dos séculos de sua permanência no imaginário ocidental, como um testemunho vivo do poder da palavra que, em constante diálogo com seu tempo, acompanha de perto as nuances do complexo mundo da modernidade que, segundo esta narrativa, já nasce condenado, assim como a história dos homens expulsos do Paraíso. O homem e suas complexidades parecem não querer sair da cena fáustica e ainda há muito a se dizer. As ideias de Lutero que ecoam na voz do narrador transferem para a palavra, para a interpretação das vozes divinas contidas nos Evangelhos, uma forma de combate do mal, personificado na figura do Diabo. Os autores posteriores assumiram esta tarefa, transferindo, porém, para os textos escritos por mãos humanas a potência descobridora da verdadeira palavra. O banimento pela força da fé das vozes interiores que exteriorizavam os malefícios foi substituído pela eloquência dos dramas. As vozes que ecoam dos textos que compõem a trama fáustica, ao longo do tempo, criaram um tecido resistente e potente, capaz de tornar a voz humana poderosa e combativa, vozes de enfrentamento de nossas próprias complexidades, deixando o mundo muito mais complexo do que se poderia imaginar na saga maniqueísta deste nosso primeiro Fausto. Estamos muito além de um simples jogo de bem versus mal, e disto o autor já tinha consciência ao escrever um texto aparentemente simples, mas com uma inteligente e erudita forma de composição. Essa complexidade do humano haveria de esperar até vir à luz pelas mãos de Goethe, tornando a saga do pactário moderna em todos os sentidos do termo. Se, na saga deste Fausto, vemos a transição do medievo ao tenro moderno com sua confiança otimista na razão, encontramos, cerca de duzentos anos depois, o questionamento desta confiança no delinear de mais um anti-herói que somos todos nós. Ou não?

---

[1] Em cidades que hoje se localizam nos estados de Baden-Württemberg, da Baviera (ao Norte) e Turíngia, como Knittlingen, Staufen, Nuremberg, Bamberg, Roda, Weimar.

[2] Pseudônimo de Theophrastus Bombast von Hohenheim (1493-1541). Após estudar medicina em Bolonha e Ferrara (Itália), levou uma vida errante pela Europa e assumiu, por apenas dez meses, uma cadeira na Universidade de Basileia (1527-1528) por ir contra os preceitos escolásticos e a prática da medicina baseada nos conhecimentos transmitidos por Galeno, Hipócrates e Avicena, tidos como canônicos na época. Preferindo outras formas de conhecer o mundo, uniu seus conhecimentos de medicina à alquimia, à astrologia, à mística e à filosofia, e criou um ideário peculiar em dissonância com os estabelecidos. De grande importância para as doutrinas alternativas que nele se basearam ao longo dos séculos até os dias de hoje foram suas ideias acerca dos elementos da natureza (atribui-se a ele a descoberta do zinco), sobre a relação entre mundo (macrocosmos) e homem (microcosmo) e sua concepção de alquimia, concebida não como obtenção de riquezas, mas como parte de processos de transformação e aperfeiçoamento das coisas destinadas a servir aos homens. Também fundamental para a conexão da figura de Paracelso com o tipo fáustico, é sua concepção de medicina. Conforme sintetiza Helferich (2006, p. 146), segundo Paracelso, "o médico precisa conhecer o bem e o mal, o excesso e a falta, na natureza como entre os homens (pois 'o homem nasceu para a mudança') [...] a arte médica não é encontrada 'por meio da especulação, mas por meio da revelação segura'. Essa revelação, como decifração correta dos signos, se realiza pelas ciências secretas da magia, astrologia e cabala". Ao assumir como forma válida de conhecimento a conjunção entre experiência e saber revelado, Paracelso encarna o tipo de doutor que deveria ser condenado tanto pela ciência tradicional, como pela moderna nascente: "o livro da natureza que Paracelso lê é bem diferente do livro que Galileu tem diante dos olhos" (Helferich, 2006, p. 147).

[3] Heinrich Cornelius, chamado Agrippa von Nettesheim (1486-1535), fazia o tipo do sábio universal, douto em diversas áreas do conhecimento, tais como teologia, direito, medicina e filosofia. Era considerado na Alemanha de então um dos homens mais instruídos da época. Seus textos misturavam conhecimentos de magia, religião, astrologia com os de ciência natural.

⁴ As chamadas histórias de Erfurt e Leipzig foram inseridas em uma edição de 1587 (sem indicação do lugar), cujo título já indica o acréscimo, "Agora recentemente revista e aumentada em diversos trechos" (*Jetzt auffs newe vbersehene vnd mit vielen Stücken gemehrete*), mas houve a supressão do capítulo 28. Classificada pela crítica como Edição C, foi a que alcançou o maior número de impressões (treze edições). Esses capítulos não estão presentes nesta edição que seguiu a edição A1, a chamada *editio princeps*.

⁵ Edições de caráter filológico-crítico da História do Dr. Fausto estao são, em ordem cronológica, as seguintes: *Das älteste Faustbuch: wortgetreuer Abdruck der editio princeps des Spies'schen Faustbuches vom Jahre 1587*, editada por August Kühne (Zerbst, Luppe, 1868); *Das Volksbuch vom Doctor Faustus*, editado por Robert Petsch (Halle, 1911); *Das Volksbuch vom Doctor Faustus*, editado por Josef Fritz (Halle, 1914); *Historia von D. Johann Fausten; Neudruck des Faust-Buches von 1587*, editada por Hans Henning (Halle, 1963); *Historia von D. Johann Fausten*, editada por Stephan Füssel e Hans Joachim Kreutzer (Stuttgart, 2006); *Romane des 15. u. 16. Jahrhunderts*, Melusine; Hug Schapler (1500); Hug Schapler (1537); Fortunatus; Wickram, Knabenspiegel; Faustbuch. Nach den Erstdrucken, editada por Jan-Dirk Müller (Frankfurt, 1990).

⁶ Cumpre destacar que apenas o Fausto criado por Goethe integrou em si traços distintos de modernidade, haja vista a segunda parte do drama, no qual Fausto toma parte como empreendedor da construção de diques e como agente do capital financeiro com a invenção do dinheiro etc. Vide: Berman, 1978; Binswanger, 2011 ; Jaeger, 2014.

⁷ Manuscritos datados do século IX ou X foram descobertos em 1841 por Georg Waitz em meio a escritos teológicos na Abadia de Fulda e são os únicos exemplos explícitos já encontrados de feitiços de acordo com as crenças germânicas. Tornaram-se mais difundidos em razão texto publicado por Jakob Grimm em 1842, "Sobre duas poesias encontradas do tempo do paganismo alemão" ["Über zwei entdeckte Gedichte aus der Zeit des deutschen Heidentums".

⁸ Segundo Tuczay (2003, p. 55), em uma versão da lenda de Simão, considerado pela crítica como uma das figuras pré-fáusticas, menciona-se que Espíritos do mal o carregavam pelo ar, uma imagem que consta na Bíblia (Ato dos Apóstolos) e também em antigas lendas germânicas. A autora menciona o historiador dinamarquês da Idade Média, Saxo Gramaticus, que, em sua *História dos Dinamarqueses* (cerca de 1200), menciona a ação de Odin carregar pessoas pelo ar. Além disso, cita Caesarius v. Heiterbach que conta histórias de pessoas que se movimentavam pelo ar com a ajuda de demônios (*Dialogus Miracolorum* VIII, c. 59)

⁹ Andreas Musculus escreveu um dos primeiros *Livros do Diabo* e foi responsável pelos mais populares e vendidos do gênero, como o *Vom Hosen Teuffel* (O Diabo das calças; 1556), no qual satiriza a moda masculina de usar calças bufantes e coloridas.

¹⁰ A obra de Weier não era um dos *Livros do Diabo*, mas sim um compêndio de histórias de pessoas que estariam sob a influência do Diabo, sobretudo homens dados a práticas mágicas, tratava-se de um tratado de demonologia, bastante conhecido em sua época.

¹¹ Vide Ahrendt-Schulte, 2016.

¹² A primeira edição de 1563 não continha a imagem, reproduzida também na terceira edição de 1566.

¹³ Uma das histórias contidas no livro de Johannes Manlius (1568), narra o episódio sobre um físico que, enganando o Diabo, o colocou preso em uma garrafa, consultando-o eventualmente quando queria alguma informação. O Diabo o ajudou tanto, de modo que ele se tornou um grande médico e possuidor de boa fortuna. Entretanto, ao chegar perto de sua morte, se arrepende, o que não o livra de uma morte espetacular. Essa mesma narrativa, conforme assinala Baron (1992, p. 132), é encontrada em lendas sobre Paracelso, na *Zimmerische Chronik*, (Crônica de Zimmer; em referência ao período 1540/1558, editada em 1566); na coletânea de histórias exemplares de Andreas Hondorff, *Promptuarium exemplorum* (Leipzig; 1568) e também no livro de Johannes Weier. Elas são similares às histórias do Diabo na garrafa da literatura de cordel brasileira.

¹⁴ Segundo Minois (2003, p. 251): "O mundo de Kramer e Sprenger é, literalmente, grotesco: tudo é ilusão, porque Satã está em toda parte na obra".

¹⁵ Cumpre destacar que, embora as considerações de Adorno se refiram ao período histórico da primeira metade do século XX, no tocante ao uso por grupos nazifascistas de teorias ocultistas, elas podem muito bem servir para uma reflexão sobre o período do primado da Inquisição e da inflexibilidade de pastores protestantes que viam a presença do Diabo entre os homens, sempre dispostos a pecar.

¹⁶ Sobre o texto de Lessing, vide Moura, 2017, p. 268- 291.

¹⁷ Vide Palmer; More, 1966.

¹⁸ Para Frank Baron, o lugar de nascimento de Fausto seria Helmstadt, nas cercanias de Heidelberg, e seu nome seria Georg Helmstatter. Considera-se mero uso literário a indicação no livro de Spies e no manuscrito de Wolfenbüttel que ele tenha nascido em Roda, perto de Weimar, na Turíngia. O pintor Georg Kötschau fez, nos anos 1920, uma série de ilustrações vinculando a cidade de Roda a Fausto para uma edição da *História* e que foram usadas como *Notgeld* (espécie de dinheiro local usado nos anos de crise entre guerras) e que podem ser vistas no site. Disponível em: <http://www.goethezeitportal.de/wissen/illustrationen/legenden-maerchen-und-sagen-motive/notgeld-doctor-faustus.html#Notgeld>).

Em Knittlingen há uma casa assinalada como "lugar de nascimento do Doutor Fausto", onde hoje funciona o Arquivo Fausto, mas não é a casa original da época de Fausto que foi destruída por um incêndio, assim como boa parte da cidade, durante a Guerra dos Trinta Anos. Durante escavações para uma obra de saneamento foi encontrado lá um armário em forma de uma estrela de seis pontas, com uma série símbolos alquímicos e a palavra ELOHIM gravados; e dentro dele havia um saquinho de couro com uma fórmula alquímica escrita em um pergaminho, o Quadrado-Sator-Arepo, ambos estão expostos no Museu Fausto da cidade (Bräuer, 2015).

¹⁹ Johannes Trithemius (Johannes Heidenberg ou Johannes Zeller, também Johannes von Trittenheim, Johannes Tritheim; 1462-1516) foi abade beneditino no mosteiro de Sponheim e, a partir de 1506, em Würzburg, um admirado humanista e reconhecido erudito versado em diversos assuntos, inclusive em alquimia, autor de mais de noventa obras. No mosteiro de Sponheim, estabeleceu contato com Agrippa de Nettesheim que, no ano de 1510, permaneceu sob sua orientação e lá começou a escrever seu livro mais importante *De Occulta Philosophia*.

Desta forma a carta, que exprime a opinião de Trithemius condenando Fausto, contribui para tornar a sua fama de embusteiro de senso geral.

[20] Johannes Virdung (1463-1538/1539) foi um famoso astrólogo e médico em sua época, empregando-se na corte de vários reis e depois exercendo a docência na Universidade de Heidelberg. Escreveu várias obras e também elaborava mapas astrológicos, além de fazer predições baseadas em observações astronômicas.

[21] Foi publicada no original em latim em *Epistolae familiares*. (Liber 1, Ep. 62, Hagenau, 1536, p. 136-37); traduzida segundo texto estabelecido em Middel, 1967, p. 12.

[22] Em: Middell, 1967, p. 11.

[23] Vide Luther, 2015.

[24] A escritura da peça é datada pela crítica de 1588/89 e em 1594 acontece a primeira encenação. O texto é impresso em 1604 e depois em 1609 e 1616. A primeira encenação que se tem notícia comprovada em solo de fala alemã aconteceu em Graz, em 1608.

[25] A primeira edição do manuscrito de Wolfenbüttel foi feita por Gustav Milchsack (1892). A primeira edição crítica aparece pela mão de H. G. Haile em 1963. A edição de Georg Rudolf Widmann é de 1599.

[26] O texto de Widmann é incluído no segundo volume da coletânea elaborada por Scheible (1847).

[27] Eis o longo título: *Des Durch Die Gantze Welt Beruffenen Ertz-Schwartz-Künstlers Und Zauberers Doctor Johann Fausts, Mit Dem Teufel Auffgerichtetes Bündnüß, Abendtheurlicher Lebens--Wandel Und Mit Schrecken Genommenes Ende ; Auffs Neue Übersehen/ Jn Eine Beliebte Kürtze Zusammen Gezogen, Und Allen Vorsetzlichen Sündern Zu Einer Hertzlichen Vermahnung Und Warnung / Zum Druck Befördert Von Einem Christlich-Meynenden* (Sobre o conhecido no mundo inteiro arquemago negro e feiticeiro doutor Johann Fausto, em aliança com o diabo, de suas aventuras durante sua vida errante e de seu final assustador; visto sob novo ponto de vista / resumido de modo agradável, e para todos os presunçosos pecadores uma humilde admoestação e advertência / impressão patrocinada por um devoto cristão).

[28] Um extenso estudo sobre as edições e suas variantes nos apresenta Marina Münkler (2011) e a impressionante compilação efetuada por Hans Henning (1970).

[29] Idem (1993, p. 65) aponta uma série de eventos como a repetição de conteúdo nos capítulos 35 e 56, a revelação de um nome que anteriormente se não podia dizer (capítulo. 34), concluindo: "Pensamento uniforme, mas execução desigual, esse é o caráter do livro de Fausto".

[30] Ao final desse volume se encontram listados os livros que serviram de base para a escritura da *História*.

[31] Trechos do Novo Testamento contribuem para a mistura de nomes. O adversário de Deus em Lucas e Mateus é chamado de *diabolos*; mas na tradução da Bíblia do Velho Testamento, *satan* (hebraico) foi traduzido por *diabolos* (grego). Em Marcus não se usa a forma *diabolos*, mas sim Satanás: "E o *satan* hebreu as vezes foi traduzido para o grego ora com *diabolos*, ora como o aramaico *satanas*. As distinções logo desapareceram. Satã, Satanás, diabolos e diabolus passaram a ter significados intercambiáveis" (Fink, 1998, p. 27-28).

[32] Vide no Anexo II, ao final deste texto, a lista de escritos atribuídos a Fausto.

[33] Vide em Varazze (2003) as lendas números 126 (item 9), "A natividade da bem-aventurada Virgem Maria" (lenda de Teófilo; p. 754-55) e a de número 135, "Santa Justina" (p. 789-93). Outro caso de pacto se encontra relatado na história de um jovem que pede ajuda ao Diabo para conquistar uma jovem na lenda 126, sendo salvo por meio da intercessão de São Basílio (p. 192-96). A lenda de Cipriano e Justina é retomada no século XVII por Calderón de la Barca no drama *El magico prodigioso* (1637). A história de Teófilo, conhecida por meio de um manuscrito datado de cerca de 650 e 850 e traduzido para o latim por Eutiquiano, é uma das mais populares na Europa medieval, sendo tema para diversos autores no século XIII: Gonzalo de Berceo (*Los milagros de Nuestra Señora*; c. 1225), Rutebeuf (*Le miracle de Théophile*; c. 1261), Gautier de Coinci (*Le miracles de Nostre Dame*; c. 1220) e D. Alfonso, o Sábio (*Cantigas de Santa Maria*; c. 1280; Mettman, 1986).

[34] Uma série de histórias da cultura alemã acerca do Diabo enganado foram coligidas da cultura popular pelos Irmãos Grimm em sua coletânea de lendas editada em dois volumes (1816; 1818). Uma seleção das mesmas foi apresentada ao público brasileiro em: Moura; Bolacio; Grimm, Jacob; Grimm, Wilhelm, 2017.

Bibliografia

FONTES DA EDIÇÃO DE 1587

Apresenta-se a seguir a lista de obras utilizadas como fontes primárias para a escrita da *História* (1587), conforme estabelecido na edição crítica de Füssel; Kreutzer (1988; 2006) que, por sua vez, levaram em conta as pesquisas anteriormente feitas e apresentadas em edições anteriores e em estudos feitos por Gustav Milchsack (1892), Georg Ellinger (1887-88), Siegfried Szamatolski (1892) e Robert Petsch (1911):

AUGUSTODUNENSIS, Honorius (Honorius von Autun). *M. Elucidarius. Von allerhand Geschöpfen Gottes, den Engeln, den Himmeln, Gestirns, Planeten, vnd [und] wie alle Creaturn geschaffen seind auff Erden* [...]. Stayner: Augspurg, 1544.

AURIFABER, Johannes. Vide LUTHER, M.; AURIFABER, J.

BASSAEUS, Nicolaus (ed.). *Theatrvm De Veneficis. Das ist: Von Teuffelsgespenst Zauberern vnd Gifftbereitern, Schwartzkünstlern, Hexen vnd Vnholden, vieler fürnemmen Historien vnd Exempel, bewärten, glaubwirdigen, Alten vnd Newen Scribenten, was von solchen jeder zeit disputiert vnd gehalten worden, mit sonderm fleiß* [...]. Frankfurt/Main, 1586.

BRANT, Sebastian. *Das Narrenschyff*. Basel, 1494.

BODIN, Jean. *De la démonomanie des sorciers*. Paris: Bâle, 1580; em alemão Strassburg, 1581.

BÜTNER, Wolfgang. *Epitome historiarum Christlicher ausgelesener Historien vnd Geschichten, aus alten vnd bewehrten Scribenten*. 1576.

DASYPODIUS, Petrus. *Dictionarium latino germanicum et vice versa*. Rihelius: Argentorati, 1554.

GOLTWURM, Caspar. *Wunderwerck vnd Wunderzeichen Buch*. Frankfurt am Main: David Zephelius, 1557.

GRUYTRODE, Jacobus de. *Ain schöne matteri Eingedailt in siben tag der wochen vnd genant der sündigen sele spiegel*. Ulm: Konrad Dinckmut, 1487.

HONDORFF, Andreas. *Historienn vnd Exempel buch : Aus Heiliger Schrifft, und vielen andern bewerten und beglaubten Geistlichen und Weltlichen Büchern und Schrifften gezogen*. Leipzig: 1568.

LERCHEIMER, Augustin (Hermann Wilken). *Christlich Bedencken und Erinnerung von Zauberey woher was und wie vielfältig sie sey wem sie schaden könne oder nicht: wie diesem Laster zu wehren und die so damit behafft zu bekehren oder auch zu straffen seyn*. Heidelberg, 1585.

LIECHTENBERG, Jacob von. "Hexen Büchlein, das ist ware entdeckung und erklärung, oder Declaration fürnämlicher artickel der Zauberey, und was von Zauberern, Unholden, Hengsten ... zu halten sey [...]." In: *Theatrum de Veneficis*. Frankfurt a. M, 1586, p. 306-24.

LINDENER, Michael. *Der Erste Theyl, KATZIPORI. DArin newe Mugken, seltzame Grillen, vnerhörte Tauben, visterliche Zotten verfasst und begreiffen seind: Durch einen leyden güten Companen allen güten Schluckern zu gefallen zusammen getragen.* Augsburg: Hans Gegler, 1558.

LUTHER, Martin. *Tischreden.* Manuscrito com acréscimos e anexos de Christoph Rosshirt. Manuscrito K 437 na Badische Landesbibliothek de Karlsruhe com a história *„Vom Doctor Georgio Fausto dem Schwartzkunstler und Zauberer"*; século XVI; após 1566.

LUTHER, Martin; AURIFABER, Johann. *Colloqvia Oder Tischreden D. Mart: Luthers : So er in vielen Jaren, gegen Gelarten leuten, auch frembden Gesten, vnd seinen Tischgesellen geführet, Nach den Heubtstücken vnserer Christlichen Lere, zusammen getragen, Vnd jtzt Auffs newe Corrigieret* [...]. Gaubisch: Eisleben, 1570.

MANLIUS, Johannes Jacobus. *Locorum communium. Collectanea.* Francofurtum a. M, 1568.

MATHESIUS, Philipp. *Historien Von des Ehrwirdigen in Gott seligen theuren Manns Gottes, D. Martin Luthers Anfang, Lere, Leben, Standhafft bekentnuß seines Glaubens unnd Sterben.* Nürnberg, 1580. (Manuscrito; exemplar na Biblioteka Jagiellónska, Krakau, 1558.)

MILICHIUS, Ludwig. *Der Zauber Teuffel. Das ist, von Zauberey, Warsagung, Beschwehren, Segen, Aberglauben, Hexerey, und mancherley Wercken deß Teuffels* [...]. Franckfurt am Mayn: Merten Lechler (Ed.), Sigmund Feyerabent e Simon Hueter (gráfica), 1563.

ROSSHIRT, Christoph. Vide LUTHER, M. *Tischreden.*

SACHS, Hans. „Lobspruch Der Stadt Nürnberg" (20 Fev 1530) In: SACHS, Hans. *Dichtungen. Zweiter Theil: Spruchgedichte.* Leipzig: 1885, p. 33-44.

SCHEDEL, Hartmann. *Liber Chronicarum. Mit Holzschnitten von Michael Wolgemut und Wilhelm Pleydenwurf.* Nürnberg: Anton Koberger für Sebald Schreyer und Sebastian Kammermaister, 1493.

SEUSE, Heinrich. *Büchlein der ewigen Weisheit.* Manuscrito na Bibliotheca Palatina da Universidade de Heidelberg, datado de meados século XIV.

THERAMO, Jacobus de. *Belial (Litigatio Christi cum Belial).* Traduzido para o alemão; manuscrito Bayerische Bibliothek, 1461.

WECKER, Johann Jacob. *De secretis libri VII.* Basilae, 1582.

WEIER (Weir, Weyer, Wierus), Johann (Johannes / Ioannis). *De Praestigiis Daemonum.* Frankfurt; Main: Nikolaus Basse, 1563.

ZIMMERN, Graf Froben Christof von. *Zimmerische Chronik.* Manuscrito na Biblioteca Municipal de Stuttgart, 1540/1558-1566. [Zimmersche Chronik. Nach der Ausgabe von Barack hrsg. von Paul Hermann. Hendel, Meersburg und Leipzig 1932 (4 Bde.), Nachdruck der Barackschen 2. Auflage.]

FONTES PRIMÁRIAS USADAS PARA A TRADUÇÃO

A presente tradução segue o texto estabelecido nas seguintes edições:

FÜSSEL, Stephan; KREUTZER, Hans Joachim (ed.). *Historia von D. Johann Fausten. Text des Druckes von 1587.* Stuttgart: Reclam, 2006.

ANONYM. "Historia von D. Johann Fausten". In: *Faust. Anthologie einer deutschen Legende*. Ausgewählt von Nicola Uther. Berlin: Directmedia, 2006; Digitale Bibliothek 120.

MÜLLER, Jan-Dirk (Ed.). *Melusine, Fortunatus, Faust: Die Romane des 15. und 16. Jahrhunderts*. (Bibliothek deutscher Klassiker, 54) Frankfurt a. M.: Deutscher Klassiker Verlag, 1990.

EM COTEJO COM AS SEGUINTES TRADUÇÕES

Histoire Prodigieuse Et Lamentable De Jean Fauste, Grand Magicien, Avec son Testament, Et sa vie Épouventable. Là où est monstré, combien est misérable la curiosité des illusions et impostures de l'Esprit malin... Trad. Pierre Victor Palma Cayet. Paris: D. Binet, 1598.

Historia del Doctor Johann Fausto. Trad. Juan José del Solar. Madrid: Ediciones Siruela, 1994.

Historia del Doctor Juan Fausto. Presentatión, traducción y notas por Oscar Caeiro. Córdoba: Alción Editora, 1997.

Historia von D. Johann Fausten. Neudruck des Faust-Buches von 1587. Herausgegeben und eingeleitet von Hans Henning. Halle: Verlag Sprache und Literatur, 1963.

L'Histoire du Docteur Faust. 1587. Traduction, introduction, notes et glossaire par Joël Lefebvre. Lyon: Les Belles Lettres; Collection: Bibliothèque de la faculté des Lettres de Lyon, 1970.

As citações do texto bíblico ao longo da tradução seguem a edição *Almeida Revista e Corrigida*, editada em 1959 pela Sociedade Bíblica do Brasil, por ser a mais utilizada pelos protestantes no Brasil, contando também com aceitação da Conferência dos Bispos do Brasil (CNBB). Esta versão foi elaborada, em parte, por João Ferreira de Almeida (1628-1691), pregador que, convertido ao protestantismo, traduziu pela primeira vez trechos do texto bíblico para o português, e é uma revisão da edição de 1898 (*Almeida Revista e Corrigida*), ano em que se deu a publicação da primeira edição completa da Bíblia em língua portuguesa:

Bíblia Sagrada. 2. ed. Trad. João Ferreira de Almeida. Revista e Atualizada no Brasil. Barueri / São Paulo: Sociedade Bíblica do Brasil, 1959; 1993.

EDIÇÕES DE CARÁTER FILOLÓGICO-CRÍTICO DA *HISTÓRIA DO DOUTOR JOHANN FAUSTO*, EM ORDEM CRONOLÓGICA

Das älteste Faustbuch: wortgetreuer Abdruck der editio princeps des Spies'schen Faustbuches vom Jahre 1587. Editor: August Kühne. Zerbst: Luppe, 1868.

Das Faustbuch. In: *Volksbücher des 16. Jahrhunderts*. Editor: Félix Bobertag. Stuttgart, s. d. (cerca 1886), p. 145-284.

Historia von D. Johannis Fausti des Zauberers nach der Wolfenbütteler Handschrift. Editor: Gustav Milchsack. Wolfenbüttel: Verlag von Julius Zwissler, 1892.

Das Volksbuch vom Doctor Faustus. Editor: Robert Petsch. Halle: Max Niemeyer Verlag, 1911.

Das Volksbuch vom Doctor Faustus. Nach der um die Erfurter Geschichten vermehrten Fassung. Editado por Josef Fritz. Halle a/S: Max Niemeyer, 1914.

Das Faustbuch nach der Wolfenbüttler Handschrift. Editor: Harry Gerald Haile. Berlin: Erich Schmidt Verlag, 1963.

Historia von D. Johann Fausten. Neudruck des Faust-Buches von 1587. Editor: Hans Henning. Halle: Verlag Sprache und Literatur, 1963.

Historia von D. Johann Fausten. Editores: Stephan Füssel; Hans Joachim Kreutzer. Stuttgart: Reclam Verlag, 2006.

Romane des 15. u. 16. Jahrhunderts, Melusine; Hug Schapler (1500); Hug Schapler (1537); Fortunatus; Wickram, Knabenspiegel; Faustbuch. Nach den Erstdrucken. Editor: Jan-Dirk Müller. Frankfurt: Deutscher Klassiker Verlag, 1990.

REFERÊNCIAS BIBLIOGRÁFICAS DAS NOTAS DA TRADUÇÃO

ALMEIDA, Fr. António José de, O.P. "Santa Úrsula e as Onze Mil Virgens Segundo as Traduções Portuguesas Quinhentistas Da 'Legenda Áurea'". In: *Revista Via Spiritus,* Porto, n. 18, 2011.

AQUINO, Tomás. *Suma teológica II.* São Paulo: Edições Loyola, 2005.

AURIFABER. *Conversas à mesa de Lutero.* Brasília: Editora Monergismo, 2017.

BIEDERMANN, Hans. *Knaurs Lexikon der Symbole.* München: Knaur, 1998, CD-ROM Digitale Bibliothek Berlin: Directmedia, 1999, Band 16.

BINDER, W. (Edt.). *Dr. Vollmer's Wörterbuch der Mythologie aller Völker.* Neu bearbeitet von Dr. W. Binder. Mit einer Einleitung in die mythologische Wissenschaft von Dr. Johannes Minckwitz. Dritte Auflage. Mit 303 Illustrationen. Stuttgart: Hoffmann'sche Verlagsbuchhandlung, 1874. Digitale Bibliothek – Band 17. Berlin: Directmedia, 1999, CD-ROM.

BUTLER, E. M. *Ritual Magic.* Cambridge: University Press, 1949.

CASCUDO, Luís da Câmara. *Dicionário de folclore brasileiro.* Rio de Janeiro: Instituto Nacional do Livro / Ministério da Educação e Cultura, 1962 (1954).

Cícero. *De natura deorum. Da natureza dos deuses.* Tradução: Leandro Abel Vendemiatti. Campinas, SP: [s.n.], 2003; Dissertação de mestrado.

CLUNIACENSIS, Petrus [ca. 1092-1156]. *De miraculis libri duo.* Volume 44 de Corpus Christianorum: Instrumenta lexicológica Latina. Turnhout [Belgium]: Brepols, 1988.

GOETHE. *Goethes Werk im Kontext.* Berliner Ausgabe. Berlin: Karsten Worm, 2005, CD-Rom.

Dicionário Caldas Aulete. Disponível em: <http://www.aulete.com.br>.

Dicionário Houaiss da língua portuguesa. Versão disponível em: <https://houaiss.uol.com.br>.

Duden online Wörterbuch. Disponível em: <https://www.duden.de>.

ELLINGER, Georg. „Zu den Quellen des Faustbuchs von 1587." In: *Zeitschrift für vergleichende Literaturgeschichte und Renaissance Literatur* I, N. S. 1887-88, p. 156-181.

GOETHE, J. W. *Fausto.* Tradução, Introdução, Glossário: João Barrento. Lisboa: Relógio D'Água Editores, 2013.

_____ *Fausto – Uma tragédia (Primeira parte);* Trad. Jenny Klabin Segall. São Paulo: Ed. 34, 2004.

_____ *Fausto - Uma tragédia. (Segunda parte)*; Trad. Jenny Klabin Segall. São Paulo: Ed. 34, 2004.

GÖRRES, Joseph von. *Die teutschen Volksbücher nähere Würdigung der schönen Historien-, Wetter- und Arzneybüchlein, welche theils innerer Werth, theils Zufall, Jahrhunderte hindurch bis auf unsere Zeit erhalten hat.* Heidelberg: Mohr und Zimmer, 1807.

GRIMM, Jacob. *Deutsche Mythologie.* Göttingen: Dietirische Buchhandlung, 1844.

GRIMM, Jacob; GRIMM, Wilhelm. *Deutsches Wörterbuch.* 16 Bde. in 32 Teilbänden. Leipzig 1854-1961; 1971. Versão disponível em: <http://woerterbuchnetz.de/cgi-bin/WBNetz/wb-gui_py?sigle=DWB>.

HENNING, Hans. *Faust-Variationen: Beiträge zur Editionsgeschichte vom 16. bis zum 20. Jahrhundert.* München: K. G. Saur, 1993.

_____. "Vorwort; Einleitung". In: *Historia von D, Johann Fausten.* Neudruck des Faust-Buches von 1587. Herausgegeben und eingeleitet von Hans Henning. HALLE: Verlag Sprache und Literatur, 1963.

Hexen. Analysen, Quellen, Dokumente. Digitale Bibliothek Band 93. Berlin: Directmedia, 2003, CD-ROM.

KIESEWETTER, Carl. *Faust in der Geschichte und Tradition.* Leipzig: Spohr, 1893.

KILLY, Walther. *Literaturlexikon.* Digitale Bibliothek Band 9. Berlin: Directmedia, 1998.

KÖNNEKER, Barbara. "Faust-Konzeption und Teufelspakt im Volksbuch von 1587". In: *Festschrift zu Gottfried Weber.* HG von Heinz Otto Bürger, Klaus von See. Berlin; Zürich, 1967, p. 159-213.

KRAMER, Heinrich; SPENCER, James. *O Martelo das feiticeiras.* Rio de Janeiro: BestBolso, 2015.

LURKER, Manfred. *Dicionário dos Deuses e Demônios.* São Paulo: Martins Fontes, 1993.

LUTERO, Martim. *95 teses.* Porto Alegre: Editora Concórdia, 2017.

LUTERO, Martinho. *Obras selecionadas.* São Leopoldo; Porto Alegre: Editora Sinodal; Editora Concórdia, vol. 1, 1987.

LUTHER, Martin. *D. Martin Luther's Tischreden.* Eds. Heinrich E. Bindseil; Karl E. Förstermann. Leipzig: Gerbauer'sche Buchhandlung, vol.3, 1844-1848.

_____. *DE ABROGANDA MISSA PRIVATA* [Vom Missbrauch der Messen […]. Wittenberg: 1522. In: Weimarer Ausgabe, Bd. 8, 370.

MAHAL, Günther; EHRENFEUCHTER, Martin. (Editores*). Das Wagnerbuch von 1593.* 2 vols. Tübingen: Francke, 2005.

MANN, Thomas. *Doutor Fausto:* a vida do compositor alemão Adrian Leverkühn narrada por um amigo. Traduçao Herbert Caro; posfácio Jorge de Almeida. 1a ed., São Paulo: Companhia das Letras, 2015.

MATHESIUS, Johann. *Leben Dr. Martin Luthers: in siebzehn Predigten.* Berlin Verlag von G. Frantz, 1841 (1566).

MAYERHOFER, Johann. "Faust beim Fürstbischof von Bamberg". In: *Vierteljahrsschrift für Literaturgeschichte 3.* Weimar, 1890.

MEGENBERG, Konrad von. *Buch der Natur*. Ins Neuhochdeutsche übertragen von Gerhard E. Sollbach. Frankfurt: Insel, 1990 [manuscrito original 1349-1350].

MILCHSACK, Gustav (ed.). *Historia D. Johannis Fausti des Zauberers nach der Wolfenbütteler handschrift nebst dem nachweis eines teils ihrer quellen*. Wolfenbüttel: Julius Zwisler, 1892.

NETTESHEIM, Agrippa de. *Três livros de filosofia oculta*. São Paulo: Madras, 2012 [1533].

OSBORNE, Max. "Die Teufelliteratur des XVI. Jahrhunderts". In: *Acta Germanica*. Berlin: Verlag Mayer und Müller, 1894.

PLATÃO. *Timeu - Crítias - O Segundo Alcebíades - Hípias Menor*. Tradução Carlos Alberto da Costa Nunes. 3a. Ed., Belém: EDUFPA, 2001.

PFITZER, Johann Nicolaus. [Ed.]. *Das ärgerliche Leben und schreckliche Ende des viel- berüchtigten Ertz-Schwartzkünstlers D. Johannis Fausti [...]*. Nürnberg: Wolfgang and Johann Adreae Endter, 1674, 1711, 1969.

RÖHRICH, Lutz. *Lexikon der sprichwörtlichen Redensarten*. Digitale Bibliothek Band 42. Berlin: Directmedia, 2000.

ROSSI, Paolo. *Visões do Fim do Mundo*. Trad. Renata Cordeiro. São Paulo: Landy Editoria, 2006.

SACHS, Hans. *Historia: Ein wunderbarlich gesicht keiser Maximiliani löblicher gedechtnus von einem nigromanten*. Disponível em: <http://www.zeno.org/Literatur/M/Sachs,+Hans/Gedichte/Spruchgedichte+(Auswahl)/Historia%3A+Ein+wunderbarlich+gesicht+-keiser+Maximiliani>.

STADEN, Hans. *Warhaftige Historia und Beschreibung eyner Landtschafft der Wilden, Nacketen, Grimmigen Menschfresser Leuthen*. Marpurg: Marpurg: Andreas Kolbe, 1557.

STARK, Christina G. *Dicionário Pai. Português, alemão, inglês*. Frankfurt: XIA Print AG, 2011.

SZAMATOLSKI, Siegfried. "Zu den Quellen des ältesten Faustbuches". In: *Vierteljahrschr. für Literaturgeschichte*, I, 1888, p. 161-195.

TILLE, Alexander. *Die Faustsplitter in der Literatur des sechzehnten bis achtzehnten Jahrhunderts*. Berlin: Emil Felber, 1900.

VARAZZE, Jacopo de. *Legenda áurea. Vidas de Santos*. São Paulo: Companhia das Letras, 2011.

VOLLMER, Wilhelm. *Wörterbuch der Mythologie*. Stuttgart, 1874.

WAITZ, H. „Simon Magus in der altchristlichen Literatur". In: *Zeitschrift für die neuetestamentliche Wissenschaft und die Kunde der älteren Kirche* 5 (1904), p. 121–43.

WOLFF, Eugen. *Faust und Luther, ein Beitrag zur Entstehung der Faust-Dichtung*. Halle: Verlag v. Max Niemayer, 1912.

REFERÊNCIAS BIBLIOGRÁFICAS DO POSFÁCIO

ADORNO, T. W. *Minima Moralia*: reflexões a partir da vida lesada. Rio de Janeiro: Beco do Azougue Editorial, 2008 [1951].

AGOSTINHO, Santo. *A Cidade de Deus*. 4a ed. Trad. J. Dias Pereira. Lisboa: Fundação Calouste Gulbenkian, 2011.

_____. *Confissões.* Trad. Lorenzo Mammi. São Paulo: Penguin Classics/Companhia das Letras, 2017.

AHRENDT-SCHULTE, Ingrid. „Hocker, Jodokus". In: *Lexikon zur Geschichte der Hexenverfolgung.* Ed. Gudrun Gersmann; Katrin Moeller; Jürgen-Michael Schmidt. Disponível em: historicum.net, URL: <https://www.historicum.net/purl/jezrb/>. Acesso em 15.04.2016.

CALDERÓN DE LA BARCA, Pedro. *El mágico prodigioso.* Madrid: Cátedra, 1985.

BARON, Frank. *Faustus on Trial. The Origins of Johann Spies's Historia in an Age of Witch Hunting.* Tübingen: Niemeyer, 1992.

BEHRINGER, Wolfgang (ed.). „Hexen und Hexenprozesse in Deutschland". In: *Hexen. Analysen, Quellen, Dokumente* (Digitale Bibliothek Bd. 93). Berlin: Directmedia, 2003.

BERCEO, Gonzalo de. *Milagros de Nuestra Señora.* Madrid: Cátedra, 1988.

BERMAN, Marshall Berman. *Tudo que é sólido desmancha no ar: a aventura da modernidade.* São Paulo, Companhia das Letras, 1978;

BEUTIN, Wolfgang et al. *História da literatura alemã.* Trad. Antonieta Marisa Lopes et al. Lisboa: Apáginastantas / Edições Cosmos, 1994.

BINSWANGER, Hans Christoph. *Dinheiro e magia. Uma crítica da economia moderna à luz do Fausto de Goethe.* Trad. Maria Luiza Borges. Rio de Janeiro, Zahar, 2011;

BONHEIM, Günther. "Encounters with 'Schwarz-Hans': Jacob Böhme and the Literature of the Devil in the Sixteenth Century". In: Org. LAAN, J. M. van der; WEEKS, Andrew. *The Faustian Century. German Literature and Culture in the Age of Luther and Faustus.* New York: Camden House, 2013, p. 285-303.

BÖS, Gunther. *Curiositas: die Rezeption eines antiken Begriffes durch christliche Autoren bis Thomas von Aquin.* Paderborn; München: Schöningh, 1995.

BRÄUER, Berit. *Im Bann der Zeit. Über Faust und einen lebendigen Mythos.* Knittlingen: ThalBo Verlag, 2015.

BURKE, Peter. *Cultura popular na idade moderna: Europa 1500-1800.* Trad. Denise Bottmann. São Paulo: Companhia das Letras, 2010.

CLARK, Stuart. *Pensando com demônios. A ideia de bruxaria no princípio da Europa moderna.* São Paulo: EDUSP, 2006 [1997].

DELUMEAU, Jean. *História do medo no Ocidente.* São Paulo: Companhia das Letras, 2011.

Des Durch die gantze Welt beruffenen Ertz- Schwartz-Künstlers und Zauberers Doctor Johann Fausts [...]. Franckfurt und Leipzig, 1725 [Nachdruck Knittlingen, 1983].

DOERING-MANTEUFFEL, Sabine. „Wie Man Einen Luftgeist Herbeiholt. Zur Allianz von Gelehrtenwissen und Volksmagie in den Zauberpraktiken des Christoph Gostner". In: SIMON, Michael; FRIESS-REIMANN, Hildegard. *Volkskunde als Programm: Updates zur Jahrtausendwende.* Münster/ New York: Waxmann, 1996.

ECO, Umberto. *História das terras e lugares lendários.* Rio de Janeiro; São Paulo: Editora Record, 2013.

Ein kurtzweilig lesen von Dil Ulenspiegel, geboren vß dem land zu Brunßwick, wie er sein leben volbracht hat [...]. Straßburg: Johannes Grüninger, 1515; 1519.

ERASMO DE ROTERDAM. *Elogio da loucura*. São Paulo: Abril Cultural, 1972.

FEYERABEND, Sigmund, *Theatrum Diabolorum*. Frankfurt am Main: Peter Schmid, 1569.

FINK, Luther. *O Diabo. A máscara sem rosto*. Trad. Laura Teixeira Motta. São Paulo: Companhia das Letras, 1998.

FRANCO JÚNIOR, Hilário. "Apresentação". In: VARAZZE, Jacopo. *Legenda Áurea*. São Paulo: Companhia das Letras, 2003 (2018).

_____. *Cocanha – A história de um país imaginário*. São Paulo: Companhia de Letras, 1998.

FÜSSEL, Stephan; KREUTZER, Hans Joachim (ed.). *Historia von D. Johann Fausten*. Text des Druckes von 1587. Kritische Ausgabe. Stuttgart: Reclam, 2006.

GAUTIER DE COINCI. *Miracles de Nostre Dame* (Livres I et II); Saluts de Nostre Dame ; Prières à Nostre Dame ; Cinq joies Nostre Dame ; Prière à Dieu. Manuscrito, 1218.

_____. *Le Miracle de Théophile, ou comment Théophile vint à la pénitence*. Texte, traduction et notes par Annette Garnier. Paris: Honoré Champion, 1998.

GRIMM, Jakob. "Über zwei entdeckte Gedichte aus der Zeit des deutschen Heidentums". In: *Abhandlungen Der Kgl. Preussischen Akademie*, Phil.-Hist. Klasse. Berlin, 1842, p. 1–24].

GUTHKE, Karl S. *Die Reise ans Ende der Welt: Erkundungen zur Kulturgeschichte der Literatur*. Tübingen: Francke, 2011, p. 82–110.

HAILE, Harry Gerald (ed.). *Das Faustbuch nach der Wolfenbüttler Handschrift*. Berlin: Erich Schmidt Verlag, 1963.

HELFERICH, Christoph. *História da filosofia*. São Paulo: Martins Fontes, 2006.

HENNING, Hans. *Faust-Bibliographie*. Bd. 1. Ausgaben und Übersetzungen Bibliographien, Kataloge und Bestandsverzeichnisse. Berlin: Aufbau-Verlag, 1970.

_____. *Faust-Variationen*. Beiträge zur Editionsgeschichte vom 16. Bis zum 20. Jahrhundert. München, London, New York, Paris: K. G. Sauer, 1993.

JAEGER, Michael. *Wanderers Verstummen, Goethes Schweigen, Fausts Tragödie. Oder: Die große Transformation der Welt*. Würzburg: Königshausen & Neumann, 2014.

KÖNNEKER, Barbara. "Faust-Konzeption und Teufelspakt im Volksbuch von 1587". In: *Festschrift für Gottfried Weber*, hgg. v. Heinz Otto Burger u. Klaus von See, Berlin–Zürich, 1967, p. 159–213.

KRAMER, Heinrich; SPRENGER, James. *Malleus Maleficarum. O martelo das feiticeiras*. Rio de Janeiro: Edições BestBolso, 2015.

KREUTZER, Hans Joachim. "Nachwort". In: Ed. FÜSSEL, Stephan; KREUTZER, (ed.) *Historia von D. Johann Fausten*. Text des Druckes von 1587. Kritische Ausgabe. Stuttgart: Reclam, 2006.

LAAN, J. M. van der; WEEKS, Andrew (org.). *The Faustian Century. German Literature and Culture in the Age of Luther and Faustus*. New York: Camden House, 2013.

LINK, Luther. *O Diabo. A máscara sem rosto*. São Paulo: Companhia das Letras, 1998.

LUTHER, Martin. *Tischreden mit Zusätzen*. Karlsruhe: Badische Landesbibliothek, 2015. Disponível em: <https://digital.blb-karlsruhe.de/blbhs/content/titleinfo/2944108>.

MANGUEL, Alberto; GUADALUPI, Gianni. *The Dictionary of Imaginary Places*. New York; San Diego; London: Harcourt, Brace & Company, 2000.

MANN, Thomas. *Doutor Fausto*: a vida do compositor alemão Adrian Leverkühn narrada por um amigo. Tradução Herbert Caro; posfácio Jorge de Almeida. 1a ed., São Paulo: Companhia das Letras, 2015.

METTMANN, Walter. *Cantigas de Santa Maria*. Vol. I e II. Madri: Castalia, 1989.

MIDDEL, Eike (ed.). *Faust – Eine Anthologie*. 2 vols. Leipzig: Reclam, 1967.

MILCHSACK, Gustav (ed.). *Historia D. Johannis Fausti des Zauberers nach der Wolfenbütteler handschrift nebst dem nachweis eines teils ihrer quellen*. Wolfenbüttel: Julius Zwisler, 1892.

MINOIS, Georges. *A idade do ouro. História da busca da felicidade*. São Paulo: Editora UNESP, 2010.

_____. *História do riso e do escárnio*. Trad. Maria Elena O. Ortiz Assumpção. São Paulo: Editora UNESP, 2003.

_____. *História do ateísmo*. Trad. Flávia N. Falleiros. São Paulo: Editora UNESP, 2012.

MORUS, Thomas. *A utopia*. São Paulo: Coleção L&PM Pocket, 1997.

MOURA, Magali. "Lessing e Seu Fausto Em Pedaços. Ecos De Um Iluminismo Tolerante". In: MOURA, M.; ARAÚJO, N. *Imagens De Fausto*: História, Mito, Literatura. Rio de Janeiro: Edições Makunaima, 2017, p. 268- 291.

MOURA, Magali; BOLACIO, Ebal. (Ed.); Grimm, Jacob; Grimm, Wilhelm. *Lendas alemãs. As lendas do Diabo*. 1. ed. Rio de Janeiro: Dialogartes, 2017. Disponível em: <https://www.yumpu.com/pt/document/view/59745428/e-book-lendas-alemas-2>.

MUCHEMBLED, Robert. *Uma história do Diabo: Séculos XII-XX*. Rio de Janeiro: Bom Texto, 2001.

MÜLLER, Jan-Dirk. *Das Faustbuch in den Konfessionellen Konflikten Des 16. Jahrhunderts*. Bayerische Akademie der Wissenschaften. Philosophisch-historische Klasse. Sitzungsberichte 2014.1, München, 2014.

_____. "Faustbuch". In: KÜHLMANN, Wilhelm et al. *Frühe Neuzeit in Deutschland 1520-1620. Literaturwissenschaftliches Verfasserlexikon*. Bd. 2. Berlin; Boston: 2012, p. 296-305.

_____ (Ed.). *Romane des 15. u. 16. Jahrhunderts, Melusine; Hug Schapler (1500); Hug Schapler (1537); Fortunatus; Wickram, Knabenspiegel; Faustbuch*. Nach den Erstdrucken hgg. mit Kommentar und Einführung. Frankfurt: Deutscher Klassiker Verlag, 1990.

MÜNKLER, Marina. *Narrative Ambiguität. Die Faustbücher des 16. Bis 18. Jahrhunderts*. Göttingen: Vandenhoeck & Ruprecht, 2011.

MURARO, Rose Marie. „Introdução". In: KRAMER, Heinrich e SPRENGER, James. *Malleus Maleficarum. O martelo das feiticeiras*. Rio de Janeiro: Edições BestBolso, 2015, p. 9-23.

MUSCULUS, Andreas. *Vom Hosen Teuffel*. Franckfurt an der Oder: Eichorn, 1555.

NETTESHEIM, Agrippa de. *Três livros de filosofia oculta*. São Paulo: Madras, 2012 [1533].

NOGUEIRA, Carlos Roberto F. *O Diabo no imaginário cristão*. São Paulo: Ática, 1986.

OSBORNE, Max. *Die Teufelliteratur des XVI. Jahrhunderts*. Hildesheim: Georg Olms, 1965 [1893].

PALMER, Philip Mason e MORE, Robert Pattison. *The Sources of the Faust Tradition from Simon Magus to Lessing*. New York: Octagon Books, 1966.

PLATÃO. *Banquete, Fédon, Sofista e Político*. Tradução: José Cavalcante de Souza, Jorge Paleikat e João Cruz Costa; Coleção Os Pensadores. São Paulo: Nova Cultural, 1991.

_____. *Crátilo*. Tradução: Maria José Figueiredo. Lisboa: Instituto Piaget, 2001.

PFITZER, Nikolaus. *Das ärgerliche Leben und schreckliche Ende deß viel-berüchtigten Ertz- Schwartzkünstlers Johannis Fausti* [...].Nürnberg: Endter, 1674.

RIEDL, Gerda. *Der Hexerei Verdächtig: Das Insquisitions- und Revisionsverfahren der Pensliner Burgerin Benigna Schiltzen*. Göttingen: Wallstein Verlag, 1998.

ROOS, Keith L. *The Devil in 16th Century German Literature: The Teufelsbücher*. Frankfurt/M; Bern: Peter Lang; Herbert Lang, 1972.

RUPPRICH, Hans e HEGER, Hedwig. *Die Deutsche Literatur vom späten Mittelalter bis zum Barock. Zweiter Teil. Das Zeitalter Der Reformation 1520–1570*. München: C. H. Beck, 1973.

RUSSEL, Jeffrey Burton. *História da feitiçaria: feiticeiros, hereges e pagãos*. Rio de Janeiro: Campus, 1993.

_____. *O Diabo: as percepções do mal da antiguidade ao cristianismo primitivo*. Rio de Janeiro: Campus, 1991.

RUTEBEUF. *Le miracle de Théophile*. Miracle du XIIIe. siècle. Editor: Grace Frank. Paris:

SCHEIBLE, J. *Das Kloster: Weltlich und geistlich; meist aus der älteren deutschen Volks-, Wunder-, Curiositäten-, und vorzugsweise komischen Literatur*. Vol. 5. Stuttgart: Scheible, 1847.

TILLE, Alexander. *Die Faustsplitter in der Literatur des sechzehnten bis achtzehnten Jahrhunderts*. Berlin, 1898–1901.

TUCZAY, Christa. *Magie und Magier im Mittelalter*. München: Deutscher Taschenbuch-Verlag, 2003.

VARAZZE, Jacopo. *Legenda áurea. Vidas de santos*. Trad. Hilário Franco Jr. São Paulo: Companhia das Letras, 2003.

VICENTE, Gil. Auto da barca do inferno. São Paulo: L&PM Pocket, 2005 [1531].

WATT, Ian. *Mitos do individualismo moderno. Fausto, Dom Quixote. Dom Juan, Robinson Crusoé*. Rio de Janeiro: Jorge Zahar Editor, 1997.

Widmann, Georg Rudolf. *Erster Theil der warhafftigen Historien von den grewlichen und abschewlichen Sünden und Lastern, auch von vielen wunderbarlichen und seltzamen Ebentheuren: So D. Iohannes Faustus ein weitberuffener Schwartzkünstler* [...]. Hamburg, Moller: 1599.

WILLIAMS, Gerhild Scholz. Verbete: "Devil Books". In: *Encyclopedia of Witchcraft. The Western Tradition*. Ed. Richard M. Golden. Bd. 1. Santa Barbara; Denver; Oxford: 2006, p. 274–75.

ZIMMERN, Graf Froben Christof von. *Zimmerische Chronik*. Manuscrito na Biblioteca Municipal de Stuttgart, 1540/1558–1566. [Zimmersche Chronik. Nach der Ausgabe von Barack hrsg. von Paul Hermann. Hendel, Meersburg und Leipzig 1932 (4 Bde.), Nachdruck der Barackschen 2. Auflage.]

Créditos das imagens

I. As ilustrações dos capítulos pertencem à edição da tradução holandesa de 1608 (edição D), utilizadas em várias edições subsequentes: *Die Historie Van D. Iohannes Faustus, die eene wtnemende grooten Toovanaer* [...]. s.d; sem indicação de lugar de impressão. Exemplar na National Library of the Netherlands, disponível em: < https://books.google.com.br/books?id=3ZFlAAAAcAAJ&printsec=frontcover&hl=pt-BR&source=gbs_ge_summary_r&cad=0#v=onepage&q&f=false>.

II. Frontispício da edição de 1566 do livro *Der Zauber Teufel*, de Ludwig Milichius. Disponível em: <https://gallica.bnf.fr/ark:/12148/bpt6k3106873.image>, sob domínio publico.

III. Imagem em: *Praxis Magica Faustiana : Oder Der Von Doct Iohann Faust. Practicirte Und Beschworne Höllen Zwang*. Manuscrito de 1527 (Passau); exemplar na Anna Amalia Bibliothek. Disponível em: <https://haab-digital.klassik-stiftung.de/viewer/resolver?urn=urn:nbn:de:gbv:32-1-10013913740>.

IV. Erhard Schoen, 1530 – *Das Schlauraffenlandt,* Ilustração para um poema sobre País da Cocanha de Hans Sachs, impressa "Zu Nürnberg, bey Wolff Strauch". Em domínio público disponível em: < https://upload.wikimedia.org/wikipedia/commons/1/13/Schlaraffenland1530.jpg>

V. *O Jovem Eulenspiegel Mostra Seu Traseiro (Der Junge Eulenspiegel Präsentiert Sein Hinterteil).* Ilustraçao da edição Grüninger de 1515 do livro Till Eulenspiegel. Em domínio público, disponível em: <https://de.wikipedia.org/wiki/Till_Eulenspiegel#/media/File:Vlenspiegel_1515_007.jpg>

VI. *Assim chamado Doutor Fausto.* De Rembrandt (1652). © Frankfurter Goethe-Haus / Freies Deutsches Hochstift (Frankfurt/Main). Disponível em: https://www.graphikportal.org/document/gpo00293776.

Anexo – livros atribuídos a Fausto

Praxis Magica Faustiana: Oder Der Von Doct Iohann Faust. Practicirte Und Beschworne Höllen Zwang. Texto manuscrito Q 464/5 registrado em 1527; Passau; exemplar na Herzogin Anna Amalia Bibliothek, Weimar.

D. Iohannis Faustii Magia Naturalis Et Innaturalis; oder unerforschlicher Höllen-Zwang/ das ist Miracul-Kunst u. Wunderbuch wodurch ich die Höllischen Geister habe bezwungen/ daß sie in allen meinen Willen vollbringen haben müßten. (Das Andere Theil). Manuscrito Q 455 (Passau, 1612); exemplar na Herzogin Anna Amalia Bibliothek, Weimar. 4 volumes.

Der Heimliche, Und Unerforschliche: Dr: Faustens-Höllen Zwang-Genandt. Manuscrito, 1473

SCHEIBLE Johann. *Das Kloster: Weltlich Und Geistlich.* Band 2: Doctor Johann Faust: I. Faust und seine Vorgänger (Theophilus, Gerbert, Virgil, [et]c.) Zur Geschichte, Sage und Literatur. II. G. R. Widman's Hauptwerk über Faust. Vollständig und wortgetreu. III. Faust's Höllenzwang. - Jesuitarum libellus, oder der gewaltige Meergeist. Miracul-, Kunst- und Wunderbuch. - Schlüssel zum Höllenzwang. IV. Wortgetreuer Abdruck der ersten Auflage des ersten Buches über Faust, von 1587. (Bisher in Zweifel gezogen, nun aufgefunden.); Mit 105 Abbildungen auf 49 Tafeln und mit 50 Holzschnitten. Stuttgart, 1846.

SUMÁRIO

História do Doutor Johann Fausto 7
Dedicatória 11
Prefácio dirigido ao leitor cristão 15

1. História do Doutor Johann Fausto. Nascimento e estudos, do mui famoso mago e nigromante 23
2. Doutor Fausto, um médico, e como conjurou o Diabo 27
3. Segue a disputa do Doutor Fausto com o Espírito 30
4. Outra disputa de Fausto com o Espírito, chamado Mefostófiles ... 33
5. A terceira conversa do Doutor Fausto com o Espírito sobre sua promessa 36
6. Doutor Fausto deixa cair seu sangue em um cadinho, coloca-o sobre carvões em brasa e escreve o seguinte 38
7. Contra a desobediência do Doutor Fausto, que sejam ditos os seguintes versos 40
8. Sobre as diversas formas com as quais o Diabo aparece a Fausto ... 42
9. Dos serviços prestados pelo Espírito ao Doutor Fausto 45
10. Doutor Fausto quis se casar 47
11. Pergunta do Doutor Fausto a seu Espírito Mefostófiles 50
12. Uma disputa entre o Céu e suas espeluncas 52
13. Uma outra pergunta do Doutor Fausto sobre o governo dos Diabos e seu principado 53
14. Pergunta sobre como era a aparência dos anjos caídos 56
15. Nova disputa do Doutor Fausto com seu Espírito Mefostófiles sobre o poder do Diabo 58
16. Uma disputa acerca do Inferno, chamado de Geena, de como foi criado e de sua aparência, e também do sofrimento que existe nele 61
17. Uma outra pergunta que Doutor Fausto fez ao Espírito 68

Segue agora a segunda parte desta História sobre as aventuras de Fausto e outras questões

18. Doutor Fausto, um fazedor de calendários e astrólogo 73

19. Uma pergunta ou disputa acerca da arte da astronomia ou astrologia................75
20. Sobre o inverno e o verão..77
21. Sobre o movimento do Céu, ornamentos e origem..78
22. Uma pergunta do Doutor Fausto sobre como Deus criou o mundo e sobre o nascimento do primeiro homem, pergunta para a qual o Espírito, seguindo sua natureza, deu uma resposta completamente falsa................80
23. Ao Doutor Fausto foram apresentados todos os Espíritos infernais em sua própria forma; dentre eles, sete principais que foram chamados por seus próprios nomes..82
24. De como Doutor Fausto viajou até o Inferno..86
25. Como Doutor Fausto viajou até os astros, pelo espaço afora.........................90
26. Terceira viagem do Doutor Fausto a diversos reinos e principados, assim como a importantes países e cidades..95
27. Sobre o Paraíso..107
28. De um cometa...110
29. Das estrelas..112
30. Uma questão acerca da natureza dos Espíritos que atormentam os homens......113
31. Uma outra questão acerca das estrelas que caem na Terra.............................114
32. Sobre o trovão...115

Segue a terceira e última parte das aventuras do Doutor Fausto, do que ele fez e praticou com sua nigromancia na corte de diversos soberanos. Por fim, também sobre seu final, pavoroso e pleno de lamentos, e sua despedida

33. Uma história sobre o Doutor Fausto e o imperador Carlos V........................119
34. Doutor Fausto enfeitiça um cavaleiro, colocando uma galhada de cervo em sua cabeça..123
35. Como o mencionado cavaleiro quis se vingar do Doutor Fausto, mas não conseguiu..124
36. Doutor Fausto devorou a carga de feno de um camponês, com a carroça e os cavalos..125
37. De três nobres condes que Doutor Fausto levou pelo ar até Munique, segundo o desejo deles de assistir ao casamento do filho do príncipe da Baviera......127
38. Como o Doutor Fausto tomou dinheiro emprestado de um judeu, dando-lhe como caução seu próprio pé, que ele mesmo cerrou na presença do judeu....130
39. Doutor Fausto engana um mercador de cavalos...132
40. Doutor Fausto devora um monte de feno..134

41. Sobre uma briga entre doze estudantes.. 135
42. Uma aventura com camponeses bêbados.. 136
43. Doutor Fausto vendeu cinco porcos, cada um a 6 florins......................... 137
44. Sobre as aventuras do Doutor Fausto na corte do príncipe de Anhalt........ 138
44 a. De uma outra aventura que Doutor Fausto promoveu a fim de agradar a esse mesmo conde, fazendo surgir, por magia, um grande castelo no alto de uma colina... 140
45. Como Doutor Fausto viajou com seus camaradas até a adega do bispo de Salzburg... 143
46. Da outra noite de Carnaval, uma terça-feira... 145
47. Na Quarta-Feira de Cinzas, o autêntico Carnaval..................................... 147
48. Do quarto dia de Carnaval, a quinta-feira.. 149
49. Do encantamento de Helena no Domingo Branco.................................... 151
50. De um truque de mágica que fez as quatro rodas da carroça de um camponês pularem no ar... 154
51. De quatro magos que deceparam as cabeças uns dos outros e as recolocaram no lugar, na ocasião Doutor Fausto também fez das suas......................... 156
52. De um velho homem que quis dissuadir Doutor Fausto de levar uma vida ímpia e convertê-lo, e também de como foi pago com ingratidão............... 158
53. Segundo contrato do Doutor Fausto, tal como ele entregou a seu Espírito........ 162
54. De duas pessoas que Doutor Fausto uniu, depois de passados 17 anos 164
55. De diversos tipos de plantas que Fausto, no inverno, na época de Natal, tinha em seu jardim, no 19º ano depois de celebrado o compromisso 166
56. De um exército reunido contra o barão, em quem o Doutor Fausto, na corte do imperador, fez crescer chifres de cervo na cabeça, por meio de magia, no 19º ano 168
57. Sobre os amores do Doutor Fausto nos seus 19º e 20º anos........................ 170
58. De um tesouro que Doutor Fausto encontrou em seu 22º ano 172
59. De Helena da Grécia, concubina de Fausto em seu último ano 174

Agora segue o que Doutor Fausto fez com seu Espírito e com outros no último período de sua vida, que foi o 24º e último ano de seu contrato

60. Do testamento do Doutor Fausto, no qual ele designa seu criado, Wagner, como seu herdeiro.. 179
61. Doutor Fausto conversa com seu criado sobre o testamento..................... 181
62. De como Doutor Fausto, na época em que lhe restava apenas um mês de vida,

foi tomado de um violento desespero, passando a se lamentar e suspirar
sem cessar por sua existência diabólica.. 183
63. Lamento do Doutor Fausto por ter de morrer ainda sendo um homem jovem
e cheio de vida 184
64. Outro lamento do Doutor Fausto 186
65. Como o Espírito do mal atormenta o aflito Doutor Fausto com estranhas
zombarias e ditos populares... 187
66. Lamento do Doutor Fausto acerca do Inferno e suas indescritíveis penas
e sofrimentos 190
67. Segue agora o final horrível e assombroso do Doutor Fausto, que há de servir
de exemplo para todos os cristãos, os quais devem disso se proteger 192
68. *Oratio Fausti ad Studiosos*.. 194

Ordem dos capítulos e do assunto principal contido em cada um deles 199

Posfácio

A **História do Doutor Johann Fausto** *ou a história de uma modernidade condenada*..205
Bibliografia 253
   Fontes da edição de 1587...253
   Fontes primárias usadas para a tradução 254
   Em cotejo com as seguintes traduções...255
   Edições de caráter filológico-crítico da *História do Doutor Johann Fausto*,
      em ordem cronológica..255
   Referências bibliográficas das notas da tradução 256
   Referências bibliográficas do posfácio..258
Créditos das imagens..263
Anexo – Livros atribuídos a Fausto..265

Os livros da Editora Filocalia são comercializados e distribuídos pela É Realizações

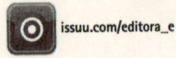

facebook.com/erealizacoeseditora   twitter.com/erealizacoes   instagram.com/erealizacoes   youtube.com/editorae

issuu.com/editora_e   erealizacoes.com.br   atendimento@erealizacoes.com.br